吉《よし》宗《むね》の星《ほし》

谷津矢車
Yatsu Yaguruma

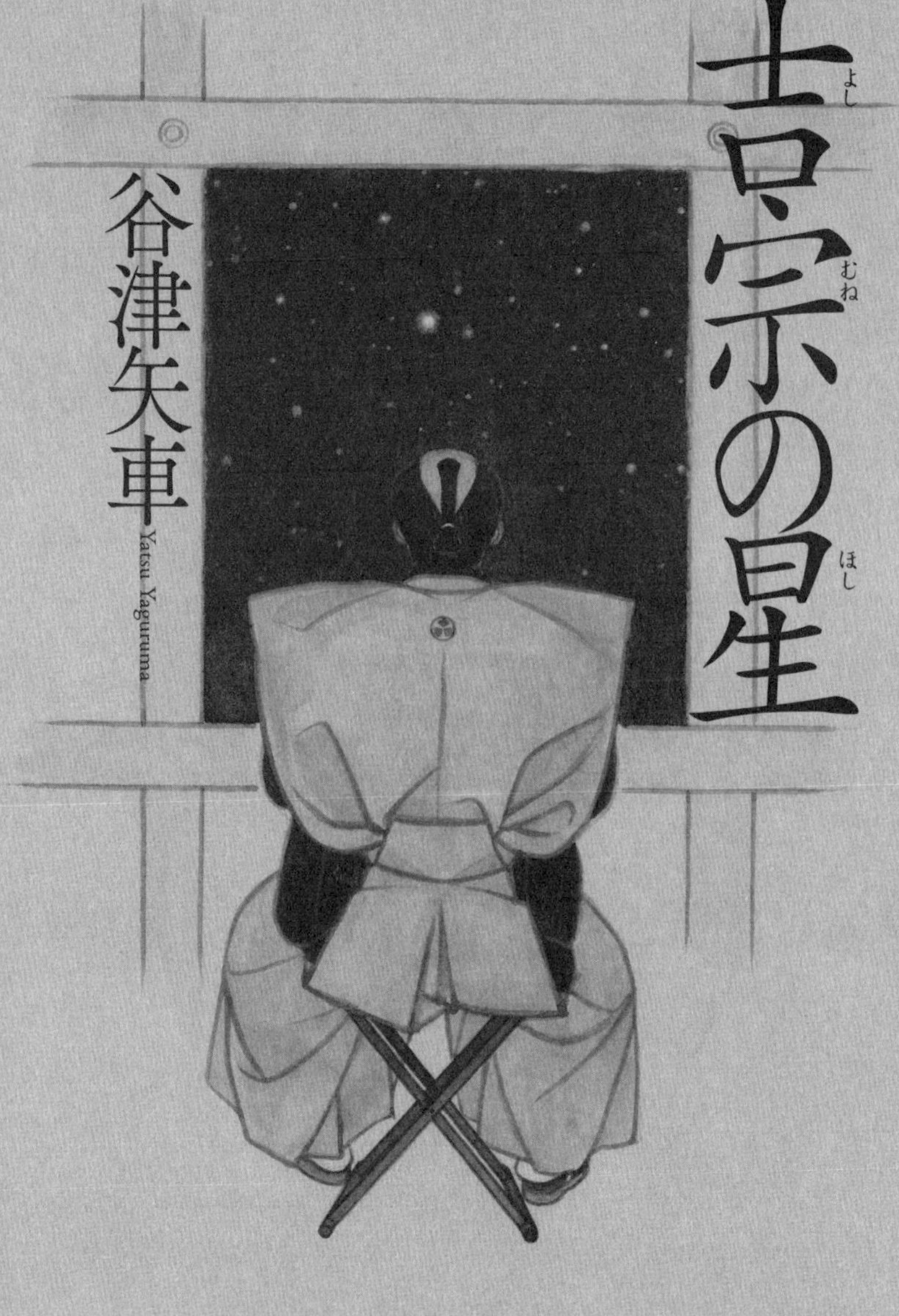

実業之日本社

吉宗の星

目次

吉宗の星

主な登場人物

徳川新之助（吉宗）　紀州藩主・徳川光貞の三男。後の第八代将軍

徳川光貞　紀州藩藩主。新之助の実父

徳川綱吉　第五代将軍

徳川家《いえ》宣《のぶ》　第六代将軍

徳川家《いえ》継《つぐ》　第七代将軍

紋《もん》（浄円院）　光貞の側室にして新之助の実母

星野伊《い》織《おり》　紀州藩士。新之助の乳兄弟にして唯一の家臣

鉄《てつ》海《かい》　紀州指折りの高僧。新之助の学問の師匠

小笠原胤《たね》次《つぐ》　紀州藩年寄。新之助後見役。後に御側御用取次

有馬四郎右衛門　吉宗付きの側近。後に御側御用取次

加納角兵衛　吉宗付きの側近。後に御側御用取次

天英院　徳川家宣の正室

お喜世《きよ》の方（月光院）　徳川家宣の側室にして家継の実母

徳川家重《いえしげ》　吉宗の嫡子。長福丸。後の第九代将軍

徳川宗武《むねたけ》　吉宗の次男。小次郎

大岡忠相《ただすけ》　山田奉行。後に江戸町奉行

新井白石《はくせき》　将軍家宣の侍講

間部《まなべ》詮房《あきふさ》　将軍家宣の側用人

林鳳岡《ほうこう》　儒学者。吉宗の侍講となる

松平乗邑《のりさと》　鳥羽城主。門閥勢の取りまとめ役。後に勝手掛老中

徳川継友《つぐとも》　尾張徳川家当主

徳川宗春《むねはる》　徳川継友の弟。後に尾張藩主。求馬通春

成瀬《なるせ》隼人《はやと》　尾張藩付家老

竹腰《たけのこし》山城守《やましろのかみ》　尾張藩付家老

装幀――芦澤泰偉
装画――大竹彩奈

吉宗の星

序

江戸城《このしろ》の広さに慣れることは生涯あるまい、と口の端で呟きながら、将軍徳川綱吉《とくがわつなよし》は、よそよそしい沈黙の満ちる白書院に在った。

虚ろなる城の寒気に凍えつつ中段の間を見下ろすと、白く輝く葵《あおい》の御紋があしらわれた大紋を纏《まと》った枯れ木のような老人が、ここがまるで己の城であるかのごとく泰然と座っている。その後ろには若侍が二人、手をついて控えている。一人は二十歳そこそこ、もう一人は前髪を落とすか落とさぬかの年塩梅《あんばい》だが、座り姿もどこか落ち着きがない。光貞《みつさだ》の孫でも十分通る二人だが、実子であるという。

老人――紀州侯徳川光貞が皺《しわ》だらけの顔を福々しく緩めて平伏し、沈黙を破った。

「上様におかれましては、ご健勝のこととお喜び申し上げます」

老人とは思えぬほど、存外に陽の気が強い声で挨拶を述べた光貞に従い、若者二人が深く首を垂れた。

綱吉は顎を撫《な》で、形式通りの言を発した。

「江戸参勤、ご苦労であられたな、御老公」

「ありがたきお言葉でござる」

綱吉は手を叩いた。近習《きんじゅ》によって襖《ふすま》が開かれ、奥の間に用意させていた贈答の品が露わになる。

「――ときに、ご老公のご次男も元服と耳にしておる。扶持《ふち》を与えるべく動こう」

「なんと。格別の御配慮、痛み入りましてござる」

顔を引きつらせる二子の前で光貞は芝居がかった大仰な笑い声を上げ、その皺顔を歪《ゆが》めた。おもねっているのではない、上段の将軍に挑みかかるような態度だった。

「ときに上様、この長男でございますが――。親が申すは口幅《くちはば》ったきことなれど、文武両道、俊英この上なし、この紀州光貞、いつでもこの愚息を献上する用意がござる」

部屋に詰める番方の視線など気にも留める様子なく、光貞はしれっと言ってのけた。

世継ぎの男子が流行《はや》り病で死んで以来、御三家がしきりに自家から次期将軍を輩出せんと躍起になっているが、ここまで露骨だと毒気も抜け、綱吉の口から乾いた笑いが出る。

だが――佳《よ》き座興だった。

綱吉は、張り合いのない日々に倦《う》んでいた。

己の発した命令ひとつで日ノ本すべてが倣う。就任当初こそ将軍の権に魅入られたものだが、いつしか倦んだ。

かつて綱吉は漆塗りの飯椀を秘蔵していた。かつて藩主を務めていた館林《たてばやし》藩の重宝としてしまい込んでいたものだが、将軍に登るなりそれと同等の品が普段使いの雑器として膳を彩った。将軍の座はあまりに過剰に飾り立てられる。物も、人も、そして権力も。

与えられれば与えられるほど、新たな刺激を欲するようになる。だからこそ、紀州の老公の毒を浴びようとこうして見《まみ》えたのだが——。天下の奇傑と名高い老公も、過剰なる江戸の城においては一時の気晴らしにもならない。

眠気を振り払うように、綱吉は肚《はら》の底から声を発した。

「例の件、果たしてくれたか」

前に座る光貞は、顔を能面のように固まらせ、然《しか》り、と頷いた。

紀州徳川家の提出した家系図にあった、江戸の中屋敷に住んでいる旨が付記されるばかりの第三子。簡潔極まりなく、他の兄弟と比べても小さく粗略な扱いは、触れてくれるなと言わんばかりだった。

ある日のこと、綱吉はこの第三子を登城させるよう紀州の家老に申し渡した。案の定、紀州家中は反発したが、次の登城までに連れてくるようにと厳命して、ようやくこの日が成った。

しばらくの沈黙の後、光貞が口の端を僅《わず》かばかり苦々しげに歪めた。

「次の間に控えさせており申す」

「今から会おう」

目の奥に反発の光を見せた光貞をよそに、近習が次の間の唐紙を音もなく開いた。縁側の障子が締め切られているからか、謁見の間よりも影が深い。目を凝らすうち、平伏した少年の姿が像を結ぶ。

「入れ」

作法通りに深く頭を下げた後、次の間の子供は白書院に膝行《しっこう》して入ってきた。

露わになったその子供の姿に、綱吉は目を見張った。

歳は十三と聞いている。前髪は残っているが折り曲げた体は大人並みに大きい。青糸の織小袖《おりこそで》に袴《はかま》を合わせたなり自体は上二人とほぼ同じだが、その印象は随分異なる。貴人の子は花よ蝶よと大事に育てられて肌が白く手足や首が細いのが相場だが、目の前の少年の肌は浅黒く灼《や》け、体つきもがっちりしている。何より、大人誂《あつら》えの裃《かみしも》を窮屈そうに着て顔を伏せるその姿には、見る者の肚の底をざわつかせる何かがあった。

老公をからかうつもりで呼んだが、なかなかどうして――。綱吉はそっと述べた。

「堂々たる姿だの」

光貞が声をかすらせた。

「気ままに育ててしまいましたゆえ、斯様《かよう》に見苦しいことに」

綱吉は光貞の言葉に割って入った。

「紀州殿。余《よ》はこの子と話がしたい。お疲れであろう。下がってゆっくりお休みになるがよろしい」

光貞は目を何度もしばたたかせた。だが、重ねて命じると綱吉の意を理解したのか平伏した。後ろの子を引き連れ立ち上がり、縁側から白書院の様子をしばし不満げに見やっていたが、近習たちに促《うなが》され、足音を残して去っていった。かくして白書院には、綱吉と平伏する少年だけが取り残された。

「面《おもて》を上げよ」

少年は従った。

野の気配を宿してはいるものの、顔立ちは存外に整っている。細く高い鼻、彫りの深い顔、きりと結んだ薄い唇、大きな福耳、一つ一つは野趣に満ちていたが、不思議とこれらが顔の中に収まってみると、何者にも冒しがたい品を生んでいる。光貞の顔を思い浮かべつつ、母親が相当の器量なのだろうと推量した。

綱吉は少年の顔をまじまじと眺めながら、心中で呟いた。

何より目がいい、と。

漆黒の目の奥に、深き湖のような智、燃え盛る炎のような激情を見た。この相反する二つの色が瞳の奥で混じり合い、刻々と複雑な景色を描き出す。いつぞやの茶会で手に取って眺めた曜変《ようへん》天目《てんもく》のようだ。

天下の名物に譬《たと》えてしまうとは――。

心浮き立つ。

綱吉は胸の高鳴りを感じつつ、切り出した。

「名は」

「紀州新之助《しんのすけ》と申します」

老成した口ぶりは、とても今年十三の子供とは思えなかった。

「そなたの母は何者ぞ」

「父が紀州にて見初めた女と」

綱吉の口中に苦いものがじわりと広がった。

ふと、己が母の面差しが頭を掠めた。

綱吉の実母桂昌院《けいしょういん》は側室、しかも八百屋の子である。

ようやく綱吉は、なぜこれまで目の前の少年に将軍目通りの機会が与えられなかったのかを知った。元服を済ませた長男があるゆえ、妾腹《しょうふく》、しかも町人の母を持つ三男坊など雑具も同然に捨て置かれているのだろう。

綱吉は扇子で床を叩いた。近くへ来いという謂《い》いを察知したか、新之助は一度平伏して、さらに膝行した。

「新之助、であったな。そなた、母をどう思うておる」

目の前の少年は、質問の裏にある意図を測りかねているかのように口を淀ませた。十五にも満たぬ子供がそこまで気を回すのも面妖だが、妾腹の大名子息は父母兄弟や家臣の振る舞いに敏感になる。部屋住みは籠《かご》の鳥、飼い主の機嫌ひとつで縊《くび》り殺されるが必定である。かつて父や家臣の視線に怯えて暮らしていた己の過去を、綱吉は思い起こした。

「そなたにとって、母はどういう人間だ。憎いか？　もしそなたの母が正室であったなら、そなたの人生はもう少し開けたであろうからな」

新之助は何度も首を振った。初めて目の前の少年の子供らしい仕草を見たような気がした。

「何に代えても大事なもの、でございます」

母を語る時だけ、年齢相応のあどけなさが顔を覗かせる。綱吉はわずかばかり胸に走った痛みに見て見ぬふりを決め込んだ。

「夢はあるか」

「母を守る庇《ひさし》となりとうございます」

紀州家臣の家に捨扶持《すてぶち》を与えられて母は暮らしておりますと新之助は述べた。

側室の地位を与えられ一生を安閑《あんかん》のうちに過ごす、それが藩主の子を産んだ女の辿《たど》る道だ。もし新之助の言うことが事実だとするなら、新之助の母はよほど身分が低いと見えた。

綱吉は中段の間に降り、新之助の前に立った。

将軍の視線に晒《さら》されながらも、少年は挑むように綱吉を見上げ返している。曜変天目の如き瞳の奥に赤い熱情が混じり、複雑な色合いを見せる。

心地の良い痺《しび》れを背に覚えつつ、綱吉は言い放った。

「高みに登れ。さすれば、そなたの願いは叶《かな》う」

綱吉は目を白黒させる新之助に語り掛けた。

「関ヶ原の戦より百年。島原の乱から数えても六十年。武士は先祖伝来の武具を櫃《ひつ》に納め、刀を筆に持ち替えておる。武士が力を示すには、文の力で駆け上がるしかない。だが、当世、席はすべて埋まっておる」

「では、どうしたら」

「卓越し、周りを蹴落とせ。今の世は、長幼の序に支配されておる。三男、しかも妾腹の子であるそなたは今の世では弱い。大事なものを守らんと欲さば、他を圧倒する力が要る」

言い放ったその時、目の前の少年は目の色を変じた。

智の青、熱情の赤が入り混じる目に、僅かな煌《きら》めきが加わった。今はまだ微《かす》かなものにすぎない。だが、綱吉には確かに見える。少年の眼中の光は、青と赤、どちらの輝きも猛《たけ》らせている。

薄く口角を上げた新之助は、膝に置いた手を僅かに震わせた。

「ありがたきお言葉でございます」

「礼はいらぬ」

綱吉があえてそっけなく言い放つと、新之助は口元をわななかせながら問いを発した。

「上様は今、天下の座から、下々をどのような思いで見下ろしておいでですか」

誤魔化《ごまか》すこともできた。だが、いつしか目の前の少年との間に作っていた垣が取り払われていた。自然と、生の声がするりと口から流れ出た。

「寒い。ただそれだけよ」

新之助を下がらせ、一人白書院に残った綱吉は、脇息《きょうそく》に寄りかかりながら先の邂逅《かいこう》に思いを致していた。

「あれに、捨扶持を与えてやるか」

思い付きが口をついて出た。

くつくつと笑った綱吉は脇息を倒した。

「この上なき座興を得たものよ」

綱吉の声は、広間に響き、やがて消えた。

一章

日差しと共に、蟬時雨《せみしぐれ》が屋敷の甍《いらか》に降り注いでいる。

暗い堂宇に吹き付ける熱風を頰で感じつつ縁側に座る新之助は、光の満ちる白砂の庭を眺めていた。

しばし、そのままでいると後ろから声が掛かった。

「考え事ですか、若様」

新之助が振り返ると、縁側の隅に一人の青年が立っていた。

唯一の家臣、星野伊織《ほしのいおり》の姿だった。

新之助の三歳年上だから今年で齢十七、前髪を落としている。新之助のように木綿ではなく絹染めの袴《はかま》を穿《は》き、腰には武骨な大小を手挟んでいる。男の新之助も目を見張るほどの美形で、切れ長の目が涼やかで新之助よりよほど貴公子然としているものの、全身に色濃い陰鬱の気を纏っていて、周りに寄り付こうとする者は新之助を除いて他にない。

新之助の横に立った伊織は、僅かに口角を上げた。

「若様が考え事など珍しいですな。腹が痛ければこの伊織に言うてくだされ」

「余計なお世話ぞ」

新之助は渋面を作って見せた。

目の前の伊織は、顔から渋面を追い出した。

「公方様との目通りを思い出しておられたのですな」

「なぜ分かる」

「某《それがし》が若様の乳兄弟《ちきょうだい》だからでございます」

伊織が白い歯を見せ、新之助に笑いかけた。

伊織は一緒に育った乳兄弟で、君臣の別こそあれ二人の関係は兄と弟のようだった。

「されど若様、もう一年前のことでございますぞ」

「どれほど前であろうが、己を揺るがされたのだ」

「まあ、おかげで若様へのご指南も楽になりましたが」

物心ついたときには城中ではなく紀州藩士の家に住まわされ、日中は近くの寺に預けられていた。五歳から江戸赤坂の紀州藩邸で暮らすようになったものの、己の先を悲観していたがゆえに、自己研鑽《けんさん》の意義を見出すことができず、学問に身が入らなかった。

だが十三の春、父から、公方様目通りがあるゆえ用意せよと命令があった。新之助の周囲は途端に騒がしくなり、召し物や差料を慌てて誂《あつら》え、乱れた髪を結い直し、城内での礼儀作法を教わった。

目通りした綱吉に『力を持て』と奮起を促されてから、新之助は剣術の上手である伊織につき、学問にも精を出すようになった。

だが、将軍目通りからしばらくして、なぜか新之助は父の命令で紀州へ向かわされた。かれこれ八年ぶりの故郷での暮らしだが、城ではなく、かつて身を置いていた家臣の家に預けられ、昼間はこうして近くの寺に足を運んでいる。

「それほどまでに、公方様はすごいお方だったのですね」

「ああ。犬公方などと陰口を叩かれておるが、凄まじいお方であった」

将軍綱吉との邂逅が頭から離れない。あのひと時は鮮烈な記憶となって新之助の脳裏に刻まれている。

言葉一つで白も黒になり、皆がひれ伏す。数々の群臣が侍《はべ》り、近習や番方たちがただ一人のために控えている。それればかりではない。紀州の殿様である父すらも言葉を選びひれ伏す。それが将軍だった。

ああしたものになりたい。さすれば――。

気づけば、新之助は強く手を握っていた。

やれやれ、と言わんばかりに息をついた伊織は、はたと手を叩いた。

「これから講釈です。お戻りください」

「もう、そんな時か」

「和尚様《おしょう》もお待ちかねです」

伊織に言われ、慌てて講堂へと向かった。講堂は今いる堂宇と渡り廊下で繋がっている。この寺はいくつかの堂宇から成っているものの、それぞれの建物は小屋のように小さい。

講堂の蔀戸《しとみど》を開くと、中から響く一喝《いっかつ》に殴りつけられた。

「遅いですぞ、若様」

「す、すまぬ……」

あまりの剣幕に、新之助はつい謝りの言葉を口にした。

堂宇には二つ文机が並び置かれており、その奥、仏像の手前に、墨染の法衣に糸のほつれた金袈裟《けさ》姿、顎に白い虎ひげを蓄える老人が座していた。衿《えり》から延びる首は太く、袖から覗く腕も太い。その座り姿はまるで大きな巌《いわお》を見るようだ。

僧、鉄海《てっかい》は諭すように続けた。

「まったく、江戸で相当たるんだ生活をなさっておいでだったようですな。伊織、そなたもだぞ。若様の不始末はお前の不始末ぞ」

横の伊織も肩をすくめた。

鉄海和尚は紀州でも指折りの高僧である。無住寺であったここに身を置いて貴顕のために加持《かじ》祈禱《きとう》を行ない、礼金を貧しい者たちに分け与えることで、武家から町民に至るまで広く尊敬を集めている。

この僧との出会いは、半ば偶然のことだった。

四つの時分のこと。伊織を引き連れ、枝を振り回しながら往来を走っていると、町をゆく黒衣の僧と行き当たった。それが鉄海だった。

『おや、その着物の紋……、紀州の若殿様ですな。潑剌《はつらつ》なのはよきことと存じますが、紀州家中の御子ともあろうお方が、斯様《かよう》な格好をなさるとは情けなや』

鉄海は、新之助のぼろ着物を指し、首を振った。

『格好だけではありませぬ。失礼ながら、お心の鍛錬も足りないようにお見受けいたします。いかがでございましょう。拙僧の元で学びませぬか』

それからというもの、新之助は毎日のようにこの寺に通い、鉄海を師に読み書きの基礎を学んだ。五歳になって江戸に居を移すまでの師弟関係だったが、文のやり取りはずっとしており、此度《こたび》、紀州に戻るにあたって、また教えを請うた。

鉄海和尚は夏扇の先で文机を指した。座れ、ということであろう。指示の通りに文机の前に座ると、鉄海和尚はおもむろに立ち上がり、新之助の肩を夏扇で軽く叩いた。

「まだまだ修行が足りませぬな。体の芯が練れておりませぬ」

横の文机の前に坐っている伊織の真似をして背をしゃんと伸ばすと、鉄海和尚は息をついて元の席に戻り、書見台の上の本をめくった。

「さて、今日は孫子の虚実篇の講釈でしたな」

鉄海和尚が目を細めて書見台の上の本を繰るのを眺めていた新之助であったが、ややあって心の内にわだかまっていた思いを吐き出した。

「和尚。なぜ、孫子を学ばねばならぬ。太平の世に戦の技量は要るまい」

鉄海和尚の目が暗く光った気がした。だが、構いもせずに続けた。

それは異なことを、と鉄海和尚は一笑に付した。

「平時と乱は紙一重でございますぞ。実感はできますまい。されど、長じられた後、この愚僧の言葉を思い出すこともありましょう。若様は必ずや雄飛の時がやって来る。いや、雄飛せねばなりませぬ。何卒《なにとぞ》、今のうちに力をおつけなされ」

鉄海和尚は喝《かつ》を発して講義を始めた。

講釈の間、どうしても気の散る時がある。そんな間隙を縫うように、一人の女人の面影が新之助の頭を掠めた。幾重にも締め切られた部屋の奥におり、優しい笑顔を振り向けてくる女人の姿だ。筆を執る手がいつしか止まっているのを見咎《みとが》められ、鉄海和尚に怒られた。

また孫子に意識を戻そうとして、ふと不安に呑まれる。雄飛の時はやってくると鉄海は言うが、そんな保証はどこにもない。このまま部屋住みの三男坊として腐れ落ちても不思議はない。心中で浮かぶもう一人の己の声が蠅《はえ》の形をなし、目の前を飛び回っている。

一方で、公方様に目通りした時、何かが疼《うず》いたような感触が、今も胸の奥にある。あれはなんだったのだろう。未だに分からない。だが――たしかにこの胸の内に、ある。

不安や高揚と戦ううちに半刻ほどの時が経っていた。そんな頃、本堂の戸が開く音がした。振り返ると、そこには年の頃四十ほどの武士が立っていた。優しげな馬面で、折り目の正しい藍の裃に重そうな大小を合わせている。薄い肩幅、そして鶴のようにしゃんとした振舞は、武人というよりは文の人の気配を匂わせている。

「若様、ご無沙汰いたしております」

恭《うやうや》しく頭を下げるこの男は小笠原胤次《おがさわらたねつぐ》、新之助の後見役だ。紀州藩年寄の地位にあるため実際の養育は藩士や星野伊織任せだが、たまにこうして様子を見に来る。

「おお、小笠原殿、お忙しそうであられるな」

鉄海の鷹揚な声に、小笠原は肩をすくめた。

「申し訳なく。本来なら、もっと若様の許に詰めておりたいのですが」

「お忙しいのはよきことでございましょう」

城下でも一、二を争う名僧の誉れ高い鉄海の豪放な高笑いに、すっかり小笠原は飲まれていた。だが、己の役目を思い出したのか、上がり框《かまち》に座り込むと、元の表情を取り戻して新之助に向いた。

「十日後、御城にて月見の宴が開かれます。若様におかれましては万障《ばんしょう》繰り合わせお越しくださいますよう」

「――母上はお越しか」

小笠原はゆっくりと頭《かぶり》を振った。

「紋《もん》様は呼ばれてはおりませぬ」

「ならば、行かぬ」

新之助は冷たく言い放った。

「若様、左様な我儘《わがまま》をおっしゃってはなりませぬ」

伊織の鋭い声にも応えずにいると、縁側に坐したままの小笠原は諭すような口ぶりで続ける。

「此度の月見は、殿様御自ら『新之助と話したい』と仰せでした。何か、殿様にもご存念があるものと」

殿様――父の光貞だ。

鉄海和尚も小笠原に助け舟を出した。

「もしかしたら、何か大事な話があるのかもしれませぬぞ」

鉄海和尚は言葉を濁したが、藩主の呼び出し――よほどの重大事だ。

「この鉄海も、共に向かいましょうぞ」

新之助はあえてそっけなく、そうか、とだけ応じるに留めた。


蛙の鳴く声がした。

十日後の夜、青い裃に身を包んだ新之助は、礼装である烏帽子《くろもうす》に九条袈裟姿の鉄海と裃姿の星野伊織を伴い、和歌山城近くの水堀際を歩いていた。

和歌山城は虎伏山《とらふす》という二つの頂上を持つ丘を中心とした城で、二つの丘には天守と本丸がそれぞれ独立する形で鎮座し、その麓《ふもと》に二の丸以下の曲輪《くるわ》が広がっている。藩主の子であるにも拘らず、新之助は未だ虎伏山に登ったことがない。この日も、闇に沈む虎伏山は、名前の通り登城する者の隙をうかがうように身構えていた。

満月の映る水堀を横目に土橋を渡って大手門の門前にやってくると、通用口から小笠原胤次が現れた。

「お待ちしておりました、若様。そして、鉄海殿、痛み入り申す」

「構いませぬ。たまには城中に伺いとうなりましてな」

鉄海の冗談に、番方の武士たちは追従笑《ついしょう》いを浮かべた。

通用口から城に入る。

いつも家臣の家に住み、伊織の護衛付きとはいえ町中を闊歩《かっぽ》している新之助は、等間隔に番方が居並んで目を光らせる城中の様に慣れることが未だにできずにいる。小笠原に先導され、役方詰所の横を抜け、堀の間にある土橋を渡ってまた門をくぐる。

通されたのは、二の丸御殿だった。

新之助の耳に、陽気な笑い声や音曲が飛び込んできた。

「既に宴は始まっております」

行灯《あんどん》を頼りに縁側に出た。

普段は丁寧に砂描き棒で整えられている枯山水の中庭一面に緋毛氈《ひもうせん》が敷かれ、その上で酒を酌み交わす家臣たちの姿がある。総絹の身なりからして下士は呼ばれておらず、上士だけに声がかかっていると見える。そんな庭の隅には横笛や箏《そう》、琴を鳴らす楽人たちの姿があったが耳を貸す者はなく、人々の嬌声が澄んだ音色をかき消している。

庭の奥に顔を向けて目を凝らすうち、御殿の姿が闇の中に浮かび上がった。その縁側の奥にある謁見の間には父の光貞や兄たちの姿があり、次の間には光貞や兄の正室が屯している。

新之助一行が中庭の縁側に至ると、家臣たちは口をつぐんで新之助に胡乱《うろん》な目を向けた。何をしに来たのだ、と言わんばかりだった。

昔はこの視線にたじろいだものだったが、今ではもう何も感じなくなった。息を吞む伊織たち家臣の顔を覗き込み、新之助は顎をしゃくった。

刺すような視線に晒される。ある者は侮蔑、ある者は恐怖、そしてある者は怪訝《けげん》。その悉《ことごと》くを黙殺しながら、小笠原の先導に従って二の丸御殿に上がる。

新之助が通されたのは、中庭を挟んで謁見の間と対面する形になっている八畳間だった。

掃除はなされているものの、座布団や脇息といった調度品もなく、燭台が一つ置かれているばかり。格子のない座敷牢の如くに殺風景な一間だった。少なくとも、藩主の子に相応する控えの間ではない。伊織が顔色を変えたが、新之助は「よい」とだけ口にして、部屋の真ん中で胡坐《あぐら》をかいた。

慌てて小笠原が席を外したのを見計らい、横に正座した伊織に話しかけた。

「致し方、あるまいな」

伊織は膝の上に載せた手を小刻みに震わせていた。

「あまりの仕打ちではありますまいか」

鉄海も片眉を上げている。

やがて、座布団や脇息を抱えた小笠原が戻ってきた。畳に額をこすりつける小笠原に許しの言葉を与えて脇息に寄りかかった新之助は、曇り一つない空を見上げ、月を眺めた。ひたすら、閉じた扇を掌に打ち据えながら。

膳も運ばれてこぬ中しばらく待っていると、やがて縁側に一人の男が現れた。青い裃を優雅に着こなし、何も言わず、感情の籠らぬ目でこちらを見据えてくる切れ者然とした中年の男は、紀州家中の国家老である。

新之助をちらりと一瞥《いちべつ》し、目礼すらせずに国家老は冷たい声を発した。

「殿がお呼びでございます。お越しくださいませ」

伊織が声を荒らげた。まずは膳を用意するのが筋でございましょう、と。だが、家老はそんな伊織の言を歯牙《しが》にもかけず、重ねて新之助に「お越しくださいませ」と促した。お願いの形を取っているが、その冷厳な口ぶりには有無を言わせぬ強ばりがあった。

怒る伊織を圧し留め、新之助は鉄海を連れて奥の廊下に出た。国家老の持つ紙燭《しそく》一つを頼りに真っ暗な廊下を右に左に進むうち、やがてある部屋へと通された。そこは縁側から遠く離れた奥の間で、普段は藩主や世子などの控えの間として使っているはずのところだ。

「新之助様、鉄海殿、参りました」

国家老がそう声を上げ、戸を開く。

真新しい畳が敷かれ、金の腰高屏風が奥に置かれた八畳間が新之助を迎えた。奥の襖には松林が雄渾に腕を伸ばし、床の間には上等な花差しと掛け軸が飾られている。そんな城の華やぎが凝縮されたような部屋の真ん中に一人の男の影があった。葵紋の染め抜きがなされた絹の単衣羽織にやはり単衣の袴姿で胡坐をかき、ゆっくりと首筋辺りを扇いでいるのは——父の光貞だった。

「和尚か、よう来たな」

第一声が実の息子ではなく、鉄海へのものだった。その事実が、新之助を容赦なく切り裂く。

物心ついた頃には家臣の屋敷に住まわされ、年に一度あるかないかの挨拶の他には父と話す機会もなかった。父だとは頭では承知しているが、本来、父という言葉の持つ頼もしさ、温かさを目の前の光貞に感じたことは終《つい》ぞない。そして未だに、実の父に感じる怖気の正体が何なのか、摑むことができずにいる。

扇を持つ手や首元の皺は隠せぬほどに深く、顔全体にいくつものしみが浮かび、髷《まげ》を結った髪も真っ白だった。もう齢七十になるはずだった。

「ご無沙汰いたしております」

怖気づいた心を隠し、挨拶の声を発したものの、光貞は眉一つ動かすことなく、音を立てて扇を閉じてその先を畳に立てた。座れと命じているのだと察し、鉄海とともに腰を下ろした。

「そなたほどの者が肩を持つに値するか、それは」

光貞は物にそうするように、扇の先で新之助を指した。

「たまには、御城に上がってみたくなりましてのう。拙僧も」

臆することなく、いつもの調子で鉄海は述べた。

まあよい。吐き捨てるようにそう口にした光貞は、新之助を一瞥した。

「さる寺が、そなたを別当に迎えたいと申しておる」

もうこの瞬間には、光貞は虚空を眺めていた。

「受けよ」

父の目が怖かった。何の光も籠っていない。

お待ちくだされ、と鉄海が割って入った。

「左様な話、聞いておりませぬぞ」

「今申した。既に決まっておることだ。たとえそなたでも、翻《ひるがえ》すことはできぬぞえ、鉄海」

平伏した鉄海のこめかみには青い筋が浮かび、細かに震えていた。

中庭の方から大きな笑い声が上がった。遠くで聞こえるその声は、新之助の厄介払いを喜んでいるように聞こえてならなかった。

それから何を話したのかは覚えていない。二、三、言葉を交わした後、伊織たちの待つ八畳間へと戻った。

いかがでしたか、という伊織の問いに答えることができず、鉄海が代弁した。

「若様が坊主になれとの仰せであった」

これには小笠原も驚いたらしく、目を剝《む》いたが、また元の謹厳な表情を取り戻した。

「なんと……。しかし——、殿様がご高配の末にお持ち下された良縁でございますぞ。その思いを汲んでいただくことはできませぬか」

「体のいい厄介払いであろうよ」

ようやく、新之助は口を開いた。

お前など要らぬ、という父の叱声が聞こえた気がして、新之助は耳を塞いだ。だが、地の底から響くような声が止むことがなかった。

闇の中、何の屈託もなく満月がぽっかりと浮かんでいる。

新之助は喚声の湧くほうへと目をやった。

そこは、謁見の間の横にある、世子である兄の控室だった。家臣や女中が多数詰めかけ、人でごった返している。がらんとした新之助の部屋とは天と地ほどの違いがあった。

時折、新之助は思うことがある。

羨《うらや》ましい、と。

物心ついた時から新之助は家臣の家に住まわされ、周りには伊織がかしずいているのみだった。

少し長じてからは鉄海が儒学を講じてくれるようになったが、それでも、身を裂くような苦しみに襲われ、夜も眠れない日がある。

あのような場におったなら、わしは——。

詮無きことを思い、新之助は首を振った。

数日後、新之助は、和歌山城下の家臣屋敷を訪ねた。

屋敷の主人に伴われて廊下を歩き、離れへと向かう。母屋も余計な装飾のない武骨な屋敷だったが、離れはなおのこと侘《わび》しい。庭の木々も枝が伸び放題で、地面には枯れ葉が幾重にも散り積もっている。案内をする主人も裃姿ながら、下の小袖や袴は麻だった。屋敷全体に貧乏の臭いが籠っていた。

離れの濡れ縁に上がる新之助を、優しげで、温かな声が迎えた。

「今日を心待ちにしておりました」

障子を開け放った八畳一間の部屋に独り座っていた女人は、にこりと微笑《ほほえ》んだ。針と布を手元に持っていた。庶民の着るような藍染の麻の小袖一枚で、いやしくも大藩の藩主の子の母とは到底見えない。

新之助が目の前に座ると、女人は針道具を納めて脇に除けた。

「よくお越しくださいました」

母親の紋は、そうして頭を垂れた。

四十路《よそじ》を迎えているというのに結われた髪は黒々としている。美人というには鼻筋も整っておらず目も小さく口も大きいが、愛嬌のある柔和な笑顔はぱっと笑うと野の花のような明るさと日《ひ》向《なた》のような温かみ、華やぎがある。

なぜ光貞が母を見初めたのか、新之助にも分からぬではなかった。

今日は、月に一度だけ許された母との語らいの日だった。新之助は心を躍らせていたが、頑是《がんぜ》ない子供のように無邪気に喜ぶことはできない。

紋の身分は低い。伊勢参りの巡礼の途中で病を得て紀州で暮らすようになった、庶民の出だという。

紋が明るく微笑むだけ、周りの侘びしさが浮かび上がる気がしてならなかった。紋の着ている麻の藍染めも度重なる洗濯で色褪せ、藍というよりは灰色に近くなっている。部屋の荷物は行李一つに収まる程度のものしかない。新之助が畳を親指で突くと、ぶよぶよとした感触が指先に返ってくる。畳表は茶色く色を変え、ところどころ藺草《いぐさ》が切れている。

蟄居《ちっきょ》部屋と見違うような部屋の中、紋はあくまで朗らかに、新之助の後ろに控える伊織にも笑みを向けた。

「伊織も久方ぶりね」

「ご無沙汰いたしております」

「もう、あなたはいつも四角四面なんだから。もっと寛いでくれてもいいのに」

だが、平伏する伊織が態度を改めることはない。

「あくまで私は若様の家臣でございますれば」

「しょうがないわねえ」

思わず新之助が割って入った。

「わしの前ではもっとくだけておるくせに、母上の前ではいつもそうであるな」

「なっ、何をおっしゃるのですか、若様」

珍しくうろたえる伊織を眺めつつ、頬に手をやった紋は小さく微笑んだ。

伊織の母は新之助が四歳の時に死んだ。火の消えたように静かな星野家の屋敷の中には、母の位牌の前で身をこわばらせて唇を噛む伊織、伊織の横で泣きじゃくる新之助の後ろにいた、目を伏せて手を合わせる紋の姿があった。それからというもの、紋は実の我が子のように伊織を可愛がっている。

新之助と伊織を交互に見比べていた紋は、ああ、と声を上げ、庭先に目をやった。

「庭の柿が熟れているから、二人とも、お食べなさいな」

制止の間もなく、縁側から庭に出た紋は、庭先の大きな木を見上げた。柿の木だ。鈴なりに生った実のおかげで枝がたわんでいる。紋は近くにあった木の梯子《はしご》を幹に立てかけ、するすると上に登っていった。

伊織ともども梯子を支えた。落ちてしまいはしないかと心配だったが、実を三つ抱え、梯子から降りてきた紋は白い歯を見せて新之助に笑いかけた。

「二人とも座っておればよいのに。では、縁側で食べましょう」

袖で拭いた柿を紋が差し出してきた。受け取り一口かじった。素朴な果肉の甘みが口いっぱいに広がる。横を見れば普段はしかめっつらの伊織も、僅かに眉根を緩めていた。

柿の甘みはほのかで、すぐに消えてゆく。三人して部屋に戻った頃には、その名残もほとんど消えていた。

「話があるそうですね」

座った紋が切り出した。

向かい合って座り直した新之助は、畳に目を落としながら、ぽつぽつと答えた。

「坊主にさせられるやもしれませぬ」

「仏道に？　それはよきことではありませぬか」

「何をおっしゃいますか。納得できませぬ」

「そうなのですか」

純真な問いかけに言葉の接ぎ穂を見失っているうちに、紋が問いを重ねた。

「いつ頃……？」

「恐らく、来年の頭には」

「すぐやってきてしまいますね」

某寺の別当就任の話は、あれよあれよというちに日程の相談にまで至っている。新之助の意思など最初から考えに入れぬと言わんばかりに、己の行く末が頭上を飛び越え、決められてゆく。

目を細めた紋は開け放たれた天窓を見上げた。ぽつねんと立っている椛《もみじ》から、赤ん坊の手のような葉が数枚ちぎれていった。秋風の行方を見やっていた紋は、やがて両膝の上に置いていた手を胸の前で合わせた。

「納得できぬと言いますな。よい話でございましょう。これで新之助は日向《ひなた》に出ることができるのですから」

あまりの屈託のなさに毒気が抜かれて、放った言葉に険が混じった。

「仏道に入るということは、一人で行くことになります。さすれば――」

紋をこの地に一人残すことになる。

微笑む紋は新之助の頭に手を伸ばした。柔らかい手の感触が頭の上に乗ったその時、満たされぬ心に温かな何かが滑り込む心地がした。

「よいのです。わたしのことは」

「けれど母上」

「よいと言っておりましょう。わたしはあなたが幸せでありさえすればそれでよいのです。——

ようやく、お前様は世に出る機会を得たのです。それが望まぬ形であれ、今よりはずっと幸せに決まっているでしょう。ああ、新之助、母を赦《ゆる》してくだされ。もし母が良家の娘であったなら、こんな苦労を掛けはしなかったものを」

途中から、紋の声に湿り気が混じった。先ほどまで薄く微笑んでいた表情に生気が失せた。

もう一人の己が、心中で怒鳴っている。この女のせいなのだ、と。だが、新之助は己の内にそんな卑しい思いがあるということに反吐《へど》が出る。勢い、出来もしない壮言が口をついて出た。

「必ずや、母上を迎えに参ります。ですから、母上……」

「新之助や」

紋は口元を袖で隠し、後ろに控えていた星野伊織に問うた。

「伊織、そなたは新之助が仏門に入ったらどうするのですか」

伊織は、その場に跪《ひざまず》くと同時に答えた。

「某は若様と共に頭を丸めるつもりでございます」

伊織は元を正せば紀州家臣の次男坊だ。新之助についてゆけば一生を寺で過ごすことになるやもしれぬ。家督を継ぐ目や養子の口もあろうに、伊織は厭《いや》な顔一つせず、

「若様の行くところならばどこまでも。頭を丸め、法華経全巻そらんじて見せましょう」

と笑いかけた。

紋は、伊織に悲しげな笑みを振り向けた。

「まあ、あなたも」

伊織も目を伏せた。

紋は伊織の頬に手をやった。

「あなたが居てくれれば、何も心配ありません。新之助のこと、よろしくお願いしますね」

「――命に代えましても」

「大げさねえ。でも、無理はしなくともよいのですよ」

湿った声で、ころころと紋は笑った。

が、紋はその笑い声をひっこめ、立ち上がった。

「さて、そろそろ、わたしも出かける用意をせねばならぬのです」

「どちらへ」

新之助がそう問うと、紋は一瞬だけ顔に影を差した。

「今日の朝、突然城に上がるようにと命じられたのです」

新之助も母親の立場は薄々理解している。寺にやってくる町方の子供たちが、妾《めかけ》、という言葉を新之助に囁《ささや》いた。分限者《ぶげんしゃ》の囲う、妻ではない女のことだ。まだ、それがどういう意味を持っているのかは分からない。だが、母に向けられたあざけりの色は、声音から読み取っている。

「また、お越しくださいませ」

そう挨拶し、城からやってきた駕籠に乗り込んでいった紋の一行を新之助は見送った。

「お方様を、お助け申し上げとうござる」

横にいる伊織は抑揚のない声を発した。見れば、手を強く握り、わなわなと震えている。普段、感情を発露することがないだけに、この伊織の言葉には妙な力が備わっていた。

「ああ」

そう答えるので精いっぱいだった。

その日、新之助は寺で鉄海和尚の講釈を受けていた。

板の間の真ん中で文机に向かい、幾度となくやってくる眠気を追い出そうと腿《もも》をつねったその時、廊下から慌ただしい足音が鳴り始め、この部屋へと近づいてきた。何事かと訝しく思っている間に障子が勢いよく開いた。

肩で息をしながら廊下に立っていたのは、小笠原胤次であった。

「どうされたのだ、小笠原殿」

鉄海和尚がそう問うたが、小笠原は何も言わずに肩で息をしている。何か言わねばならぬことがあるのに言葉にできずに立ち往生している風だった。しばらく待っていると、ようやく考えがまとまったのか、小笠原は口を開いた。

「若様、これからすぐ江戸に向かいますゆえ、ご準備を」

何があったのかと問うた。だが、今すぐ用意せねばならぬゆえ、と小笠原に急かされ、鉄海への挨拶もそこそこに和歌山城下に飛び出した。

その道の途中、小笠原は顔を上気させ、ようやく事の次第を説明した。

「千代田《ちよだ》の御城より使者が参りましてな」

「使者？　それがどうした。わしには関係あるまい」

「それが大いにあるのです。実は——」

将軍綱吉公の書状が届いた。そこには、予期せぬことが書き記されていた。

——紀州新之助に、扶持を与える。

新之助は目を剝いた。

「真のことか」

「嘘をつく意味はございますまい」先導する小笠原は声を弾ませた。「これで若様は晴れて万石の大名でございますぞ」

御三家の部屋住みに捨扶持が与えられること自体はそう珍しいことではないが、実感が追い付かない。

「父上はなんと」

「突然のことなれど、お慶びでございましたぞ」

こわばる小笠原の声に、新之助は嘘の色を嗅ぎ取った。

「で、今後どうするのだ」

「はっ。これはあくまで内示。四月に公方様が江戸紀州屋敷に下向なさいますゆえ、若様は日取りに合わせて江戸に向かっていただきます」

突然、目の前が開けたような心地がした一方、立ち眩みに似た感覚にも襲われた。

四月、新之助は江戸に戻った。その日は初夏の風が屋敷の中に吹き込む、爽やかな日だった。

江戸に急遽上った新之助は着慣れぬ青い素襖《すおう》に身を包み、紀州藩邸謁見の間の中段に控えた。

茵《しとね》と脇息の置かれた上段。その後ろの床の間には龍の掛け軸が掛かり、赤々とした花弁を誇るように生けられた花が場に彩りを添えていた。

固唾《かたず》を飲み、息を詰めて待っていると、後ろに人の気配を覚えた。

衣擦れの音、畳を踏み締めるわずかな足音が新之助の後ろに迫る。平伏すると、足音は次の間を通り越し、一段高くなっている一の間に上がった。そして、茵に腰を下ろしたところで、足音の主はようやく口を開いた。

「面を上げい」

か細い声に促されるように顔を上げたその時、新之助は目を見張った。

上座にある将軍綱吉は、あまりに変貌していた。

絹織りの羽織に金襴袴というなりだが、その普段着にすら着負けしている。血色はあまりよくなく、白粉《おしろい》では隠せないほどの隈《くま》が目の下にできている。元々決して武の人ではなかったが、袖から覗く腕は百日紅《さるすべり》を思わせるほどに白かった。

「久しいのう、新之助」

新之助の驚きに気づかないのか、それとも気づかぬふりを決め込んでいるのか、綱吉は薄く笑ってみせた。

綱吉は虚ろな笑みを浮かべたまま続ける。

「既に内示は耳にしておろうが――。越前葛野《えちぜんかずらの》に三万石を用意した。そなたの領国ぞ。捨扶持と腐らぬことだ。この三万石をそなたのふりだしとせえ」

「ありがたきことでございます」平伏した新之助は周りに家臣がいないのをいいことに、疑問の声を発した。「なぜ、拙者にこれほどまでの厚情をくださるのですか」

綱吉はわずかに目を泳がせた。己の横に懐かしい光景を見ているかのように目を細めていたものの、現《うつつ》に引き戻されたように目を見開き、無感動に続けた。

「何、餌よ。犬へのな」

綱吉が生類憐みの令なる法を出し、特に犬を丁重に扱っていることは紀州に住む新之助の耳にも届いている。それだけに、言葉の真意が読み解けない。普通に考えれば嘲《あざけ》りであろうが、何か含むところがあるのかも知れず、どう返したらよいか、咄嗟《とっさ》に判断ができなかった。

上座の綱吉は脇息に体を預けた。ひどく億劫そうに新之助を見据えたまま。

「そなたがこの程度で歩みを止めるなら、幸せな男だったというだけのことよ。——曜変天目の目を持った若造よ、のたうち回れ」

かくして綱吉への目通りは終わった。

葛野の陣屋に赴くものと思っていたが、代官を派遣することとなった。万石持ちの大名となった新之助であったが、三年に一回の参勤交代の他には何らこれまでとは変わらぬ紀州での生活が待っていた。

新之助は一人、『この程度で歩みを止めるなら、幸せな男だったというだけのこと』という、綱吉の言葉をずっと咀嚼《そしゃく》し続けていた。そして、鏡を覗き込み、綱吉が曜変天目に喩えた目の色を眺めた。だが、その目に輝きを見出すことはできなかった。

新之助が江戸で葛野三万石を下賜《かし》された丁度その頃——。

星野伊織は紀州和歌山城下、寺の本堂にいた。

雨戸を締め切った中、心を無にして座禅を組んでいた。もう何刻こうしていたか知れない。足を組み忘我の域に届いたその時、己が何者なのかも忘れ、内なる広大無辺の天地に至った。

瞑目したまま、伊織は自らの内に向き合う。

──若様は葛野三万石を得た。だが、あくまで葛野は捨扶持で、紀州に紐づいている。大名とはいえ、吹けば飛ぶようなものでしかない。

思索の中に身を沈めていると、俄《にわ》かに立ち上った殺気に気づいた。

瞬時に組んでいた足を解いて脇に置いていた刀を引き寄せ鯉口《こいくち》を切る。鍔元《つばもと》の刃が闇を払うように鋭く光った。

「見事」

紙燭の炎と共に鉄海和尚がぬうと姿を現した。わずかにこの老住持から武の気配がこびりついている。心もとなく揺らめく光が、堂宇の中で眠りについていた仏像や仏具の姿を浮かび上がらせた。

「禅を組んで忘我の域に達するも見事ならば、そこから一瞬で現に戻るも見事。わしのつけた稽古のおかげだな」

「某に才があっただけぞ」

「言いおるな」

鉄海和尚は昼の間に見せぬ、翳《かげ》のある、邪悪な笑みを見せた。だが、この表情こそが鉄海和尚の真の顔であることを伊織は知っている。

「しかし、あの小童《こわっぱ》が万石取りか。貴種の血は潰しが利くものだ」

「何を言われるか。若様の才が認められたのでしょう」

「甘いな。才？　力？　今の世は左様なものは一顧だにされぬ。でなければ、今頃わしはどこぞの大名家の剣術指南役であったことだろうよ」

この老住持の本性を知ったのは、己の母が死んですぐのことだった。

紋の開いてくれた母の四十九日法要に坊主としてやってきたこの男が、誰もいないところで伊織に声をかけた。

――力は要らぬか。主君を守るための力ぞ。

守りたい。己の主君を。そして、母代わりの女人を。

伊織が頷いた日から、この男との妙な関係が始まった。新之助について江戸に行くまでの間、毎日のように武芸、謀略、薬学、変装術……様々な業や知識を叩き込まれた。江戸に行ってからも、鉄海の手の者から手ほどきを受け、自らの身体に刻んだ。

鉄海和尚の人生について、伊織の知ることはあまりに少ない。

かつては武芸者だったこと、さる事情で紀州に暮らすようになったこと、今は法師となって不遇の身に甘んじている新之助と紋の為に力を尽くしたいと願っていること、これくらいのものだった。

隙あらば師をも殺せと吹き込まれている鉄海との闇の師弟関係は、恐ろしいほどに冷え冷えと冴え渡っている。ゆえに、言葉遣いもぞんざいなものとなる。

「何しに来た」

「うむ。釘を刺しにな」

ゆっくりとこちらに近付いてきた鉄海和尚は、懐から巻物を取り出した。受け取り開くと、そこには今の紀州徳川家の男子の一覧が載っていた。

鉄海和尚は揺らめく炎に照らされた巻物の文言を見下ろしながら口を開いた。

「今、紀州徳川家には、長兄綱教《つなのり》様、次兄頼職《よりもと》様、そして新之助の三人がおられる。光貞様《おおとのさま》が御公儀に隠居願を出している由、知っておるか」

家臣として和歌山城にも登ることができる身でありながら、斯様な話を小耳に挟んだことすらなかった。

驚く伊織を前に、眉一つ動かさずに鉄海は続ける。

「耳目を用い、変事を察せと教えておいたはずぞ。――そもそも、新之助が寺に出されそうになっていた時に察知するべきであったな。隠居して綱教様に家督を譲るにあたり、用済みとなった部屋住みを手放す動きであったと考えれば辻褄が合う」

「しかしなぜ、こんな高齢になられてから家督を譲られたのですか」

光貞は既に七十を超え、綱教は三十歳代だ。世子が年若なわけではない。

「大方、綱教を次の公方に推すつもりだったのだろう」

実の男子を亡くしていた綱吉の後継に押し込むべく、御三家や親藩大名家が暗躍していたという。紀州徳川家も例外ではなく、いざという時に綱教を徳川宗家に差し出すことのできるよう家督相続させていなかったのだとすれば平仄《ひょうそく》は合う。

続けるぞ、と鉄海和尚は低い声を発した。

「今のところ、綱教様にはお子はない。次兄の頼職様は生まれつき病弱であられ、光貞様《おおとのさま》はいつ死ぬか分からぬ老いぼれ……。急死しても怪しまれるのは綱教様のみ」

「今すぐ、消すべきでは」

「釘を刺しに来たと申したであろう。新之助はまだ小童。今、紀州家の家督が転がり込んできたところで持て余すのがせいぜいのところ、悪くすれば紀州家を傾けるかもしれぬ。新之助には未だ治天の才が開花しておらぬ」

「では、いつ」

しばらく巻物を見下ろし思案の様子だった鉄海和尚はぽつりと口を開いた。

「葛野の政を七年も見れば、ある程度道理を理解するであろう。機が満ちるのを待て」

「承知いたした」

頷き返した鉄海和尚は、巻物を取り上げると蠟燭の炎にかざした。瞬く間に火が移り、大きな炎になる。だが長くは燃え続けていなかった。一瞬だけ爆《は》ぜ、灰すらも残らずに巻物は虚空に消えた。

「時が満ちたら、動くとするかのう。腕を磨いておくのだな、伊織」

紙燭の炎を吹き消して、和尚が闇の中に溶けた後、一人闇の中に残された伊織はまた禅を組み直した。いつもならばすぐに忘我の境地に至ることもできるのに、いまに限ってはうまく行かない。

頭の中に去来して何度も響くのは、これまで掛けられた紋の言葉だった。

紋の言葉は、伊織の胸の中で宝玉のごとくに輝いている。

実母との思い出はほとんどない。ずっと母は新之助と紋の世話に当たっていた。殆《ほとん》ど触れることのできなかった母のぬくもりを思い出し、子供ながらに悋気《りんき》を抱いたことも再三だった。

そんな思いは、母が死んだ後に雲散霧消した。

『新之助は、あなただけが頼りなのよ』

そう紋が口にしたのは、母の墓参りに三人で行った時のことだった。あれはひどく暑い日のことだった。蟬の声を聴きながら、その言葉をずっと嚙み締めていた。

墓前で紋は涙を流していた。

お方様のために力を尽くしたい――。その思いが伊織の原動力だった。だからこそ、鉄海和尚に才を見出された際、常人ならば投げ出すほどに厳しい修行にも耐え、今や様々な闇の業をも手中に収めた。新之助の力になって欲しい、という紋の願いを叶えるために。

この思いの源泉は何だろう。しばし考えるうちに、母への思慕に似ていることに気づき、ばつが悪くもなった。

闇の中に浮かぶ煩悩を振り払いながら、禅を組もうと努力してみたものの、結局この日はうまく行かぬまま、時だけが過ぎた。

七年後。己は二十四になっている。それまでに、腕を磨かねばならぬ。識らねばならぬこともある。修めねばならぬものもある。七年後などすぐだ。

伊織は一人、呼気と一緒に燃えたぎる気を吐き出した。


葛野三万石の藩主となった新之助は和歌山城下に屋敷を与えられた。家老格の者が住んでいた空屋敷を陣屋代わりに宛がわれた格好である。しばし打ち捨てられていたのか唐紙はくすみ、欄《らん》間《ま》には蜘蛛《くも》が巣を張っていた。新之助自らはたきを手に取って藩庁としての形を整え、葛野に送った代官の寄越した書状を睨み、印を捺《お》した。

最初の三年は侍臣の言いなりだった。代官が年貢の減免を要請すれば従い、かくかくの事業のために入用だと言われれば銭を送った。だが、四季の移り変わりを三度見送った頃には、新之助も少しずつ葛野の地のあり様や地勢の癖を覚えてきた。代官からある橋の修繕を申し立てられた際、二年前にも修繕し、特に壊れたという報告がなかったのを思い出して却下したこともある。越前葛野の政《まつりごと》は、数々の書類から一度も足を運んだことのない地の有様を知り、必要であろう施策を掬《すく》い取る難儀を学ぶ日々だった。

葛野藩主となって七年が経ち、新之助は二十一を数えた。身の丈は六尺に至り、剣や馬の修練を重ねたおかげで偉丈夫と誉めそやされる身体を得た。

この日、新之助は和歌山城下にある葛野陣屋の書院の間にあり、下座で巻物を広げる部下の報告をぼんやりと聞いていた。最初になされたよい報告の際には、開け放たれた縁側の外の景色を眺める余裕もあったものの、話が厄介になるに従って、眉間に皺が寄った。

「葛野の治水事業に関しては費えの目処が立ちませせぬゆえ、しばし先送りと決しましてございます」

「そうか。致し方あるまいな」

三万石程度の身代では大規模な支出はできぬし、治水事業はその川の流域にある諸大名家との折衝も必要となる。藩主となって早七年、小藩の領主の苦衷、そのもどかしさは痛いほど学んでいる。

結局は、先延ばし策を命じるしかない。

「積み立てておくよう、代官に申し伝えよ」

家臣がいなくなった後、脇息に寄りかかった新之助は目を揉んだ。

本当は葛野に赴いて自ら政に乗り出したい。だが、紀州から許しが出ない。葛野を独立藩として扱うつもりはないらしい。

新之助は縁側へ出た。庇越しに降り注ぐ苛烈な日差しに目を細めた。

「これでは、籠の鳥も同然よな」

偽らざる新之助の本音だった。葛野三万石の藩主となってもなお、政の権を随意に振り回すことができないばかりか、紋と同居することもできない。引き取る旨を何度紀州徳川家に届け出ても「その必要はない」と袖にされ、未だに家臣の屋敷に住まわされている。

何とかならぬものか、と首を振っていると、奥から裃姿の星野伊織がやってきた。足早に新之助の傍に近付いて跪くと、感情のこもらぬ口ぶりで述べた。

「危急の報せとの由で小笠原様が参りました」

「客間へ通せ」

伊織が廊下の向こうに消えたのを見計らって、新之助は書院の間を出た。

客間の戸を開いた。この座敷は紀州藩士たちとの打ち合わせや使者の歓待に使っており、全体に傷んでいる屋敷の中でもここだけは大工の手を入れて小綺麗にしてある。青々とした畳表、花の生けてある床の間を備えた座敷の真ん中に、鼠色の真新しい裃に身を包む小笠原の姿があった。

様子がおかしい。普段は泰然としている風の小笠原が、今に限っては顔を青くし、目も虚ろだった。

「大義ぞ。どうした」

新之助が水を向けると、挨拶もそこそこに小笠原は答えた。

「綱教様がお亡くなりになられました」

俄かには信じられなかった。綱教は腹違いの兄で、今は紀州藩主を務めている。今年で四十一、冥府《めいふ》の帳簿に名前が並ぶにはまだ早い。

「最近はご不例《ふれい》とは仄聞《そくぶん》しておったが、あまりに急ではないか」

「食あたりで体調を崩され、そのまま……」

小笠原は何度も首を振っている。この事態を受け止めることができずにいるようだった。

「分かった。ならば、これから登城の用意をしよう」

「いえ、お待ちくださいませ」

小笠原は新之助を押し留めた。なぜ？　そう問いかけても、小笠原の答えは要領を得なかった。

なおも執拗に問い質すと、しどろもどろに小笠原は続けた。

「流行り病の恐れもございますゆえ」

「馬鹿な。兄上の死に顔に逢うてならぬ法はあるまい」

「それが――。若様は城に上げぬようにとのお達しが」

「何を言うておるか。鉄海さえ、登城しておるではないか」

「鉄海和尚は別格でございましょう」

鉄海は御城に上がることがあるが、ここのところ回数が多い。寺門から毎日のように御城へと向から壮麗な行列を見た紀州の町雀が「あそこのご住職さん、そんなに偉い人だったのか」と驚きの声を上げるほどだった。新之助も意識したことはなかったが、城下でも一、二を争う高僧の名は伊達《だて》ではない。

それでも納得はいかない。

「わしが登城できぬは、誰の差し金ぞ」

声を荒らげた新之助の問いに、小笠原は顔を青くし、首を振るだけで答えに代えた。

それだけで、誰の意志か分かろうものだった。

次兄の頼職ではありえない。生来病弱で、新之助を縛るほどの命を下すことができるはずもない。紀州でそれができる者はただ一人――。父の光貞を置いて他にない。

腰を折り曲げ座る父の姿が脳裏をかすめる。

短く息をつき、肚の内に溜まる怒りを沈めたのち、努めて穏やかな声を発した。

「弔いの予定はどうなっておるか」

「今すぐは行なわぬかと。ご安心召され」

小笠原の取り成しに従うふりをした新之助は、無言で小さく頷いた。

一月後、紀州徳川家の菩提寺《ぼだいじ》である長保寺で綱教の葬式が開かれた。藩主の葬式ともなれば盛大なものになるゆえ、一月後という葬儀の段取りに不審はない。

葬式は生前の兄の、いや、紀州徳川家の権勢を誇る大規模なものであった。じりじりと灼けるような強い日差しの下、大伽藍の法堂の中で何十人もの坊主どもが一斉に経を上げ、風に揺れる香の煙が仏像の姿を霞ませている。藩主の葬式だけあって、数多くの家臣が白装束姿で参列している。いい身なりをした将軍家の遣いの姿もあった。

異様であったのは、光貞だった。白装束に身を包む光貞は、人目を憚ることなく涙を流し、嗚《お》咽《えつ》を漏らし、時に読経の声を阻むほどの声で哭《な》いた。家臣たちがなだめても一向に態度を変えることはなかった。

「なぜ死んでしもうたのだ」

肩を落とす光貞の後ろ姿を、下座にいる新之助はどこか冷ややかに見やっていた。

涙一つ出ることはなかった。綱教とは何の思い出も存在しない。全く別々に育てられているゆえに人柄を詳しくは知らぬし、それどころか顔立ちすらもおぼろげにしか思い出すことができない。

焼香を終え、控えの間に戻ろうとしたところで伊織に行き当たった。他の家臣と同じく白装束姿であった。伊織は目を伏せて物思いに沈んでいる様子であった。心なしか顔色も悪い。

「考え事か」

すると伊織はまどろみから目を覚ますように目を瞬かせた。

「申し訳ございませぬ」

「何か、あったか」

あえて聞くと、伊織はゆっくりと首を垂れた。

「これからの紀州のことを考えていたのです」

綱教に実子はなかったゆえ、弟の頼職が末期《まつご》養子となり次期当主に登った。しかし、頼職は生まれつきの病弱、果たして藩主の重責に耐えられるか、という疑問の声が家臣たちの間で囁かれている旨を伊織は述べた。

「兄者、か」

向こうがなかなか床から離れられないゆえに、膝を突き合わせて話したことが何度あったろうか、といったほどの薄い関係であった。

新之助は自嘲気味に鼻を鳴らした。

「紀州の家臣どもは、わしよりは病弱な兄者の方がましであると踏んでおるのだろう」

長幼の序でいえば頼職に分があるものの、病弱な兄を差し置いて弟が後継に登る例はいくらでもある。だが、紀州では新之助を藩主に祭り上げようという動きがないばかりか、議論に登ることさえなかったようだ。新之助は綱教の死に際でさえ蚊帳《かや》の外だったのだ。

つまるところ、紀州は総出で新之助を忌み、排除せんとしている。

新之助の横で、伊織は己に言い聞かせるように口を開いた。

「若様、拙者は何としても若様を守り立てますぞ」

「気持ちは嬉しいが……。わしはもう紀州の人間ではない。葛野三万石の領主よ」

「外に出されたのち、本家に戻される例はいくらでもあります。必ずや、若様はここ紀州を睥睨《へいげい》する主となられましょう」

「声が大きい」

見れば、焼香を終えた白装束姿の家臣たちがこちらに怪訝《けげん》な目を向けている。きっと睨みつけてやると、まるで恐ろしいものを見たかのように顔をしかめ、そそくさとその場を離れていった。

声を潜めて新之助は続けた。

「わしに紀州領主への野心はない。母上を引き取ることが叶えばそれでよいのだ」

何の虚飾もない本音だった。兄替わりの伊織にだからこそ言える本心だった。

伊織はあざけるように口角を上げた。

「本当に、そうお考えですか。――お方様と一緒に暮らしたいとおっしゃいますが、そんな日はやってこないと諦めておられるのではないのですか」

遠くに聞こえていた蟬の声が、ことさらに強く耳に響いた。

葛野三万石の主になってもなお、新之助は母一人救うことができぬ箱庭の主にすぎない。だが、そんな現実を認めるわけにはいかなかった。認めてしまえば、己の弱さをも認めることになる。

鋭い声でたしなめたものの、伊織はなおも怯《ひる》まず、眼の奥に炎を宿したままで続ける。

「いいえ、申し上げます。お方様の苦衷をお助けするには、葛野三万石では到底足りませぬ」

紋は紀州の者たちから白眼視され、城に己の部屋すら持たされていない。葛野に領地を得た時には迫害も止むかという期待を持っていたが、状況は何も変わらなかった。

「ならば、どうすればよいというのだ」

小声ながら強く問い返すと、伊織は無表情で答えた。

「若様は、ただ泰然とおありください。露払いは某が。若様は来るべき日のために、徳をお積みくださいますよう」

頭を下げた伊織は、白装束の羽織の裾を翻《ひるがえ》し、堂宇を出ていった。新之助は言いようのない不安に襲われたものの、その正体を摑むことができないまま、ただただ茫然と、表の苛烈な日差しに溶かされ、小さくなってゆく伊織の後姿を見送った。

一月ほどのち、新之助は父の光貞に呼ばれ、城に登った。

新之助が案内されたのはやはり虎伏山ではなく、二の丸謁見の間であった。畳敷きの下段の間に座り、開け放たれた障子越しに東向きの庭を眺めていた。そうしてしばらく待っていると、近習のお成りの声と共に光貞が現れた。

息を呑んだ。

近習二人に抱えられるようにして、光貞はやってきた。白っぽい長着と袴をまとっているものの、衿から覗く胸にあばら骨が浮いていた。皺だらけの顔には生気がなく顔色も青黒い。目も血走り、頬もすっかりこけてしまっている。呼吸にはか細い笛のような音が混じり、己の咽喉まで詰まるような心地がした。

光貞は、半ば崩れ落ちるように上段の間に坐った。掠れる呼吸音を響かせながら座り姿を正し、後ろから脇息を引き出した頃には、ぜいぜいと咽《むせ》んでいた。

「お加減が悪いのですか」

分かり切ったことを問うと、

「ここのところ、体が重うてな」

と、光貞は意に介さず言い捨てた。

新之助は目の前の老人の変化を冷徹に見定めていた。

かつては野心を全身に漲《みなぎ》らせている男だった。だが、今は脂《あぶら》が全て落ち、まるで干物のように乾ききっている。一押ししてやれば、芯から折れそうだった。

新之助の前で、光貞は突然声を震わせた。

「なぜ、綱教が死んでしもうたのか。あ奴は紀州、いや天下を治めるに足る大器であったというのに。親不孝よ」

その言葉には、子供への親愛の念が滲んでいた。己に向けられることのなかった父としての感情が、錐《きり》に変じて新之助の胸を穿《うが》った。

心中の不快を呑み込み、本題を切り出した。

「父上、今日は一体何用でございましょうか」

「そうであった。大事なことを伝えねばならなかったのだ。心して聞け」

新之助が居ずまいを正す前で、吐息荒く光貞は口を開いた。

「そなたに紀州の家を継がすつもりは毛頭ない。頼職を支えよ」

最初は小さな痛みだった。だが、心についた小さな傷から血が滲むうち、脈動とともに広がってゆく。

いつしか、新之助の唇は震えていた。

「父上は、この新之助のことがお嫌いのようですね」

人二人分ほどの父との距離を、百畳もの遠くに感じた。それどころか、どんどん光貞が遠ざかっていくような心地すらした。

光貞は頷いた。

「ああ、疎ましい。我が子のふりをして居るがゆえな」

憎々しげに新之助を見下ろす光貞の顔は、顔色の悪さと相まって悪鬼を見るかのようだった。

光貞の言葉は半ばうわ言のようだったが、行ったり来たりする話をまとめると――。

紋は城の女中ですらなく、鷹狩りの際、村に逗留した時に背中に湯を流す湯女として光貞の前に現れた。昼の鷹狩りですっかり気が昂《たかぶ》っていた光貞は劣情に駆られて紋に手をつけたはいいが、この女は村の人間ではなかった。巡礼の途中に賊に襲われ、共に旅していた者を失ってその村に居ついた余所《よそ》者であったという。だが、手つきにしてしまった以上、何もせぬわけにはいかない。仕方なく和歌山城に連れ帰ったものの、すぐに懐妊が明らかになり、十月十日の後に新之助が生まれた。

「領内の女ならばまだよかった。されど、あの女は余所者。かのような臭い女をわしの手つきなどと認めとうはない。そして、その子であるお前もな」

光貞は青黒い顔を歪めた。

父の勝手な言いぶりに腹も立った。そもそも村の湯女に手をつけたのは光貞だ。

新之助は怒気を口調に孕《はら》ませた。

「ではなぜ、早いうちに始末してくださらなかったのですか」

「公方様よ。小さき頃からそなたに目をかけておられたゆえ、何もできなんだ。あのお方も八百屋の娘が母親であられたな。卑しき母を持つゆえ、そなたのことを不憫《ふびん》に思し召されたのであろうな」

「母上を卑しき女と罵《ののし》られるのなら、当方が引き受けまする」

「何を言うか、あれは、わしの道具ぞ。お前になぞくれてやるか」

背に鳥肌が立った。

目の前の老人が冗談を言っている様子はなかった。大きな珠を掲げ持つように両手を胸の前に掲げ、十本の指をみみずのように動かす。

「言うなれば、野の雑器から見出した面白い景色の器よ。捨てるにせよ打ち欠くにせよ惜しい、さりとて、城の茶道具棚に収めるには恥ずかしい。さような道具よ。時々、両の指で弄《もてあそ》んだ感触が忘れられなくてな。誰にもくれてやる気はせぬ。ゆえ、死蔵しておるのよ」

母が、嬲《なぶ》られている。辱《はずかし》められている。今もなお、光貞の掌の上で。

全身の血が逆流する。

思わず左腰に手をやった。城中ゆえ、大の刀は差していない。

頭をもたげるどす黒い感情を抱えたまま、新之助は腿に置いていた手を強く握った。そのせいで、袴には氷のひびのような皺が走った。

ふん、と鼻を鳴らした光貞は、近習に命じて文机を新之助の前に置いた。新之助がその文机に目を落とすと、天地神明に誓って頼職に従う、もしこの誓いを破れば神罰が下る、という文言の躍る書状が置かれており、名を付すべきところには新之助の名が確かに書き添えられていた。紙そのものに不動明王の印が押されている、古式ゆかしい神文だ。

「花押を付せ」

「こんなことをせずとも、新之助は兄者に従いまする」

「口約束など意味がないわ。形を見せよ」

光貞は神文を掲げたまま、言い放った。先ほどまでは気づかなかったものの、奥の間に人の気配がする。一人や二人ではない。しかも、唐紙の向こうにいる者たち一人一人から刺すような殺気を感じ取った。

小さく溜息をついた新之助は上段の前に座る光貞を見やった。脇息がなくば座っていることさえままならぬ風の老人は、憎しみを杖に代えて目の前にある。まったく目の前の老人の理路を慮《おもんぱか》ることはできない。ただ、己に向けられた剝き出しの悪意だけは明らかだった。

瞑目した新之助は、心を決めた。

筆を手に取り、神文に記載されている己の名の下に、花押を一筆で付した。

「おお、おお」

明るい声を発した光貞は、子供のように手を叩いて近習を呼び、書状を己の前に運ばせた。何度も何度も文面を指で追い、花押の辺りで円を描いて無邪気に笑い声を上げた。近習が恭しく神文を運び出した後、ようやく光貞は謹厳な顔を取り戻した。

「新之助や、わしは勘違いしておったようだ。孝行息子よ、これでわしも一安心だわい」

新之助の心は冷えに冷え、霜が降り始めていた。もしここに大の刀があったなら斬りかかっていたところだろう。

光貞は近習に肩を借りて立ち上がろうとしている。もう話すことは何もないらしい。

「どうか、お体にはお気を付け下さいますよう」

新之助の労わりの言葉に応えることなく、近習たちに引きずられるようにして光貞は部屋を後にした。

一人部屋に取り残された新之助は、目の前にある文机を思い切り腕で突いた。鞠《まり》のように転がっていく文机は先ほどまで光貞が使っていた脇息に当たり、大きな音を立てた。

立ち上がった新之助は上段の間に上がり込み、先ほどまで光貞が座っていた座布団を見下ろした。腰から扇子を引き抜き、振り下ろした。

口元にぬめりを覚えて無造作に腕で拭うと、着物の袖に赤いものがついた。歯軋《はぎし》りのあまりに口の中を切ったらしい。

この時、これが光貞との今生の別れになろうとは、新之助自身想像だにしていなかった。

それからひと月の後、光貞危篤の報せが和歌山城下を走った。さすがに一大事であったゆえ、新之助は取るものとりあえず僅かな供を連れて城に登った。だが、なぜか新之助は二の丸御殿より格の落ちる西の丸御殿に留め置かれ、本丸への昇殿は許されなかった。伊織たち供侍が番方と悶着を起こしている間に、光貞死去の報が新之助にもたらされた。

新之助が北枕に寝かされた光貞に面会したのは、さらにその三日後のことだった。

錦の布団に包まり、胸に匕首《あいくち》の置かれた遺骸を前に香を上げ、顔にかかった白布を取り払った。死相には苦悶こそなかったものの、骨相が浮かぶほどに痩せた顔に、青黒い肌が張り付いていた。

典医に話を聞けば、死ぬ一月ほど前から下血が止まらなかったという。薬を処方していたにも拘わらず効いた様子もなかった、これまで頑健なお方であったのに、と首をかしげていた。

光貞は死んだ。己の殺意の錐が届いたのだろうか、と新之助は本気で疑った。


新之助の屋敷の門から外に出た星野伊織は、和歌山城下の町にその身を溶かした。

笠を目深にかぶって顔を隠し、表通りから裏道に入りしばらく向かうと、雑然とした町人屋敷地の一角、大屋敷と大屋敷の塀に押し潰されるように立つ、板葺《ぶ》きの小さな物置が現れる。

辺りを窺った伊織は小屋に掛けられている錠を外し、中に入った。真っ暗で何も見えないものの、明かり採りの天窓を開いてやると、中の様子が浮かび上がる。

手が届く程度の高さの梁に竿がいくつも渡され、その竿にぶら下がる衣紋竹《えもんだけ》に干された着物の裾が、外から吹き込む風に揺れた。墨染の法衣、つぎはぎの野良着、山伏の鈴懸《すずかけ》、芸人の着るような柄着物も並び、部屋の隅には錫杖《しゃくじょう》や塗り笠といった道具が行李に分け置かれている。

自らの袴の紐をほどいて半着も脱ぎ捨てると、伊織は黄染めの絹長着を手に取り、上等な帯を巻きつけ、袴を穿くと真黒な羽織をまとった。頭全体を覆う頭巾で武家髷を隠し、右頬に大きなほくろを書き足すと、目の前の姿見には城中をしずしず歩く医者の姿が写っていた。

小屋から出た伊織は和歌山城へと向かう。門前で誰何《すいか》されたものの、典医の遣いに渡される鑑札を出すと、門番は疑いもなく通用口を開いた。もちろん、この鑑札は偽造の品だ。

薬箱を手に、伊織は御殿に上がり込んだ。

ここのところ、毎日のように鉄海は病魔調伏《ちょうぶく》の名目で和歌山城に呼ばれている。最初はその行列に紛れて入り込んでいたが、ある日、鉄海に釘を刺された。

『もしも片方が露見した際、共倒れになる恐れがある。入城の手を他に考えよ』

『なるほど、和尚がしくじられた際、頬かむりすればよろしいのですね』

鉄海は小さく鼻を鳴らした。何を言うかと言わんばかりに。

『お前の失敗で足を引っ張られるのはご免と言うておる』

意地でも自分一人で城に入る方法を模索して、今がある。

途中、番方や女中とも行き会うが、会釈して堂々とすり抜けた。鉄海和尚の言葉が耳の端に蘇《よみがえ》る。『人はおどおどしている者を疑う。敵の陣中に入った際には明鏡止水の気持ちで構えていれば、案外露見せぬものだ』と。事実、和歌山城中で知られた顔ではないとはいえ、誰も伊織を咎める者はない。

光貞が死んでからというもの、城中は火が消えたように静まり返っている。かつては物々しかった番方も呆然とし、女中のかしましい声もほとんど聞かれなくなっている。

音もなく、伊織は二の丸の厨《くりや》に忍び込んだ。竈《かまど》には火が付き蓋の落とされた釜からは白い泡が溢れているものの、休憩に入っているのか誰もいない。

竈の手前には腰くらいの高さのある作業台があり、そこには既に膳が出来上がっていた。汁物と飯は後で用意されるようだが、山芋の煮転がしの小鉢と外海の魚の焼き物の皿が膳の上に置かれていた。

膳の中の一角に、探していたものがあった。小鉢には微塵《みじん》に切られた山芋が入っており、皿の上には身をほぐされそぼろのようになった魚、さらにどろどろの粥が盛り付けてあった。決して見栄えのする料理ではないが、それが金蒔絵《まきえ》と螺鈿《らでん》がなされた豪華な膳の上にあり、しかも三膳も並んでいる。

伊織は懐から三角に折った小さな包み紙を取り出し、手早くその隅をちぎって中身を三膳の小鉢すべてに落とし終えると、そそくさと厨を後にした。

工作を始めて早一月、そろそろ、最後の仕上げとなろう。あとは、いつ若様に言上するか、だが――。

いや。伊織は心中で自らの甘い考えを否んだ。若様に知らせる必要はない。若様は綺麗な神輿《みこし》としてあり続けてもらわねば困る。地獄に堕ちるは己だけで十分——。

二の丸御殿を出て、嫌になるほどに真っ青な空を見上げていると、伊織はある言葉を思い出した。

『できれば、あの子に弟を生んでやりたかった。そうしたら、あの子も寂しくなかったのに』

確かあれは子供の時分、庭先で遊ぶ新之助を見やりつつ、紋が口にしていた。

『ならば、某は若様の兄となり、危難を払ってみせましょう』

子供時分の言葉は、今でも伊織を突き動かしている。

城の外門をくぐった伊織は、懐に忍ばせていた空の薬包を堀に棄てた。ひらひらと、まるで桜の花びらのように落ち行くそれは、堀の水面に浮かび、やがて底深くに沈んだ。

蠟燭の灯りを頼りに、新之助は葛野からやってきた書状に目を通していた。

政務を代官任せにすることもできたのにあえてそうしてこなかったのは、葛野三万石をうまく守り立てることができれば加増の目もあると考えたればこそだ。そうなった暁には、紋を連れて越前葛野に凱旋してもよい。城持ちは許されまいから陣屋での暮らしとなるだろうが、ここ紀州での生活のように、藩士の冷たい視線に晒されることもない。

だが——。夢を果たすためには、やらねばならぬことがある。

気が重い。しかし、己以外に暴挙を止めることができる者はない。

書状のすべてを読み終え、そのすべてに決済の印を押して文箱に納めた頃、新之助の部屋の戸が開いた。闇の中、姿を現したのは星野伊織だった。

戸の前で平伏した伊織は、そのままで口を開いた。

「若様、お呼びでございましょうか」

「入れ」

冷たいものが新之助の心の中を駆け抜ける。

御意《ぎょい》、と短く述べた伊織は音もなく部屋の中に膝行してやってきた。思えば、伊織の身のこなしには全く隙がなく、気配もない。さらに、身の丈は小さく細身だというのに、武芸に精を出しているはずの新之助ですら歯が立たなかった。だが、それをひけらかすことなく、あくまで控えめに――いや、目立たぬように振舞っていた。思えば、最初から伊織という男は不可解であった。

音もなく新之助の前に座った伊織は、蠟燭の炎を瞳に宿す。そのせいで、この男の瞳の奥にどんな思いが潜んでいるのか、計ることができなかった。

「何でございましょうかな」

「伊織、そなた、ここの所、何をしておるのだ」

「何を、とは、どうしたことでしょうか」

伊織の言葉には淀みが一つもない。己の想像がすべて間違いなのではないかと。だが、この男にはいくつも不審の点がある。

「まず、ここ一年余り、そなたはことあるごとに屋敷から席を外しておるが、これはどうしたわけだ」

伊織は後ろ頭を掻き、困ったかのように顔を歪めた。

「若様の目に触れるほどになってしまいましたか。いやはや、恋の道は盲目とはよく言ったものでございますな」

「恋の道、となな」

「実は廓《くるわ》の女に入れあげてしまいまして。それで、通い詰めておるのです。最初は非番の日だけと心に決めていたのですが、思慕が嵩《こう》じて毎日のように……お恥ずかしい限りでございます」

淀みのない口上だった。

伊織の落ち着いた様子から見るに、これからこの男の口から出る女郎屋を問い質せば、伊織がそこで遊んでいた証が出てくることだろう。だが、それは目くらましの仕込みと見てよい。

新之助は攻め手を変えた。

「さる家臣が、そなたの後を追ったのだ」

伊織の顔が強張った。乳兄弟でなくば見逃してしまいそうなほどの変化だった。

「そなた、この屋敷を出た後、ある小屋に向かっておるそうだな。そこである日は僧侶、ある日は山伏、ある日は医者、またある日は浪人なりに着替えて出てくるとか」

「悪所に武家のなりで行くのは気が引けるゆえ――」

「ほう、そなたはそのなりで、ある時は城に登り、またある時は評判のよろしくない医者の所に顔を出しておったのか。その医者についても調べた。何でも、堕胎の毒を扱っておるようだな。それだけではない。もっと強力な毒や、人に知られぬ毒を扱っておる、裏では名の知られた医者だそうだ」

紀州の山にはかつて忍びの者が跋扈《ばっこ》していた。かの者たちは山を駆けて毒草を摘み、影働きを粛々とこなして戦国の世を生き抜いた。その末裔たちは細々と血脈を繋ぎ、剣呑な業の数々を伝えているという。その医者も、元を正せばそうした闇の者の末なのだろう。

「伊織、どういうことぞ。変装して毒を得、城に出入りするのはどうしたわけだ。答えよ」

伊織は最初、目をしきりに泳がせていた。反論の言葉を探していたのであろう。だが、ある時にふっとその表情を納めてしまった。

憑《つ》き物が落ちたような顔をした伊織は、ゆっくりと頷いた。

「いつまでも若様などと呼んではおられませなんだな。お見事でございます」

「認めるのか」

「いかにも。某は毒を求め、身分を隠して城に忍び込んでおりました。すべては、綱教様、光貞《おおとの》様《さま》、そして頼職公を弑《しい》し奉らんがため」

風もないのに蠟燭の炎が強く揺らいだ。

覚悟はしていた。だが、本人の口から直接聞いてしまった以上、己にも逃げ場がないことを新之助は悟り、唾を呑んだ。

「そなたがやったのか」

その問いには真っ向からは答えず、伊織は陰のある笑みでもって応じた。

「なぜ、こんなことを」

「決まっておりましょう」

伊織はなかば新之助の言を塞ぐように、己の言葉を重ねた。まるで、そんな問いかけをすること自体が馬鹿馬鹿しいではないか、と言わんばかりの口ぶりであった。

「すべては若様を紀州の主と奉らんため」

「馬鹿な。わしは左様なことは望んでおらなんだぞ」

「はい、若様の思いなど関係ございません。——ご主君の御心得違いを糺《ただ》すのもまた、家臣の務めゆえ」

「余が間違えたと申すか」

鋭く声を放とうとしたものの、口がもつれて間の抜けた声しか出なかった。最初、なぜこんなにも声が震えているのか、その理由を測りかねていた。だが、目の前の男を見据えているうちに、気付いた。自分は恐れている。目の前の家臣が、これまで一度も露わにしたことのない貌《かお》を見せんとしていることに。

伊織はたじろぐ新之助を前に、決然とした声を発した。

「葛野三万石を守り立てれば、いつかはお方様と一緒に葛野に行くこともできる、若様はそうお考えでございましょう。されど、それは大きな間違いでございます。若様に与えられている三万石はあくまで捨扶持。どんなに領国を豊かにしたところで、紀州から葛野を独立させることはありますまい。兄上殿方の代となっても、若様や紋様の扱いが変わらなかったことが何よりの証左でございます。このままでは、一生を紀州の冷飯食い同然に過ごすことになりますぞ」

心の一番柔らかいところを貫かれたような痛みが走った。

「だからといって、己の親兄弟を殺すなどという不孝を」

「やればよろしい」

伊織はそっけなく、しかしはっきりと口にした。虫の声が止み、冷たい風が部屋の中に滑り込む。底冷えする言葉に身を震わせる新之助をよそに、伊織はわずかに笑った。

「とかくこの世はままなりませぬ。もし願いを叶えんと欲せば、どこかにひずみが生まれるようにできてございます。こうは考えられませぬか。今、若様の苦衷もまた、誰かの願いによって生まれたひずみなのだと」

死した父、光貞の姿が眼前に蘇った。確かな血筋の子である綱教や頼職を可愛がり、不確かな新之助を迫害する。あれは、紀州徳川に下賤な血を入れたくないという光貞の妄執から生まれたものだ。誰かが願いを叶えんと欲すれば、どこかにひずみが生まれるは世の摂理だ。

伊織は、新之助の顔を覗き込んだ。伊織の瞳には、呆然とした己の顔が写り込んでいる。

「誰かの願いに付き合う道理はございませぬ。若様の危難を払うのが臣下の役目ならば、この伊織、若様に疎んじられようと、若様の道を開く所存でございます」

父、光貞の哄笑が頭を掠めた。

最後に見えたあの時、光貞は母を道具と述べた。

絶対に許すことはできなかった。

新之助は決めた。己の願いを叶えるために、皆を踏みつけにすると。

「伊織。どうしたらよい」

その一言で充分だった。物心ついた頃から近くにいた伊織は、新之助の言葉の意味を十二分に呑み込んだらしく、わずかに緊張を見せながらも頷く。

「若様は何もなさらずとも結構です。あともう少しで若様の許に、座が転がり込んでまいりましょう」

「いや」

伊織の言葉を遮った新之助は瞑目した。瞼の裏に、母の儚《はかな》げな笑みが浮かぶ。己が守りたいのはただその笑顔一つ。それ以外に、守りたいものなど何もなかった。

新之助は目を開き、決然と言い放った。

「わしは命じたぞ、そなたに、兄上、父上、兄者を消すようにと」

「わ、若様」

「すべて、わしの決めたことよ。咎はわしにある」

己の漏らした口吻《こうふん》が、いつまでも辺りに揺蕩《たゆた》っていた。

目尻を指で払うなり、伊織は立ち上がった。踵《きびす》を返すと新之助を残して部屋を辞していった。

一人取り残された新之助は、心地の悪い疲れに蝕《むしば》まれる感触に苦しんだ。

全身に嫌な汗が浮く、指先に力が入らない。

先の問答は、政務の合間に見た悪夢だったのではないかと疑いたくもなる。だが、己の発した言葉、伊織が投げかけてきた言葉の数々の生々しい感触が、先の問答が夢でなかったことを物語っていた。

光貞の死からひと月あまり後、頼職危篤の報せが新之助にもたらされた。

長兄綱教の時のように西の丸御殿で留め置かれることはなく、本丸の奥の間に寝かしつけられている頼職との対面が叶った。白無垢に紫の病鉢巻姿で、かつて死した父の光貞と同じ青黒い顔をした頼職は、もはや息も絶え絶えで、呼びかけにまともに答えられるような状態ではなかった。

だが、枕元に詰める宿老がらわ言を強引に合意と受け取り、新之助を末期養子《まつご》とすることに決した。

目を半開きにして布団の上で唸る兄の姿を、新之助はその両の目に刻み付けていた。もだえ苦しむ兄の姿は、己の罪、そして己の野心が形になったものに他ならなかった。

末期養子の届けを公儀に出してすぐ、頼職は不帰の人となった。

新之助は早速江戸へ向かい、千代田の御城に登った。先代の頼職は結局藩主として江戸参上が叶わなかったこともあり、出来る限り早く御目見得を果たしたいという江戸詰家老の願いを聞いた形となる。

絹の直垂《ひたたれ》姿で西の丸に登り、御殿にある大廊下上之席に通された。ここは御三家を始めとした親藩大名家当主が座ることを許された伺候席だ。ここに登ることが叶ったことに感慨を抱いているうちに、近習が新之助の前に現れ、奥へと案内された。

通されたのは、本丸の表御殿、白書院の間であった。廊下から眺めると奥が霞んで見えぬほどに広く、部屋の中に入るなり紺碧の障壁画が新之助を出迎えた。近習に導かれた通りに下段の間に座り、しばし待っていると、上段の間に近習を引き連れた将軍綱吉が現れた。

慌てて平伏しながら、やってきた綱吉の様子を上目遣いに見やる。

久方ぶりの御目見得だが、この日も金襴袴に葵を散らした羽織という略装だった。切れ者めいた怜悧《れいり》な目、色白の肌、そして酷薄な唇。だが、相変わらず顔色が悪い。死人が歩いているようですらあった。

綱吉は上段の間に用意されていた座所に腰を落とすと、鷹揚に口を開いた。

「面を上げよ」

従った新之助は代替わりの挨拶を述べた。もっとも、多分に儀礼の側面が強いものだ。紀州から江戸への旅の途上で覚えた口上を間違えぬよう、噛み締めるように口にした。

すべての口上を終え、次に贈答品のやり取りとなったところで、石仏の如くその場にあった綱吉が、目を細めて口を開いた。

「さて、新之助よ」

同席していた近習たちが色をなした。儀礼の場で将軍が口を開くこと自体が異例のことだ。綱吉はさえずる近習を目で制し、薄い唇をほんの少し動かすようにして、新之助に下問した。

「葛野での政はどうであった」

虚を突かれたものの、一瞬の間を置いて答えた。

「代官を任ぜざるを得なかったため、十全に学び切れたとは申せませぬ」

「正直だの。多少なりとも学んだか」

「領国の政の難しさを、篤と」

綱吉は扇を畳の上に落とした。思わず顔を上げると、そこには、表情を変えずに新之助を見下ろす綱吉の姿があった。表情からはその感情を読み解くことはできなかったが、血走った眼は一切笑っていなかった。

「余との語らいに阿《おもね》りは不要ぞ」

背が冷えた。目の前の将軍には、全て見透かされている。

新之助は正直に応じた。

「しからば申し上げます。三万石では何もできぬことを学びましてございます」

下座に詰める徳川家臣たちがざわつく中、綱吉はこの日初めて口角を上げた。

「続けい」

「小禄では独力での治水すらおぼつきませぬ。大名といったところで無力でございます」

「で、あろうな」

心の臓が高鳴る新之助をよそに、綱吉は続ける。

「そなた、確か母を守りたいと言っておったな。それは今も変わりないか」

「はっ」

綱吉の顔がわずかに変化した。怜悧な刃のような表情が緩み、悲しみとも苦しみともつかぬ複雑な表情を浮かべた。

「そうか。ならば、そなたはこの座を目指すか」

綱吉は己の座布団を指差したまま、酷薄に笑みを浮かべた。

「そなたの母は身分が低いのであったな。余の母もそうであった。父上――今は亡き家光《いえみつ》公のお手付きがあっただけの八百屋の娘、それが母、桂昌院よ。たまに己が生を振り返っては思うことがある。余は母を天下第一の女にしたかったのだ。八百屋の娘であることでしきりにいじめられた母を、自らの手で救いたかった。そして今、この座に登ったことで、ようやく願いは叶った」

驚くほどに、綱吉は穏やかな表情を浮かべた。

「治水ならば、十万石の大名にもなせよう。されど、一人の女を救い出すには足りぬ。この世は難儀よの。大名となっても、世上の嘲りを消すことはできぬのだ。己が母を救わんと欲するならば、天下第一の位を得るのだな。さすれば、そなたの母を白い目で見る者はなくなる。余の母を軽んずる者がおらぬようになったようにな」

先に綱吉の浮かべていた表情の正体にようやく気付いた。同情の表明であったのだ。

が、綱吉はまた元の酷薄な顔に戻った。

「さて、新之助よ。そなたにいくつか贈り物がある。詳しくは目録を見るがよいが――。手ずから、祝いをくれてやろうぞ」

綱吉は近習を呼びつけて、自らの前に文机を運ばせた。自ら墨を擦り、筆をその中に浸すと、紙の上にさらさらと文字を書きつけた。筆を脇に置くと、綱吉はまだ墨の乾いていない半紙を顔の横に晒した。

そこには、楷書で一文字、「吉」とだけ書いてあった。

「この一字、偏諱《へんき》にくれてやる」

「ありがたき、仕合せにて」

「心して使うがよい。余を失望させるな。さすれば、余がおらぬようになった後、いかように暴れても、化けて出ぬと約束しよう」

かくして、綱吉への代替わり挨拶は終わった。

新之助は新たな諱《いみな》を考えることとなった。今の諱は頼方《よりかた》だが、二文字のうちどちらかを捨てて吉の字を入れてみてもしっくりこない。いっそのこと、すべて捨ててしまえばよいと考え、新規に吉の字と相性の良い言葉を探すこととなった。

やがて、学者の上げてきた名の候補に、光るものを見つけた。

「吉宗《よしむね》」

読み上げてみた。音に淀みがない。紙の上に筆を躍らせる。字の形を取りやすく、手になじむ。学者の調査を止めさせて、この名を採用することと決した。

紀州侯徳川吉宗がここに誕生した。


一方その頃、紀州――。

寺の本堂の戸を開いた星野伊織は、苦々しい思いに捉われていた。

血の匂いが漂っていたゆえ、驚くことはなかった。

光届かぬ本堂の中、黒塗りの仏像の元、一面に広がる血の海に二人の人影が沈んでいた。

心を凍らせたまま下駄履きのままで中に上がり込み、中の様子を凝視する。

紺装束に身を包み、うつぶせで血の海に斃《たお》れる男の手には白刃が握られている。

一方、片膝を立てるようにして座り、下を向く老人の姿があった。

鉄海だった。

即座に状況を把握する。

家中の何者かが、鉄海の策動に気づいて刺客を放ったのだろう。

その時、部屋の隅から殺気を感じた。闇の中からぬうと現れ、一陣の風のように迫り来るその影は小刀を逆手に携えている。

一人ではない。二人、いや、三人。

並の人間ならばひとたまりもない。

だがあいにくと、伊織は人並みからかけ離れていた。

瞬天の抜き打ちで、三人を斬り捨てた。

息を整え、血払いをしたとき、弱々しい声がした。

「見事」

振り返った。鉄海だった。朦朧《もうろう》とした目で、伊織を見上げている。

「――生きておられたか」

「……なんとかな。どうやら、わしが蜥蜴《とかげ》の尻尾となったようだ。これからは、お前が、お紋と若様を支えよ」

「言われるまでもなく」

「上々」

鉄海は部屋の隅にある行李を指したのち、血の海に突っ伏した。

確認するまでもなかった。師の命は、今この瞬間に潰《つい》えた。

伊織は置かれていた蠟燭を手に取り、奥の燭台に火をともした。

部屋に垂れ込めていた闇を払った後、鉄海の行李を開いた。その中には、二つの文が入っていた。一つは伊織宛、もう一つには宛名がなかった。

自らに宛てられた文を開いた。目新しいことのない内容だった。新之助様の影となり守り立てるように、といういつもの訓示を繰り言のように述べているだけで、変わったことといえば末尾に付された『この寺の財物はすべて紋様に献上すべきこと』の一文くらいであった。

もう一枚の文を取り上げた。誰宛てのものでもない。文を手に取り、広げた。

文というよりも、一人の男の遍歴だった。

武芸百般を極め、大名家への仕官を夢見たその男は、自らの腕を買い上げてくれる主を探した。だが、結局どこへも仕官が決まらぬまま中年に至り、ついには食い詰めて紀州の山道に跋扈《ばっこ》する山賊の仲間に加わった。しかし、ある日、伊勢参りに向かう途中の女二人組を襲ったことが、この男の運命を変えた。一人は老婆、もう一人は年端のいかぬ少女で、最初は有り金だけを奪うはずだったが、仲間の一人が少女を売り飛ばそうと言い出し、騒ぎ始めた老婆を斬り殺した。この時、武芸者に今更の如く良心の呵責《かしゃく》が襲い掛かった。罪なき人を虐《しいた》げるのが己の人生であったのか、と。

男は、居合わせた仲間を全員斬り捨て、少女を逃がした。

その場から逃げ和歌山に潜んだ男は、やがて城下の無住寺に住み着き、僧侶の真似事を始めた。武芸の合間に覚えた薬草の知識や骨接ぎで町の人々からも認められ、武家に取り入ることも叶って居場所を得た頃、武芸者はふとあの時の少女のことを思い出した。行方を追い、ある村で小作人として暮らしていると聞きつけてからは、その少女のことをそれとなく見守っていた。少女が村で過酷な扱いを受けていることを知った。近くの鷹場からの帰り、宿を求めてきた紀州藩主の夜伽《よとぎ》として差し出されたことも知った。そしてそのまま身ごもったことも……。武芸者は、その女のために働こうと決めた。そうして幾星霜、ようやくあの女の幸せを見届けることができそうだ。——これまでの己の闇仕事は決して無駄ではなかった。そう結んであった。

文を畳んだ伊織は、思わず鼻を鳴らした。

何と虫のいい話だ、と。

こんな文を残すことなく、すべてを抱えたまま死ねばよかったものを。

闇に生きる者は闇に死ね。思いもくろみも、すべてはあの世へ持って行け。そう教えたのは、他ならぬ鉄海であるはずだった。

師が己の教えを守れぬほどの愚物であったことに、伊織は空しさを覚えていた。

だが、考え直した。

師も人間、時として己の軸が揺らぐこともあったろう。

伊織は文を蠟燭の炎に近付けた。しばらく赤火に近付けていると、やがてチッ、チッ、と乾いた音がし始め、煙が上がった。それからは早かった。すぐに火が文全体を舐めた。蠟燭から離してもなお燃え盛る様を見届けた伊織は、蓋の開いた香炉の上に投げやった。

心中で師に別れの挨拶を済ませた伊織は、別のことを考え始めた。

鉄海和尚は「あの女の幸せを見届けることができそうだ」と書いていた。

だが、本当にそうか？

むしろ、ここからが本番なのではないか。

山は登れば登るだけ、強い風が吹く。可憐な花、弱き草は、強風に晒され、飛ばされる。

「これからも、若様を守る盾とならねばならぬ」

独り言《ご》ちて、ふと気づいた。もう若様とは呼べない。

「殿、か」

まるで食いつけぬ食べ物を玩味するかのように、殿、という言葉を口の中で転がした。だが、慣れるにはもう少しだけ時がかかりそうだった。

香炉の上に置いた文が焼け切ったのを見計らうと、伊織は人を呼びに外へと出た。

次から次に浮かんでは弾ける、混沌の思いを振り払いながら。

二章

「今日はよくお越しくださいました」

紋改め浄円院《じょうえんいん》は、白の尼僧頭巾を巻いた頭を恭しく下げた。

かつてはたおやかな黒髪が綺麗で、いつもその姿には影が差していた。だが今は髪を下ろし、野に咲く花のように微笑みそこにある。

星野伊織の前に座る新之助改め吉宗は平伏した。木綿の羽織に袴。藩主にあるまじき略装である。

「母上、ご健勝のようで何よりです」

浄円院ははかなげに微笑んだ。

「御嫡男が生まれた由、本当に祝着《しゅうちゃく》なことにて」

吉宗は少し気恥ずかしそうにそっぽを向いた。この時だけは、紀州藩主の衣を脱ぎ棄てた、一人の若者の横顔が覗いた。

正徳《しょうとく》元年の十二月、吉宗と側室の間に子ができた。長福丸《ちょうふくまる》と名付けられた嫡男は今、江戸の藩邸で暮らしている。

「本当に、御嫡男は大事になされ。この子には母親がおらぬのですから」

吉宗は顔を伏せて答えとした。

紀州藩主に登った吉宗は公卿の姫真宮理子《さなのみやまさこ》を正室に迎え、葛野藩主であった頃とは比べ物にならぬ数の家臣と相対している。和歌山城下のぼろ屋敷に留め置かれていた厄介者の影はとうの昔に消え、今や紀州徳川家の主として虎伏山に君臨している。

だが、吉宗は家族の縁には恵まれなかった。

正室の真宮理子は死産が尾を引きそのまま薨去《こうきょ》し、長福丸を生んだ側室も次子の死産が因《もと》で死んだ。正室や側室の死について、吉宗は心の内を明かすことはない。だが、少なくとも真宮の死後、正室を迎える様子がなく、側室の扱いが恬淡《てんたん》なのは伊織にも見て取れた。

浄円院はゆっくりと手を伸ばし、顔を伏せる吉宗の額を撫でた。まるで、小さな子供にするような、優しく、心の温かさが透けているような手つきだった。

「最近、寝ておられますか。大分お疲れのようゆえ」

「ご安心召されよ。頑健な体に産んでいただきましたゆえ、多少のことではびくともしませぬ」

袖をたくし上げ、力こぶを見せつける吉宗のことを、伊織が後ろから制した。すると、浄円院はころころと笑い声を上げげた。

「伊織は変わりませんね。真面目一徹なんだから」

つまらないと言われたような気がしてなんとなくばつが悪い。

「変わっておりますよ。何事も」

「そうね」

力なく頷いた浄円院は左手の数珠をじゃらりと鳴らし、後ろに佇む黒塗の仏像を見上げた。目を細めて印を結ぶ仏像は、優しげな顔で三人を見下ろしている。

紋は紀州光貞や頼職の死後、落飾して浄円院の名を得、無住となった寺の仏様に供奉《ぐぶ》する日々を送っている。先代住持〝急死〟の事情を知悉《ちしつ》する伊織からすれば内心複雑な気分だったが、あの老人の願いが叶ったということなのだろう、と自らを納得させた。

鉄海を斬った刺客は、紀州家中のある上士の差し金だった。伊織が早々に手を回し、血祭りに上げている。

伊織が苦い思いに囚われている横で、吉宗は本堂を見渡す。本堂の飾り気のない天井隅には大きな蜘蛛が巣を張り、皆を見下ろしている。

「母上、このような寺に籠っておりませんで、城に参りましょう」

「構いませぬ。わたしは今のままで」

数珠を持つ浄円院の指先はささくれ立ち、ところどころひびが入っている。毎日のように雑巾を絞って床を拭き、食器の洗い物をこなしている指だ。浄円院の手は、大屋敷の奥で侍女にかしずかれる国母の手ではなく、自ら生活の道を立てている、強い女の手であった。

「されど、母上」

「よいのです。わたしは、先代様——。そなたの父上様の菩提を弔い生きると決めたのですから」

「母上、父上の菩提ならば、城でも弔うことができましょう。なんなら、二の丸に新たな仏間を設け、母上の部屋としてもよいのです」

「それだけはやめてくださいそなたの迷惑になるゆえ」

浄円院は頭巾から覗く童子髪を揺らし、首を振った。

吉宗が紀州藩主に登って数年。その間、何度ともなくこのやり取りは繰り返されている。

この寺の周囲には忍びの者を配している。最初は番方を立てていたのだが、浄円院の再三の辞退があり、仕方なく隠密を警護に充てた。伊織としては頭の痛い問題である。今や浄円院は紀州の国母である。吉宗に対し、浄円院を早く城にお迎えするようにとせっついている。

吉宗は浄円院に身を寄せた。

「この吉宗、母上を日の当たるところにお連れ申し上げたいのです。この息子を信じ、なにとぞ城にお越しくだされ」

浄円院が頷くことはない。目を伏せて、揃えた膝の上で細い指を絡ませている。

むぅ、と小さく頷いた吉宗は首を振った。

「――また、参ります。その際には色よい返事を下さいますよう」

苛立ちを無理やり抑え込んだ、そんな声音を放ち吉宗は立ち上がった。続いて伊織も立ち上がろうとしたものの、浄円院に留められた。

「少し、伊織と二人でお話をさせてください」

吉宗は不満げな表情を隠さずに踵を返した。そんな吉宗の背中を見送り、本堂の外に出ていったのを見計らうかのように、浄円院は頬に手をやった。

「最近、怖いのです。あの子が変わってしまった気がして」

「殿様は昔のお優しい殿様のままであられます」

「乱暴者のきらいはありましたが、心優しい子でした。でも今は、張り詰めた糸に縛られているようで」

目を伏せる浄円院を前に、心の臓が射抜かれた心地がした。吉宗に覚悟を強い、紋言うところの「張りつめた糸」に吉宗を縛りつけているのは、他ならぬ伊織だった。

「やはり、人の上に立つと変わってしまうのでしょうか。いえ、変わらざるを得ないのでしょうか」

嘆いても詮無きことですが、と力なく呟いた浄円院は、ぽつりと口を開いた。

「これからもあの子を支えてやってくださいね、伊織。あなただけは変わらないで」

力なく頷いた伊織は暇乞《いとまご》いをして、浄円院の元を辞去した。

本堂の外に向かう伊織は、血のぬるりとした感触が手の中にあるのに気付いた。手を見ても何もない。だが、鼻腔の奥には血の匂いがこびりついている。

汚れ仕事に手を染めてから、ありもしない血の海、血の匂いに怯えている。

あなたは変わらないで、そう浄円院は言う。

伊織は既に吉宗のために幾人も手に掛けている。昔の己はどこにもいない。それとも、最初から己はこの薄暗い生き方しかできなかったとでもいうのだろうか——。星野家は、兄が継いでいる。伊織の居場所は、吉宗の元にしかない。結局のところ、血みどろの手を汚し続けることでしか、伊織は己の存在理由を証立てることができない。

浄円院との語らいは、何に代えても心安らぐひと時だった。だが、最近、妙なずれを覚えるようになった。それはまるで、真黒な着物に小さな白漆喰《しっくい》の欠片《かけら》がついたかのようだった。拭おうとしても、指で擦れば擦るほど白い汚れは広がるばかりだった。

後ろばかり見ているわけにもいかない。立ち止まる人間を置き去りにして、時は流れ続けている。これまでの罪業を数える間もないままに。

すべてを捨て、主君を支えるのみ。そう割り切った頃には、境内の真ん中で供回りを従える吉宗の許に至っていた。

「お待たせいたしました」

「いや。積もる話もあったろう」

言葉を濁す伊織を前に、吉宗は笑った。伊織ははっとした。微かな、それこそ長い主従であるがゆえに気づくことのできる程度にほの見える不機嫌の表情を、吉宗は浮かべていた。

この主君は、己が浄円院に向ける思いに気づいているのかもしれぬ。そう気づいたとき、火であぶられたように頬が熱くなり、耳が痛いほどに疼いた。

吉宗は供回りの一人が連れてきた白馬の上にまたがった。

「さて、城に戻ろうか」

吉宗の横についた伊織は、供回りの一人に渡された塗り笠を被り、辺りを見渡した。道をゆく者たちは吉宗に気づいている様子はない。

伊織が周囲に目を光らせていると、馬上の吉宗が伊織に声を発した。その吉宗の顔に気安さを見たのは、伊織の自惚《うぬぼ》れであったろうか。

「伊織、そなたに頼みがあるのだが」

「なんでございましょうか」

馬上の吉宗が顎をしゃくると、供回りの二人が伊織の横にやってきた。大小でこぼこの二人、確か名は――。名前を思い出そうとする間に、背の高いほうが有馬《ありま》四郎右衛門《しろうえもん》、背の低いほうが加納角兵衛《かのうかくべえ》と名乗りを上げた。紀州藩主になってから吉宗付きとなった者たちゆえ、あまり言葉を交わしたことはない。

有馬は奔馬、加納は沈着。性こそ水と油ながら二人の息はぴったり合っているとよく吉宗から聞いていた。確かに前に進み出た有馬はその丸顔を不安げに歪めているのに対し、加納はこちらを窺うような視線を隠さない。

吉宗は労《ねぎら》うように口にした。

「仕事を教えてやってくれ」

伊織は吉宗の懐刀として政を総覧している。あまりにやることが多く、音を上げかけていた矢先だけに吉宗の心遣いに胸がいっぱいになったが、二人とも四十歳代の壮年だ。ようやく三十に手が届こうという己が物を教えるのはいかがなものか、と伊織が気まずく思っていたところ、有馬四郎右衛門が口を結び、恭しく頭を下げた。

「何卒、お教えくだされ。拙者は殿のお役に立ちとうござる」

「拙者もでございます」

氷のように表情を変えぬ加納角兵衛にまで頭を下げられてしまった。

見れば、馬上の吉宗は悪戯《いたずら》っぽく薄く微笑んで、その様を見下ろしている。

浄円院の言葉が蘇った。吉宗を支えてやってほしい、という哀切な響きが。

『伊織、わし――いや、余は、これから紀州を日の本一の家中とするぞ』

二人きりの時、本丸御殿から和歌山の城下町を見下ろしていた吉宗が己に言い聞かせるように口にしていたのをふと思い出す。

光貞の長い治世が藩財政の膨張をもたらし、家中は商人から借り入れせぬことには櫛《くし》一つ買えぬ有様になっていた。城中の虚礼に財政逼迫の理由を求めた吉宗は、傾きかけた紀州藩の仕法を変えるべく、質素倹約の命を発した。同時に百姓の慰撫に努め、馬に乗り村々を見て回り、時には野良仕事を手伝った。町方には目安箱を置き、広く意見を集めた。これらの仕法は儒者や僧侶を始めとする者たちに受けが良く、彼らの人脈によって吉宗の名君ぶりが全国に伝わっているという。

とはいえ、順調にはいかない。治世の二年目には紀州を大地震が襲い、その復旧のために借り入れを実施せねばならなかった。そんな逆境の中にあっても、吉宗は緊縮策を進め続けた。戯画じみた名君を演じているのは、なおも陰に陽に反発する紀州藩士を抑え込むための術策である。善政を敷く主君に反発する家臣、という構図を作ることで人気を集め、自らへの風当たりを弱めたのである。

吉宗には多くの家臣がかしずくようになった。喜ばねばならぬのは重々承知だが、それでも、少しずつ己が群臣の一人に追いやられていることに、えもいわれぬやるせなさを覚えていた。

殿を日の当たるところに押し上げるため、己は汚穢《おわい》をすべて引き受け、闇の住人となればよい。もうずっと昔――。鉄海が己の目の前に現われたあの時から、伊織はそう心に決めていた。

伊織は頷いた。

「かしこまりました。力不足ではございますが――」

「上々」

満面に笑みを湛えて前を見遣った吉宗につられて視線を添わせると、その先には身を伏せた虎のような姿の和歌山城が肩をいからせ立ちはだかっていた。


吉宗は、脇息に寄りかかりながら己の左の掌に扇子を打ち据えた。

藩主になってしばらく経った。だというのに、浄円院は頑として和歌山城へ入ろうとしない。だが、吉宗にもいかんともしがたいものがあった。

母は藩主の子を産みながら、蔑まれていた。

藩主になってから知ったことだが、光貞のお召しで城に上がる際にも正室や側室の席は与えられず、隠居部屋近くの茶室に通されていた。徹底して影の女として扱われていたのである。

吉宗は何度も浄円院を城に迎えんとした。だがその度、重臣や奥から反発があり沙汰止みに追い込まれた。特に奥の反発は想像を絶するものがあった。その口実はといえば「前例がない」という、単純であるがゆえに反駁《はんばく》しづらい理屈だった。

政に力を入れているのは、一刻も早く家中で力を得るためだ。開府から百年以上経ち、悲鳴を上げる紀州の財政の立て直しに成功すれば、求心力が高まり反逆する者はいなくなる。

有馬と加納に仕事を教えるよう伊織に頼み込んだのも、使える大駒を増やすためだ。

伊織は首を振って否むが、どこかで調略、謀略、政や武芸を学んでいる形跡があった。もしもあれと同等の力を持った家臣が幾人も手元にいたなら——。そう願ったればこそ、最近になって近侍することになった俊英二人を伊織につけた。

しばし自問自答の中に身を沈めていた吉宗であったが、浴びせられた声によってようやく現に引き戻された。声の方に向くと、横に座る裃姿の小笠原胤次が咳払いをしている。その横には、肩衣姿で仏頂面を浮かべる伊織の姿もある。

「そろそろ、参りますぞ」

まどろみから醒めるように、辺りの風景が像を結んでゆく。

自室として用いている二の丸書院だ。

名物の類は座敷の調度から外した。文机も木目の浮かぶ普段使いの品であるし、決済した書状を入れておく文箱も薄く漆が塗ってあるだけの品である。

奥の唐紙が開いた。目を向けると、そこには恭しく頭を下げる国家老の姿があり、その後ろにももう一つ影があった。吉宗は後ろに控える男を注視した。

黒の長着に鼠色の裃を合わせて細い髷を結い、腰には鮫革巻の小さ刀を差すという、役人の雛形のような格好をしている。年の頃は有馬などと変わらぬようだから、四十歳代であろうか。だが、どうも風采が上がらない。垂れた眉といい、まん丸な目といい、何となく緩んだ口といい、どことなく愛嬌がある。何かに似ていると小首をかしげているうちに、縁日で売っているひょっとこの面に似ているのだと気づいた。

吉宗は心中に巣食いかけた侮りを心から追い出した。この男が外見通りの人物であれば、そもそもこうして非公式の談判など持たずともよい相手である。

部屋の中に招じてやると、その男は吉宗の前に座り、深々と平伏した後、高い声で名乗りを発した。

「大岡能登守忠相《おおおかのとのかみただすけ》と申します」

「ああ。知っておる。随分と世間を大きく使っておるな。面を上げよ」

吉宗が発言を許すと、大岡は胸を張るように身を起こした。先ほどまでの丸い目を細くしてこちらを見据えている。品定めでもしているのだろうかと推量していると、大岡はふっと口角を緩めた。何かあったか、と問うと、畏れながら、と大岡は前置きし、続けた。

「噂は本当のことと思いましてな」

「どんな噂ぞ」

「紀州の新たな殿様は、木綿を着て質素倹約を家臣に説いておられる、と」

吉宗は己の服の袖に目を落とした。藍染めだが、羽織も袴も木綿だ。

「命じてばかりでは、家臣は動かぬものでな」

小笠原は吉宗に合わせて木綿姿だが、大岡の前に座っている国家老は総絹に身を包んでいる。国家老は恬《てん》として動じるところがなかった。

ちらりと国家老を一瞥した後、大岡は薄く笑った。

「威が疑われますな」

小笠原や伊織が片膝をついて立ち上がろうとしたのを吉宗は手で制し、片方の口角を意識して上げた。

「なるほど、噂通りだな、大岡よ」

「噂でございますか。はて、先も紀州様は某のことをご存じとのことでしたが、そこまで世間を大きく使っている覚えはありませぬが」

「聞いておるぞ。今の山田奉行は極めて公正に裁きをするとな」

山田は紀州藩と境を接する伊勢国の御公儀直轄領である。それらの地を治める遠国奉行は勘定奉行、寺社奉行、町奉行の三奉行の候補者がなる場合が多く、俊英で知られた者たちばかりであるが、大岡の才覚は他の追随を許さぬと評判になっている。大岡がやってきてからというもの、山田の地の富み栄えぶりは和歌山にまで轟いている。

紀州藩としては、山田奉行が優秀なのは喜ばしくもあり、面倒でもある。

どちらの目が出るか。

心中でぼやきつつ、吉宗は切り出した。

「そなたを呼んだは他でもない。最近、我が紀州の領民が、山田領の木を伐った争論があったであろう。あれをどう裁く」

二か月ほど前に起こった事件だ。紀州と山田は領地を接しているためこの手の摩擦はよく起こり、下役人の協議で大抵は解決する。だが、山田奉行の手の者がその樵《きこり》を捕まえて奉行所に引っ立てる強硬な態度に出たことで棄て置くことのできぬ境目争論に発展、今日、こうして山田奉行と協議することになったのであった。

大岡は何も言わずに目を伏せがちにしている。

居心地の悪さを感じながらも、吉宗は続ける。

「紀州と山田の境界争いは随分前に片がついておる。我ら紀州としては此度の樵の行動には非を認めざるを得ぬし、償いの用意もある。奉行所にそう申し出たはずであるが、未だに我が領民である樵を解き放ちにせぬとはどういう次第であるか」

と、そこに至って、ようやく大岡は口を開いた。

「畏れながら申し上げます。かの樵には、いくつかの余罪がございますゆえ、奉行所に留め置いておる次第でございます」

「余罪、とな」

「わざと紀州と山田の境界付近を狙い、木を伐り倒しておる様子。悪意ある者を野放しにするは天下に害をなす行ない。山田を預かる奉行として、到底看過できませぬ」

言い切った後、口をへの字に結んだ大岡に、後ろに座っていた国家老が割って入った。

「紀州徳川家に盾突くつもりか」

「滅相もございませぬ。我らは、お上の威光を笠に着て無法を為す不届き者を成敗せんとしているだけでござる」

たった一言で紀州の国家老をやり込めた口舌に小気味良いものすら覚えながら、吉宗は聞かん坊を諭すように穏やかな声を発した。

「我ら紀州が必ずやかの者をきつく調べる。それではいかぬか」

大岡はにべもなかった。

「なりませぬ。山田領の問題を他家が調べ裁いては、天下の秩序を乱すことになります」

「もっともである」

どこまでも筋が通っている。

親藩大名家である紀州徳川家を相手に一歩も退くことなく、大義に従い己の意見を通すあたり、気骨の士でもある。

「よかろう。そなたの好きにするがよい」

国家老と小笠原から同時に上がった悲鳴めいた声を黙殺し、吉宗は頭を下げた大岡に語り掛けた。

「そなたの理、見事である。それに敬意を表し、此度は譲ってやろう。されど、そなたのやり方は危うい。通らぬことも多かろう」

大岡は吉宗の説諭に対し、冷ややかな言を返した。

「畏れながら申し上げます。もし、拙者のやり方が間違っているというのなら、世の在り方が間違っておりましょう。理とは万民が納得できる物差しでございます。それが曲げられては、誰かが世の中をほしいままにしてしまいましょう」

「よき吏であるな。山田の領民は幸せだ」

「いえ」大岡は頭を下げたまま、小さく首を振った。「以前、無実の罪で領民を獄門にかけてしまいました。政を預かる身として痛恨事でござる。この大岡能登、能吏でもなんでもありませぬゆえ、理をもって己を律さねばと考えております」

吉宗は欣快の想いを覚えた。そしてつい、普段は用心している軽口がついて出た。

「機会あらば、そなたを用いたいものだ」

これにはさすがの大岡も不審げに眉根をひそめた。

「異なことを。それはすなわち――」

見れば、横の小笠原も、後ろに座る国家老も顔を真っ青にしている。

吉宗もまた己の失言に気づき、手を振った。

「忘れよ」

吉宗は己の中にある野心に気づき始めていた。

紀州藩主となったところで、母を救い出すことができない。さらなる上を目指さねば、いつまで経っても母はあの破れ寺に逼塞《ひっそく》するように暮らすことになる。

ならば、どうすればよい？

決まっている。紀州藩主のさらに上の権威を身にまとえばよい。

今、吉宗は紀州の名君という虚像を身につけている。それ以上の威を手に入れたいと欲さば、日の本すべてを支配する御公儀に食い込むこととなる。

もっとも、親藩大名である吉宗は、譜代大名のように幕閣となって腕を振るうことはできない。

だが、何らかの形で御公儀の政に食い込み、その威を取り込むことができたなら。

ふと、己に吉の字をくれた綱吉の顔が頭をかすめた。記憶の中の綱吉は、それみたことかと言わんばかりに口角を上げた。

ばつの悪い幕切れでもって、大岡忠相との邂逅を終えた。


参勤交代により約一年ぶりに踏んだ江戸の地には、不穏な風が流れていた。

吉宗に目をかけてくれていた綱吉はもうこの世の人ではなく、この前まで甲府《こうふ》藩主であった徳川家宣《いえのぶ》が将軍位にある。

治世の変化を何より感じさせたのは、辛辣な前将軍評が城中に溢れていることだった。

『かの犬公方の治世が終わり、胸を撫で下ろしているところでござる』

『生類憐みの令が廃されたのち、犬の毛皮で陣羽織を作ってやりましたわい』

『新たな公方様となって、前公方の頃の悪政が止みましたな』

月次《つきなみ》登城の折、これらの悪口を諸大名から聞かされるたびに、吉宗は顔の引きつりを隠すのに必死になった。

綱吉が晩年に執っていた政策には的外れなものも多かった。『生類に慈悲を持つべし』程度の法令であった生類憐みの令が年を重ねるごとに苛烈になり、蚊を潰した武士に遠島を命じたという噂を耳にした時には、大恩ある相手とはいえ綱吉の狂気を疑った。だがその反面、見るべきところもあったというのが吉宗の正直な感想である。この法令のおかげで犬猫どもを試し切りしていた鼻つまみ者が追放され、町の治安が改められたのも否めない。綱吉が死んだ途端にそれまでの治を蔑《さげす》み、今の正徳の治を賛美する者たちと話をする度に、吉宗は怒りに身を震わせなければならなかった。

一方で、新将軍の治世は追い風になると吉宗は見ていた。将軍家に食い込み、紀州徳川家、ひいては己の権を高めて家中の者どもを抑え込もうとしている身としては、今の不安定な政情は渡りに舟だ。伊織を用いて策動を始めた。

そんなある日、江戸城大廊下で控えていると、近習が迎えにやってきた。通されたのは、中奥近くに設けられた八畳ほどの一室である。

その部屋は客間とは到底言い難かった。部屋の隅に置かれた黒塗の棚には書状が山をなしており、畳の上にも文箱が散乱していて足の踏み場もない。これではまるで勘定方の控えの間のような有様だが、虚礼に興味を持てぬ吉宗としては好ましくもある。

「紀州様、斯様なむさ苦しいところにお越し下さり、申し訳ございませぬな。政務があまりに忙しく、片付けておる暇も、ここを離れる暇もありませぬゆえ」

部屋の奥、書類の山に埋もれるようにして、部屋の主はそう口にした。書状をしたためつつ、血走る目で筆の先を追うその男は、吉宗に一瞥すらしない。折り目正しく正座し、絹の羽織を纏っているものの、四角張った顔のゆえか、それとも野太い声のゆえか、どこか粗野な印象を見る者に与える。

「ようやく、見《まみ》えることが叶ったな、新井《あらい》殿」

「多忙ゆえ、無礼はお許し願いとうござる」

この男こそ、将軍家宣の懐刀、新井白石《はくせき》である。元々この男は儒者として甲府藩に仕えていたが、家宣の信任を得、今では将軍侍講《じこう》となって御公儀の政に参画している。側用人《そばようにん》の間部詮房《まなべあきふさ》と並び、家宣家臣の二枚看板と目されている。

新井白石は書状から目を離すこともせず、口元のひげを指でなぞった。

「名君のお噂はかねがね」

「左様か。そなたにまで名が届いているとは嬉しいぞ」

白石は虚を突かれたような顔をしたが、ややあって納得したように鼻を鳴らした。

「して、何用でございましょう。御親藩のご当主様が某に媚を売る必要はないと存じますが」

あまりに直截極まりない言い方だ。乱暴ですらある。この男は儒者として身を立て今があるゆえ、のらりくらりとした城中特有の言い回しは使えぬと見える。

吉宗はあえて口角を上げた。

「何、これまで挨拶せずにいたゆえ、今後は友誼を持ちたく思うてな。間部殿には既に見えたが、新井殿にも逢うておかねばと思い立ったのだ」

白石はようやく書状から顔を上げた。その四角張った顔にはわずかな動揺が見える。

「お逢いになられたのですか、間部殿に」

「ああ、噂よりは、存外楽にな」

実際には色々の手管を用いてようやく面会が叶った。将軍側用人、老中を凌ぐ権勢を誇りながら、実際に逢ってみれば非常に朗らかで柔らかい物腰の男であった。翻せば、隙らしい隙がないともいえた。

「現在、紀州家でも藩札の仕儀に大弱りでな。小判改鋳の陣頭に立つそなたと知己を得たことを非常に嬉しく感じておる」

白石の顔色が見る見るうちに真っ赤に変じている。分かりやすい御仁だ、と心中でうそぶきながらもあえて馬鹿を演じる。

「何か、お気に障ることを言うてしもうたかな」

白石はすんでのところで堪えたようだが、口元は細かくわななないている。

小判の改鋳政策は新井白石ではなく勘定奉行の荻原重秀《おぎわらしげひで》が切り盛りしている。綱吉の治世から勘定方にあり続けるこの男は、御公儀の財政危機に際して小判改鋳の荒技を繰り出した。古い小判を集めて金の含有率の低い小判に吹き替え、また流通させる。手元には金が残り、それがそのまま御公儀の収入になる。しかし、新井白石は「陽《あらわ》にあたえて陰《ひそか》に奪う術」とこの仕法に反対し、幾度となく荻原の罷免を将軍に奏上している。

吉宗個人としては、荻原の策にこそ分があると見ている。元禄以前は諸色《しょしき》の価格が下がり、貨幣を用いて暮らす町人の実入りが減って経済が停滞していた。荻原の小判改鋳により発行量の増えた小判のおかげで物価が多少上がり、おかげで町方の動きが活発になった。

これに反対する白石は町人の暮らしを見ていない。

ちくりと皮肉を放っただけのつもりであったが、効果はてきめんであったらしい。白石は手を止めて吉宗を睨んだ。

「紀州様の噂はかねがね聞いておりますぞ。江戸じゅうに乱波《らっぱ》を放ち、色々と嗅ぎ回っている由。公方様もご心痛のご様子であられる」

「はは、新井殿に見つかってしまうようでは乱波とは言うまい。余は紀州の田舎者ゆえ、江戸の文物を家臣達に調べさせておる」

「何故でござろう」

「御公儀の仕法を学び、紀州の政に生かす心づもりであったのだが、他に何があると？」

白石は苦々しく舌を打った。

「尻尾を摑まれぬよう、お気をつけなされ、紀州様」

「なんのことであろうかな」

とぼけにとぼけ、白石との会談を終えた。

大廊下に戻る途上、吉宗は新井白石との会談について思いを致していた。

直情径行の噂は耳にしていたが、直に白石に逢ってみれば、その評すらも手ぬるいと言わざるを得ない。あれは頭に儒学を詰め込んだ大猪だ。激情の人であり、己の感情を隠すすべを知らない。その点、本心を幾重にもぶ厚い衣に隠し、朗らかに人と相対する間部詮房の方がはるかに難物だった。

白石が密偵の存在に注意を払っていたと知れたのも大きな収穫であった。もっとも、白石が口にしたのは江戸の民情を探る薬込役《くすりごめやく》という密偵に過ぎないのだが、世事に疎いと侮ってはならぬと認識を新たにした。

大廊下に戻った吉宗だったが、面会の予定はない。荷物をまとめ、家臣たちを呼ぼうと手を打とうとしたとき、戸が音もなく開いた。

やってきたのは、狸が二本足で歩いているかのような、丸顔の小男であった。総絹の藍色裃を纏い、柔和に微笑んでいるものの、目には智の光が差し、抜け目のなさが滲んでいる。この男は鳥羽城主の松平和泉守乗邑《まつだいらいずみのかみのりさと》といい、松平諸流、大給《おぎゅう》松平家の当主である。吉宗とほぼ同年代であることから、江戸で知り合ってからはよく意見交換する仲となった。

乗邑は大廊下に入って来るなり、吉宗の前に腰を落とした。

「紀州殿。こちらにおられたか」

「またお目にかかりましたな。そういう和泉守殿は」

会釈すると、乗邑は腰から引き抜いた扇子を己の肩にぴしと張った。

「何、今日は細々とした用で御城へ上がり申した。この後は、譜代諸大名の御方々と茶会でござる」

「ほう、それは雅でよろしいことですな」

一度乗邑の茶会に呼ばれ参加したことがあるが、政の中心から排除された者たちの怨嗟《えんさ》と嫉妬と怨念をごった煮にしたような場所であった。

愛嬌のある顔立ちをしているが、松平乗邑はなかなかの策士だ。今の治世に不満を持つ少壮大名や旗本を集めた会を主宰することで、風向きが変わった際に第一席に躍り出る腹づもりなのだろう。

相手の心底を見透かす吉宗の前で、乗邑はずいと身を乗り出した。

「ときに、紀州殿は今日、新井に会っていたと小耳に挟みましたが、真でござるか」

言葉にあからさまな険が込められている。だが、吉宗は気づかないふりをして、鷹揚に手を振った。

「何、挨拶に行っただけでござる。権勢人であることには間違いがないゆえ」

「そうと聞いて安心しましたが……。気をつけなされ」乗邑は扇子で衝立を作り、吉宗に耳打ちした。「あれは御公儀の秩序を壊す者。あの者と誼《よしみ》を通じるは、貴殿のためになりませぬ」

ああ、とも、うむ、ともつかぬ曖昧な返事に終始した。しかし、それで納得したのか、肚の内から澱《おり》を吐き出し切ったと言わんばかりの顔をして、乗邑は大廊下の間を後にした。

乗邑を始めとした城中の者たちとの付き合いによって、見えてきたことがある。

新井白石や間部詮房は、親藩大名や譜代大名、旗本からなる門閥《もんばつ》勢から嫌われている。元々あの二人は甲府藩主の家臣であり御公儀に基盤を持っていないがゆえに、老中合議制をないがしろにした形で政治に参画するしかなかった。門閥勢から見れば、間部派は将軍の威を借る佞臣《ねいしん》に映ろう。大給松平家当主の乗邑の反応は門閥の声を代弁するものだ。

乗邑は吉宗に対し、何がしかの期待を持っている。そうでなくば、城中でしきりに話しかけてきたり茶会に誘ってきたりはすまいし、反間部を匂わせる発言をおいそれと口にはすまい。

吉宗の眼前にひとりの女人の姿が浮かぶ。

母上――。吉宗は女人に語り掛ける。さすれば、この新之助と共に暮らしてくれましょう。手を伸ばそうとした吉宗であったが、現に引き戻され、思わず手をひっこめた。

帰途、吉宗は傍《かたわら》に随行する伊織に声をかけた。

「間部、新井を洗え」

阿吽《あうん》の呼吸で頷いた伊織は、御城から出るや、一人、随行から離れて江戸の町に消えた。


吉宗の命を受けた伊織は、犬のように江戸中を嗅ぎ回った。

月に二回の月次登城の日ともなれば、様々な家中の供回りが御城の中に溢れ返る。江戸城の番方たちも人の熱気に浮かされて、行列の整理で手一杯のようであった。

当世、中間《ちゅうげん》は半期雇の流しであることが大半で、様々な家中に潜り込むのは造作もないことだった。丸袖の長着の裾をからげたなりに身を包み、庭先で主君を待つ中間たちに話しかける。この手合いは毛槍を抱えたまま手持無沙汰にしているゆえ、大抵の者は話しかければ乗ってきた。

聞いて回っているのは無論――。

「ああん？　新井白石殿だ？」

強い日差しの中、広い庭の一角で待たされていた中間の一行の中で、伊織は聞き込みを始めた。

横にいた年の頃四十ほどの中間は、日焼けした顔を思い切り歪めた。

「何か知らないかい」伊織はかつて鉄海和尚に教わった江戸の町人言葉を使う。「最近色んなところで噂を聞くからよ、どんな人か気になっちまってな」

伊織の周りに、他の中間たちも集まってくる。

「めちゃくちゃおつむりがいいらしいぜ」

「でもよお、飲む打つ買うの遊びはしねえらしいし、とんだ朴念仁《ぼくねんじん》らしいぞ」

「あれの家に奉公に上がっている奴がいるんだが、とんでもねえ吝嗇《りんしょく》なんだとよ」

中間たちの話の多くは噂の域を出ないが、否定することなく、さも興味深げに頷いて見せる。

途中で話の腰を折るより、なんでもかんでも吐き出させた方が結果として上首尾となることをわきまえているがゆえだ。玉石混交どころか、石だらけの噂が飛び交う輪の中、おずおずと皆の話を聞いていた一人が、話題の切れ間に口を開いた。

「そういやあ、俺の弟が新井屋敷に勤めてるんだがよ」

その中間曰《いわ》く、新井白石は十日に一度、江戸城に絹の反物を献上しているという。

「ほう、献上。あの堅物が賂《まいない》かい。相手は誰なんだろうな」

水を向けると、その中間はたどたどしく応じた。

「なんでも、お喜世《きよ》の方様宛らしいぜ」

後日、調べ回るうちに背景が見えてきた。

お喜世の方は嫡子鍋松《なべまつ》を産んだ、将軍家宣の側室である。それゆえに今や大奥において、将軍家宣の御台所（正室）をも凌ぐ権勢を誇っている。

家宣は老年に至ろうという時期に将軍に登ったゆえ、先は長くない。ここのところ体調を崩しているとも聞く。

世継ぎの実母に接近している――。意味するところは明快である。

新井白石――間部詮房もそうだが――は、家宣公個人の信任を得て権威を得ているゆえ、家宣がいなくなれば足元が危うくなる。己の権威の源泉が御身よろしからずとなれば、次代将軍候補にすり寄りもするだろう。

大奥の内情も知るべきと判断し、今度は白着物、黒紗十徳に頭巾を合わせ、茶坊主に化けた。江戸城の関門には苦労はしたが、一度入り込めば随意に動き回ることができる。愚直に内偵を繰り返すうち、こちらに近付いてきた下級奥女中の一人とねんごろになった。奥女中は若いみそらで女の喜びを殺しながら奉公している。それゆえに、少し色目を使うだけでころりと落ちた。

絡め取った奥女中から聞き出したところによれば、江戸城大奥では、お喜世の方と御台所の間に深刻な対立があるらしい。決して当人同士の仲が悪いわけではない。御台所は家宣の寵《ちょう》が途絶えたとはいえ大奥の取り仕切りを果たし、お喜世の方も御台所を立てているという。

「下のお歴々がいけないんですよ」

そばかすの浮かぶ女中は薄暗い物置の中で苦々し気に吐き捨て、伊織の背後をちらちらと気にしながらも、伊織の首筋を乱暴に撫でつけた。女のあからさまな欲望に中《あ》てられたその時、今もなお清らかに暮らしている浄円院の姿が頭を掠め、目の前の女の首を縊り折りたい衝動に駆られた。だが、笑みを顔に張り付けたまま、野暮ったい女中の頬を指で撫でながら、なおも話を促した。女中は小さく嬌声を上げげた。

二人の下についている最高位の女官御年寄が対立しているらしく、ことに、お喜世の方の右腕として侍っている江島《えじま》がことあるごとに御台所派の女官を排撃して回っているという。

御年寄は実質大奥を取り仕切る肝心要の職ゆえ、老中並みの発言力を有している。となれば、その地位を巡った暗闘や派閥争いがあっても驚きはしないし、不思議もない。

「おかげで大変よ。わたしみたいな下の者にも『どっちにつくんだ』って話が来るんですから。本当に弱っちゃう」

お芝居の愁嘆場を楽しんでいるような口ぶりで、なおも女中はこうも付け加えた。

「御台所様のところにはご老中たちからよくご進物が届くみたいよ」

また何か教えてくれ、と低い声で言い、奥女中の唇を指でなぞった。とろりとした目でこちらを眺める奥女中の唇を乱暴に吸って、伊織は物陰から表に飛び出した。

唇を懐紙で拭った伊織は、暗い廊下を歩きながら思案に暮れた。

現在の大奥は、女官の増長と派閥争いが嵩じて側室お喜世の方一派と御台所一派に分裂し、その争いに表の武士たちも巻き込まれている。家宣死後を睨み、早くも鍋松を手中の駒としたい新井白石たちがお喜世の方一派につき、新井白石らに対抗する為に門閥勢力が御台所についた。

今の徳川家は、大奥の対立が表の権力抗争をも飲み込んでいる。

伊織は一人、ほくそ笑んだ。ならば、この対立図式の中心となっている大奥に楔《くさび》を打ち込むことができれば――。

調べの途中の正徳二年、将軍家宣が薨《こう》じた。

水面下では色々な動きがあったらしい。尾張はどうか、吉宗を迎えるべきではないか……。だが、間部詮房が異論をすべて封殺し、家宣の実子である鍋松を次代将軍に推し、そのまま断行した。

時流をじっと眺めていた伊織は、流れの淀む一点をひたすらに探していた。大奥の小さな綻《ほころ》びから、必ずや現れる小さな淀みを――。

ある日、伊織はある動きを摑んだ。

伊織は吉宗の許に走った。

真夜中だというのに、部屋に現れた吉宗は隈一つない顔で伊織を迎えた。木綿の白無垢姿で正座をし、下座にある伊織を見下ろす。

「危急の報せ、ということは、よほどのことであろうな」

伊織は摑んだ報を逐一説明した。小さな綻びに過ぎぬから、くどくどと説明をしなければならぬかと覚悟を決めていたが、吉宗は最初の報を話すなり、顎に手をやって白い歯を見せた。

「なるほどな。やりたいことは分かった。だが、斯様な小さい火種から炎を起こすのは、なかなかの難事であろうな」

十まで話す前に、ことの核心を摑む頭の回転の速さに驚くと同時に恐れすら抱き始める中、伊織はふと主君の目を覗き込んだ。

主君、吉宗の紺色の瞳の奥では熱と冷の相反する色がうねり、複雑な色を見せている。今は冷たい色が強い。

「策はあるのだろう」

「もちろんでございます」

「ならば、よし。すべてを任せる」

深く平伏して席を立とうとしたとき、吉宗に呼び止められた。

「伊織」

その声には、近頃身についてきた紀州藩主の威はなく、鉄海の寺で共に学び、紀州の城下町を駆け回った頃の親しみが見え隠れしていた。

「少し落ち着いたら、やっとうの稽古をしてくれぬか。ここのところ体がなまっていかぬ。——他の家臣どもだと遠慮してまともに打ちかかってこぬでな。まともに打ち合ってくれるのはお前しかおらぬのだ」

吉宗の瞳には、温かな色が灯っていた。

「御意」

身が震えた。もう一度平伏して立ち上がった伊織は、かしこまりました、と口にして部屋を後にした。

月の明かりが差し込む縁側を一人歩いていた伊織は、先ほど胸に灯った温かなものを打ち捨て、一人の怜悧な狼となって、廊下の闇に身を溶かした。


その日、新井白石は、渋々ながらも江戸城本丸の詰め所に足を向けた。

詰め所とは言い条、十畳一間のその部屋には文机と文箱が置かれているだけでござっぱりとしている。見れば、筆箱の中に置いてある硯《すずり》の海には、乾燥した埃《ほこり》がうっすらと積もっている。しばらく使っていないのは明々白々である。己の部屋と引き比べ、あまりの差に舌打ちが飛び出したものの、前に座る男は福々しい笑みを浮かべたまま、白石の苛立ちを黙殺した。

「すまぬなあ、呼び出してしもうた」

「いや、構いませぬが」

本当はやらねばならぬことが山積しているが、この部屋の主には頭が上がらない。

この部屋の主の名は、間部詮房である。元は猿楽師として前将軍家宣に仕えていただけあって男ぶりもいいが、この男の真価は尋常ならざる政への嗅覚にある。的確で緻密な采配はまるで芝居を組むに似ていて、その手腕は前将軍家宣に愛された。

間部とは古い付き合いになる。前将軍家宣が未だ甲府城主だった頃、片や猿楽師、片や儒学の侍講として出会った。白石は、己の狷介《けんかい》な性を弁《わきま》えている。軋轢《あつれき》の連続であった城仕えの日々の中、新井の才を惜しみ、手を差し伸べてくれたのは、他ならぬ間部だった。おおらかで人当たりが良く聖人君子を絵に描いたような間部は、新井の備えておらぬものをすべて有していた。だからこそ、新井は己の学識を惜しげもなくこの男に差し出した。

白石はひげを撫でながら間部の福々しい笑みを見やった。

「で、今日は一体何用でござるか」

間部は普段表で見せている笑みを消し、目を鋭く細めた。長い付き合いで白石は知っている。これこそがこの男の本当の顔だ。人当たりの良い聖人君子の像は、この男が努力の果てに作り上げた芝居の役に過ぎない。分厚い面の皮を剝がせば怜悧な吏僚の貌が姿を現す。

「紀州侯について、ぞ」

「また何かなさっておられるのですかな」

白石はふと、吉宗の大柄ななりを思い浮かべた。大男総身に知恵が回らずの俚諺《りげん》に収まらぬ男だ。六尺もの上背でもって上から見下ろし、熱のこもらぬ目でこちらを射すくめてくる。魍魎《もうりょう》の巣である徳川家の中でも、相当の難物、というのが白石の吉宗評である。

間部は忌々《いまいま》し気に膝を叩いた。

「今、しきりに天英院《てんえいいん》様に近付こうとしておる」

前将軍家宣公の御台所のことだ。家宣公薨去に伴い落飾し、天英院の法号を得た。

意外の念に駆られた。

天英院の威は、前将軍家宣公の薨去に伴い風前の灯火である。今、現将軍生母で、月光院《げっこういん》の法号を得たお喜世の方が権勢を誇り、月光院宛の進物は毎日山をなす一方、天英院には訪なう者が絶えて久しいと仄聞《そくぶん》している。

「放っておけばよろしかろう」白石は言い放った。「天英院様にもはや力はなし。少なくとも、紀州侯が近付いたところで、今更天英院様の派が力を盛り返すことはありますまい」

「本当にそうか」

間部の声は、いつもよりも数段低かった。それだけに、白石は二の句を継ぐのを忘れてしまった。

「わしは、あの男が恐ろしいぞ」

「なんと、間部殿にも怖いものがおありか」

意外であった。人たらしの術と、人の才を見抜くことに関しては当代一の間部が、人を評して「恐ろしい」などと口にすることが。

冗談かと思った。だが、間部は深刻な顔のままで続ける。

「かの男、底が見えぬ。これまで、幾度となくかの男の底意を探ろうと動き回っておったが、まるで見えぬのだ。こんな男は他におらぬ」

「されど、事実として、天英院様に近付く意味はなし。存外あの男、何も考えておらぬのかもしれませぬ」

間部は親指の爪を噛んだ。

「だと、よいのだが。ここの所、かの男が門閥の者どもや旗本連中とも付き合いを深めているのも気になる」

吉宗の異様な行動の数々は、白石の耳にも届いている。その中の一つが、市中に放っている隠密だ。当の本人ははぐらかしていたが、他の大名家はせいぜい一人二人を放つ程度で、あれほど大規模なことはしない。怪しからぬことではあるが法を犯しているわけではないゆえ、やめさせることもできない。

あくまで噂に囁かれるのみだが、江戸に放たれている隠密は目くらましで、精鋭を闇に潜ませているという。もちろん尻尾を摑むことはできないが、こうした不気味な噂が出るということ自体、吉宗の危うさを示している気がしないでもない。

ならば——。

白石は腹案を口にした。

「紀州侯を失脚させるべく動くというのはいかがか。叩けば必ず埃は出ることでしょうぞ。我らも乱波を用い、紀州侯を内偵するのです。さすれば、何か出てくるのでは」

間部は肉付きのいい手を打った。

「なるほど、何も見つからずとも、釘は刺せような」

「左様。されど——。手前にはそうした伝手《つて》がなく」

と、間部はなおも手を打ち鳴らしつつ笑った。

「安心せえ。手足を動かすはわしの仕事よ。今日の夜にでも早速手配しよう」

誰かの策を取り上げて育てることに長けたこの男の面目躍如であろう。生まれてこの方、策を練ることは得意でも実際にそれを形にすることができず歯嚙みしていた白石からすれば、間部は己の〝創意〟を形にしてくれる大事な相棒である。

「ああ、お願い致す」

白石が心から頭を下げた、まさにその時のことだった。

突然障子が開き、縁側から家臣が飛び込んできた。

さすがに間部も機嫌を損ねたらしく、入る時くらい声を掛けぬかと叱りつけたが、年の頃二十ほどの家臣は、危急のことゆえと譲らない。その家臣越しに外を眺めると、既に庭先は真っ暗だった。最初から行燈《あんどん》を灯していたゆえに気づくことができなかった。

「で、何が起こったのだ」

青筋を立てながら訊ねる間部を前に、その家臣は縁側に平伏しながら続けた。

「はっ。何でも月光院様付御年寄の江島様ご一行が、門限を破られた由にて」

江戸城の城門には門限があり、特に大奥奥女中の宿所への入り口である七ツ口の門限は厳しく守られる。……というのは建前で、権勢人であれば些細な決まりなどどうとでも曲げることができる。こうして言上にやってきたことが面妖であったが、何でも、芝《しば》の増上寺《ぞうじょうじ》の代参から戻ってきた江島付の女中たちが臆面もなく門限を破り押し通ろうとしたのに対し、七ツ口の門番役である御切手書《おきってがき》や裏御門切手同心が反発し、しばしの間押し問答があったらしい。

間部は僅かに眉を寄せて腕を組んだ。そこに白石が割って入った。

「大した問題ではあるまい。そもそも、なぜ御切手書がそこまで杓子定規なのだ。江島様付の女中を敵に回せばどうなるか、分かっておろうに」

御切手書も女官、大奥役人の一人である。その御切手書が大奥の権勢者である御年寄直下の部下に楯突けば、これからの身の振りにも響くはずである。

一時は騒然としたものの、江島様御自ら一喝したことで御切手書たちは七ツ口を開かざるを得ず、江島様女中ご一行は悠々と大奥にご帰還あそばされた由、とおずおずと付け足し、家臣は部屋から辞していった。

何の問題もないではないか。そう言いかけた時、横の間部が懸念を口にした。

「解せぬな……。代参の際には、多少門限を破っても構わぬという不文律があろう。そうでなくとも、御切手書には便宜を頼んでおくと聞いたことがある。根回しを江島殿が怠るとは思えぬし、怠ったからといって御切手書が噛みつくか」

「もう終わった話でしょう。なぜそこまで間部殿はこだわるのです」

間部はゆっくりと白石に顔を向けた。闇によって顔の右半分を窺うことができず、左半分は怜悧で神経質な政の人の風を湛えている。

「そなたは学者だな、悲しいまでに。世の中、理屈では動かぬこともある。いや、理屈で動くことなどどれほどあるものか」

地面に打ちつけた鞠のように立ち上がった間部は足早に踵を返した。

「この件、一刻も早く火消しに回らねばならぬ。いやな予感がする……」

報を持ってきた家臣と共に、間部は部屋の外に飛び出していった。一方、一人取り残された白石は、じっとりと体に張り付く不快な怖気と戦っていた。

白石にとって、人の心の動きは理解の外にあるものであった。理解できぬもの、己が一顧だにせぬものが不気味にうごめいている様は、目に見えぬ幽霊に後ろから抱きつかれているかのようで、気分のいいものではなかった。


大奥の端にある対面所にひとり座る前将軍御台所天英院は、己の手をじっと眺めた。

手が痩せた。かつては肉も付きふっくらとしていたのに、今は骨の形が浮かび、血管が蜘蛛の糸のように張り巡らされた様まではっきり見える。白粉をいくら重ねても、老いの滲んだ手を隠すことはできない。

客人の渡りを告げる鈴の音が辺りに響き渡った。

随分と久しぶりよ——。天英院は澄んだ鈴の音を聞きながら独り言《ご》ちた。表の男どもは家宣が薨じるや、現将軍生母である月光院に近付いたため、勢い、天英院に参ずる者は減った。

天英院は気鬱を呑み込み、手を袖の中に引っ込めた。

対面所の唐紙が開いた。

廊下に立っていたのは、身の丈六尺はあろうかという大男——紀州吉宗だ。鼠色の裃には葵の御紋が配されており、その大きな体によく映えた。亡夫の家宣は決して大男とは言えなかっただけに、この男の堂々たる立ち姿には圧を覚える。それより何より、目だ。その大きな目の奥の瞳は、時に凪いだ海のようにも、荒れ狂う焔のようにも見える。

かつてなら危うい相手と遠ざけていたかもしれぬ。だが今の天英院からすれば、唯一信頼できる仁であった。家宣が死してもなおまめまめしく機嫌伺《うかがい》にやってくるこの男の甲斐甲斐しさには、孝行息子に対するような可愛げすら感じつつある。

気を取り直し、吉宗に声をかけた。

「よく、参られました。お入りになられるがよい」

吉宗は大きな体を折るように鴨居をくぐり、天英院の前に座った。しゃんと背を伸ばし、凪いだ海のような目で見据える偉丈夫ぶりを見せつけつつ、朗らかに首を振った。

「いえいえ、構いませぬ。本日は月に二度の月次登城日でございますれば」

「ああ、道理で表が騒がしいわけよの。――本日、お呼び立てしたのは他でもありませぬ。実は……」

天英院の言葉が終わらぬうちに、吉宗が話を引き取った。

「江島の一件でございますな。御心中、お察しいたします」

月光院の御年寄である江島とともに外出していた女中一行が大奥七ツ口の門限を破り門番役と悶着を起こした事件は評定所預かりとなり、御城全体を揺るがす大醜聞となってしまった。

天英院は手の数珠を強く握った。

「のう、紀州殿。此度の件、穏便に済ますことはできぬか」

「と、おっしゃると」

促しに乗り、天英院は続ける。

「門限破りなどよくあること。咎め立てをしてもしょうがあるまい。殊更に表の男どもがことを大きくしておるのではないかと気を揉んでおる」

対面する吉宗は、眉尻を下げた。

「天英院様にご心労をおかけするはこの紀州吉宗、誠に遺憾なことでございます。されど、これぱかりは拙者と雖《いえど》もいかんともしがたく……。親藩大名家は徳川宗家の仕法に口を出せぬが慣例の為」

徳川宗家の政は宗家の直臣が担うを慣例としてきた。他家が徳川宗家のなさりように口を出すべからず、徳川宗家のことは宗家と家臣で決めるという建前によるものだ。如何に紀州徳川家当主とはいえ、所詮は親戚筋、他家である。

だが――。

「貴殿は譜代大名や旗本にも顔が利く。何とか、その者たちに渡りをつけてはくれぬか」

なおも食い下がる。しばし困ったように目を泳がせていた紀州吉宗であったが、首を振った後、天英院に目を向けた。

「もちろん骨折りはやぶさかではありませぬが――。あの噂は捨て置けませぬ」

天英院が口を開こうとしたものの、吉宗の目に射すくめられる格好になってしまった。

吉宗の目に、天英院は不可思議を見ていた。少年のような青い煌めきを見せることもあれば、老人のようなくすんだ目を浮かべることもある。

吉宗は複雑な光彩を含む目を伏せ、口を開いた。

「江島が寺社代参の後に芝居見物に行き、茶店に役者を呼んで宴会を開き、役者の何某と二人きりになった場面もあったとか。この醜聞、公になった以上、厳正に処分せねば大奥の名に傷がつきましょう。忠義の士であればあるだけ、此度の件、悲憤慷慨《こうがい》しております」

御城全体を巻き込むような大騒動となった裏には、こうした事情があった。

大奥が男子禁制なのは、将軍以外の男を近づけぬためである。母親は腹を痛めるゆえに親子の縁は自明だが、男親はそうはゆかない。大奥の存在意義は、男の出入りを極端に規制することで、そこで生まれた子が絶対に将軍の子であることを証立てることである。もし大奥に穴があれば、神君家康公の血筋でもって繋がってきた徳川家の家督に傷がつきかねない。

思い出すだけでも忌々しく、汚らわしい。

かつてはこんな噂の一つや二つは握り潰すこともできたろうが、家宣の死後、天英院の権勢は弱まり、できることに限りがあった。

「そして――。もしも少しでも解《ほっ》れがあるのであれば、早急に繕うべきと存じます。そうは思われませぬか、天英院様」

天英院の前に、吉宗の曇り顔が寄った。

「御老中方々はこれを奇貨に諸々の手を打とうとしておるようですぞ。たとえば、此度の件で不行届を咎め、大奥の費えを小さくせんという動きもございます」

「な、なんと」

実際の権勢こそ失ったものの、大奥の顔である前将軍御台所の重責にあるだけに、捨て置くことはできない。大奥への費えが縮小されれば、天英院の周囲にも影響が出る。

目の前に座る吉宗は厚い胸を叩いて見せた。

「無論、そんなことはこの紀州吉宗がさせませぬ。大奥は公方様の権力の源泉たる大事な場でござる。されど、あれもこれもと欲張っては、全てを無くすことにもなりかねませぬ。御覚悟を」

覚悟、という言葉を口にした時、吉宗の全身からどす黒い気が炎のように立ち上ったように見えた。だが、目をこすってもう一度見据えた時には、深刻な顔をして天英院を見据える吉宗の姿があるばかりだった。気のせいか、と心中で独り言ち、固唾《かたず》を呑んだ。

「どうすれば、よい」

「この際、すべての責任を江島一党に被せてしまいなされ。此度の一件は大奥全体の問題ではなく、驕り昂った江島たちの仕業とすれば表役人には手が出せますまい」

「だが、月光院殿が、江島を守らんとしておるのだ」

月光院からすれば江島は大事な片腕だ。守りたい気持ちはよく分かる。

吉宗は瞑目して首を横に振った。

「月光院様を説得なさいませ。このままでは、将軍生母様に処分が下されるという、前代未聞の事態を出来いたしかねませぬぞ」

吉宗に説かれずとも分かる。現将軍家継《いえつぐ》は幼少の為、なおのこと求心力が低い。もし月光院にまで類が及べば家継の権威は地に落ちる。そればかりか、将軍の私を司ることを理由に成っていた大奥の独立が脅かされかねない。大奥を主宰する立場として、そうした事態は何としても避けねばならなかった。

「よかろう。月光院殿の説得は任されよ」

「お願いいたしまする。大奥の安寧は、天英院様にかかっております」

二三の言葉を交わした後、吉宗は対面所を後にした。

一人部屋に取り残された天英院は虚脱の中にあった。だが、いつまでも腑抜けているわけにはいかない。大奥を守るため、なおも江島を守らんとする月光院を説得すべく、気を取り直して立ち上がった。

吉宗は江島にすべての責任を被せて幕引きを図りたいと言っていた。天英院からすればこれ以上ない解決策だ。月光院には特にわだかまりや恨みはない。だが、月光院の威光の下、羽音を立てて飛び回る蝿のごとき江島は目障りだった。あの女がいなくなれば、大奥もずいぶん風通しがよくなろう。

すべてはよき方に流れているはずなのに、嫌な予感が拭えない。

怖気が走った。だが、天英院はそれを気疲れのせいにして、大奥の暗い廊下を足早に渡っていった。


表に戻ってきた吉宗は、随行している有馬、加納を引き連れ廊下を急いだ。

江戸在勤中の大名が御城に登る月次登城日だけあって様々な大名家とすれ違う。いちいち足を止め、会釈をしてまた大足で進む。

吉宗が向かったのは、松の大廊下の裏手にある、吏の通用に使われる縁側だった。庭先には桃の木が植えられ、柔らかな日差しの下、丁度花を咲かせている。

濡れ縁で一人の男が端に佇み、風に揺れて咲き誇る薄紅色の花を見やっていた。

その男は痩せた髪を後ろで結び、黒の漢服に身を包んでいる。歳は七十ほどと聞いているが、それ以上に老いさらばえて見えた。口元には細かい皺が浮かぶ。顔には人生模様が刻まれるというが、目の前の老人は陰気な皺を湛えている。よほど辛苦の日々を送ってきたものと見えた。

吉宗はその男に声を掛けた。誰に見られても困らぬよう、偶然を装って。

「桃の花の季節ですな」

振り返り、吉宗の顔を認めた老人は目をしばたたかせて、腰を叩きながら応じた。

「花はよい。人の思いとは関係なしに咲き誇るものでござる。古例を引くまでもない」

穏やかな口調だが、声には張りや覇気がなく、後ろで組んだ手には節が浮いている。

捨て鉢に、漢服姿の老人は名乗った。

「林鳳岡《はやしほうこう》でござる」

「お目に掛かれて光栄ぞ」

鳳岡は首を振った。おべっかは不要と言わんばかりであった。

林鳳岡はかの大学者、林羅山《らざん》の孫に当たる儒学者である。将軍綱吉の治世では重用され、公儀の儒学政策や朝鮮通信使との会談でも功を上げた。城中での儒学者の漢服着用を公儀に認めさせたのも、この鳳岡である。

「久々の登城も、甲斐なきものでしたわい。公方様の周りには曲学の徒が侍りいちいち難癖をつけてきよる。して、この老骨に何用でございますかな」

鳳岡が久々に登城すると聞き、接触を図った。小笠原や加納を通じ、大廊下で通りかかったふりをして逢えぬかと打診したところ、乗ってきた。

吉宗は陰気臭い皺だらけの老人の顔に己の顔を近づけ、低い声を発した。

「新井白石を追い落としたくはないか」

鳳岡の細い目の奥が、鋭く光った。かかった、吉宗はそう見た。

「――ほう、異なことを」

「とぼけるな、鳳岡。お前はかつて儒官の頂点を極めておったが、新井白石が家宣様《せんだい》と共に城にやってきた際、些細なことを白石に指摘されて面目を失い、お役目を追われたと聞いておる」

鳳岡は突然己の腿を叩いた。これまでの疲れ果てた表情が嘘であるかのように、眉を吊り上げて。

「あれは白石の陰謀よ。わしは何も間違えておらぬ。あの男がわしを煙たがり、斥《しりぞ》けるために仕掛けた言いがかりでござる」

新井白石は家宣の儒学侍講であり、鳳岡は徳川宗家の儒学元締めだ。白石が殿中での立場を確立するにあたり、似たような立場にあった鳳岡を追い落とすのはむしろ当然である。

鳳岡の唾を浴びながらも、吉宗は目を細め、薄く笑った。

「鳳岡殿。今日は他でもない、大学者の貴殿にお伺いしたいことがあり申す。――唐国において、後宮で男と密通した女官がいた場合、どのように裁かれる」

鳳岡はわずかに口角を上げた。吉宗の意図を理解したのだろう。

「そうですな。男、女官とも斬首、男の三族撫で切りといったところかと。あとで家に戻り調べましょうが、根拠となる典籍はいくらでもありましょう」

「なるほど。三日の内に調べおけ、よいな」

「かしこまりました。……その折には――」

「分かっておる、取り成そう」

頰を緩める鳳岡を残し、吉宗一行は部屋を後にした。

後ろに続いていた有馬が、廊下で侮蔑交じりの声を発した。

「あの老人、俗の気が強すぎやしませぬか」

さすがは奔馬の有馬、鼻息荒く口を結んでいる。

「よいではないか」吉宗は振り返らずに応じた。「俗物のほうがはるかに御しやすい。目の前にぶら下げるべき餌も選びやすいというものだ」

自らの代で林家を傾けた負い目が焦りとなって、あの老人を蝕んでいる。しかるべき餌を見せつけてやれば、恥も外聞もなく働くだろう。

なおも意気軒昂《けんこう》に構えている有馬の横に続く加納が、静かに疑問を呈した。

「なぜ、殿御自らあのような男に逢うのですか。それこそ某や有馬、あるいは伊織殿につなぎを命じればよろしいのでは」

「信用しておらぬわけではないぞ。単に、かの男を直に見てみたかったのだ」

「ご冗談を」

「真のことぞ」

かつては儒学者として官人位を極めながら不興をかこち、権威から転げ落ちた男がどのように腐れていたのか、興味があった。それは、いつ政敵に突き落とされるか分からぬ己の先を占う、いささか趣味の悪い行ないでもあった。

くつくつと笑い、困惑する加納の追及を躱《かわ》した吉宗は、ある詰所の前で足を止めた。

戸を開くと、中には鼠色の裃を纏い座る、松平乗邑の姿があった。吉宗がやってきたことに気づくと、乗邑は狸に似た顔を上げ、快活に声をかけてきた。

「ご足労、申し訳ございませぬな」

「いや、構いませぬ。どうせ通り道でありましたゆえ」

「して」乗邑の目が抜け目なく光った。「どうでありましたかな。鳳岡殿との会談は」

有馬や加納と共に乗邑の前に座った吉宗は、顎を撫でながら六畳間の真ん中に座る乗邑の姿を見据えた。

「首尾よく行きましたぞ。古例を探すと言明なさった」

乗邑の顔に喜色が浮かぶ。

鳳岡に逢うこととなったのは、江島一件を煽り立てたいと考えている門閥勢力の要請である。日本においては後宮の密通を裁いた前例がない。唐国にはあるかもしれないが、御公儀の中でもっとも唐国の事情に詳しい新井白石を挟まずに何とか知りたい。そう相談を受けた吉宗はかつての将軍侍講、林鳳岡を推挙した。

だが、門閥が表立って動くことはできないようで、結局吉宗が動くことになったのであった。

何度も満足げに頷いた乗邑は声を弾ませ、深々と頭を下げた。

「よくやってくださいましたな。これで、江島を切り崩せましょう。ご助力、感謝しますぞ」

「いや、大奥の秩序の緩みはそのまま御公儀の威にも関わりまするゆえ、なにとぞ厳正にお裁き下され」

これをもって挨拶に代えた吉宗は、部屋を後にした。

いずれにしても――。廊下を歩く吉宗は心中で算段を練る。これで江島を取り調べている幕閣たちは、唐国の前例という武器を手に入れる。かくして門閥勢力は江島を――間部派を追い落としにかかるだろう。吉宗の目論見通りに。

顎に手をやりながら先を急いでいると、ふと、行き合った行列の最前にいた男に声を掛けられた。

「これは紀州様、考え事でございますかな」

反応が遅れ、声を出す機を逸した。目の前には福々しい笑みを湛え、白の直衣《のうし》に烏帽子という古風な形をした間部の姿があった。しかし、後ろを行く間部の家臣達は錐のような鋭い視線でこちらを見据えている。家臣たちの殺気に見て見ぬふりをしながら、珍しい恰好をしておいでですな、と水を向けると、間部は穏やかな笑みを浮かべながら頷いた。

「公方様に猿楽を披露していたところでしてな。公方様には様々な教養を身に着けていただきませんとな」

見れば、間部の横鬢《よこびん》に汗が光っている。

「大儀ですな」

適当に相槌を打つと、間部は笑みを湛えたまま、吉宗の間合いに入り身した。あまりに自然な動作ゆえに反応が遅れた。後ろの加納や有馬も同様であったようで、二人の口から短く悲鳴が上がった。

笑みを湛えたまま、息がかかるほどに顔を近づけた間部は口元を開いた扇で隠した。細い目の奥で眼球がせわしなく動き、吉宗の急所を狙い澄ましている。

「鳳岡殿と面会した由。御三家とは申せ、何をしても許されるとは思われぬ方がよろしゅうござる。それが貴殿のためでござります」

「はて、なんのことかな」

「しらばくれるおつもりですかな。先に貴殿と立ち話をしていた御仁でござる」

「ああ、あのご老人が鳳岡殿であられたか。この紀州吉宗、田舎者ゆえ、何も分からぬまま、暇に飽かせて声をかけてしもうた。何かまずいことでもおありでしたかな」

あくまでしらばくれると、間部は息をついて吉宗の間合いから離れ、首だけでこちらに振り向いた。ようやく見える間部の左目は、矢じりのように鋭く光っている。

「警告はいたしましたぞ」

「何のことかはとんと分からぬが、この紀州吉宗、胸に刻むこととといたそう」

では、と殊更に明るい声を上げて会釈してきた間部は、吉宗の脇をすり抜けて廊下の奥へと消えていった。その背中を目で追っていると、加納が眉根をひそめた。

「大丈夫でしょうか。まさか、あの男……」

「あの男がなにがしかの材料を持っているとするなら、一気に追い落としにかかるはず。ああして揺さぶりをかけてきたこと自体、何の武器もない証よ。恐れることは何もない」

吉宗はふと、伊織の姿を思い浮かべた。

しばし会っていない。ずっと江戸城内や江戸市中の策動に回っている。「ここからは、極力顔を合わさぬ方がよいでしょう」という提案を呑んだ形だ。だが、伊織が傍にいないということがこんなにも心細いとは思ってもみなかった。

思えば、己の横にあるのは、伊織だけだった。加納や有馬、小笠原といった者たちは己の後ろに従っているだけだ。同じ地平に立ち、共に意見をぶつけ合い、同じ目標に向かって邁進《まいしん》できる伊織は、己の半身にも等しかった。

伊織と語らいたかった。

あと少しでその日も来ようと自らを慰めた。

詰め所の文机に向かう間部の憔悴している様子に、新井白石は戸惑いを隠せずにいた。親指の爪をしきりに噛み、焦点の定まらぬ目で辺りをきょろきょろと見渡す。目の前に座る白石のことすらも目に入っていないようであった。間部がこれほどに追い詰められている様を見たことがなかっただけに、白石の驚きもまた大きかった。

「落ち着きなされ」

たしなめると、間部の口から矢のような言葉が返ってきた。

「これが落ち着いていられるか」

政治向きに疎い白石も、ことの重大さに愕然としている。

最初は門限破りの一悶着に過ぎなかった。そんな小さな一件が気付けば評定所預かりになり、老中の耳に入るようになった頃には、江戸城は火事場の如き騒ぎになっていた。

間部の予感が的中した格好となる。

「忌々しきは幕閣どもよ。こんな愚にもつかぬ火種に油を注ぎおってからに」

「林鳳岡も動いておるようですな」

追い落とした者たちが蠢動《しゅんどう》し、この〝山火事〟を煽っている。

もはや、この動きは止まらない。

「かくなる上は、江島を切るしかあるまいな。かの女にすべての責を押し付け、月光院様に類が及ばぬよう図らねばならぬ。もし飛び火しようものなら目も当てられぬぞ」

月光院の過去の行動が洗われて同様の不祥事が明るみに出ようものなら、白石や間部の求心力の源泉――家継の権威――を失うことに直結する。

間部は憎々しげに膝を叩いた。

「それにしても不可解なのだ。何もかもがな」

端緒である七ツ口での押し問答の際にもおかしなことがあったと間部は言う。御切手書は複数名が務めているのだが、あの日に限って江島の息のかかった者たちが欠勤し、天英院派の者たちだけが詰めていた、という。しかも、欠勤した者たちが揃って腹痛と吐き気を訴えたことも判明している。

「毒でも盛られたのではないか」

白石はさすがに声を失くした。目の前の男は作為を疑っている。

「だとすれば、一人怪しい者がある。紀州吉宗ぞ。あの男、この一件が明らかになってから、ここぞとばかりに飛び回っておるぞ。早めに潰しておかねば大変なことに……」

紀州吉宗の顔が脳裏に浮かぶ。あの、形容しがたい色をした瞳が闇の中、白石を捉える。

「おっしゃっておられたではありませぬか。親兄弟を毒殺したという噂が紀州家中にすらあると。この件であの男を潰してしまえばよろしいのでは。今まで他の者たちもそうやって追い落としてこられたではありませぬか」

紀州のしかるべき筋から流れてきた話であったという。最初、この話を持ってきた間部は小躍りせんばかりに喜び、紀州に内偵を送ると言っていなかったか。

間部は首を横に振った。

「全く証がないのだ。そもそも、光貞公はご高齢、頼職公は生来の病弱であられた。唯一不審なのは綱教公の死だが、これとて何かの流行病《はやりやまい》だとしても不思議はない……。手の者を用いて、紀州侯が毒殺したとの飛語を流してみたが、広がる様子がない」

紀州での吉宗はおおむね評判が良く、江戸の町でもその名君ぶりはつとに知られつつある。噂を流したところで、その人気を妬む何者かが流したと疑われるのがおちであろう。

吉宗は早いうちから密偵を江戸市中に放っていた。てっきり江戸の町を調べ回っていると思っていたが、むしろ、逆なのではないか。江戸庶民を味方につけるために、密偵を用いて己の評判を吹き込んでいたのではないか。評判が高ければ、多少強引なことを仕掛けても己の声望に傷がつくことはない。

だとすれば――。相当の策士と言わざるを得なかった。

間部は目を伏せた。

「此度は完敗よ。だが、これだけでは終わらぬ」

「と、いうと」

「実はな、城内に乱波を放っているのだが」

江戸城内に不思議な男がいるとの報を得た。様々な家中の中間たちに白石のことを聞いて回る、どこの家中の所属か分からぬ中間の男。女中を誑《たぶら》かし、大奥の内情を調べて回る茶坊主。家継公を話題にする、どこの店のものと知れぬ魚屋の若い手代。大奥に勤務する男役人である御広敷番や裏御門切手番同心らに近付く、どこの所属とも知れぬ直参武士。それぞれの風体は異なる。だが、接触した者たちは揃って身なりや格好で以《も》ってその男を形容する。変装するにおいて、顔を覚えられないよう振舞うのは基礎中の基礎だ。顔に意識が行かぬよう、服装に気を配っているのではないかというのが乱波の言であった。

別のところからその男と思しき話が出た。紀州家中にいる内通者によれば、吉宗お気に入りのある家臣が神田の長屋に根城を置き、方々を嗅ぎ回っているらしい。

「この者を斬る。いや、生け捕りにしてすべてを吐かせ、その上で斬る。仮に紀州吉宗と関係がなかろうが、その名を吐かせるまで拷問にかける」

怖気が走った。間部の後ろに、真っ黒な毛皮を纏い、目を赤く光らせる獣の姿が浮かび、間部の身に憑依《ひょうい》したようにさえ見えた。

反対ではない。だが――。

「何か不満か、白石」

「いえ」

公明正大に行われる政こそが正道だとは、白石も承知している。だが、気づけば己も間部の用意した邪道にどっぷりと浸かっている。

己の身からも漏れる政の腐臭に、白石は顔をしかめていた。

江戸城から抜け出た星野伊織は、神田にある長屋に急いでいた。外は夕暮れが迫っている。遅くなると辻々の門が閉まり、面倒なことになる。

夕日の朱に染まりゆく町並みを歩きつつ、伊織は事のなりゆきの成功に満足を覚えていた。

今、江島一件で江戸城はおおわらわだ。

江島一件につながる綻びを見つけ出したのは伊織だった。江島たち御年寄が寺社代参の折に芝居見物や宴会を開いている話を耳にし、これを上手く露見させることができたなら、御公儀内部を二つに割る政争にまで至らしむことができると踏んだ。

注目したのが、大奥七ツ口の門番役、御切手書である。この役職は数名で切り盛りしているのだが、その人員は天英院派と月光院派で割れていた。そこで、あらかじめ籠絡《ろうらく》しておいた下級奥女中を用い、代参の前日、月光院派の御切手書に弱い毒を盛った。それとは別に、御切手書とともに七ツ口を警護する男役人である裏御門切手番同心にも言葉巧みに近付いた。彼らは総じて大奥の女から邪険にされており、酒を酌み交わしつつ彼らの矜持《きょうじ》をくすぐってやれば途端に火が付いた。かくしてあの日、江島に反感を持つ者だけが七ツ口を守ることとなり、期待した通りの押し問答が起こった。

火種そのものは大きくはないゆえ不発の恐れもあったが、大して燃えなければ次の火種を用意すればよいと割り切った。実際、江戸城内にいくつも小さな謀略の種を蒔いたものの、ほとんどは城内の小さな諍《いさか》いとして処理され闇に消えた。今回の一件は、たまたま大きく火が付いただけだった。

あとは簡単だ。江島の不法を責めることにより月光院、新井白石や間部詮房の一派への攻撃となると気づいた門閥大名や旗本が実態解明に乗り出した。あとはもう、ところどころで手を貸してやれば雪崩《なだれ》を打つが如しであった。

いや。伊織は考え直す。小さな火種に風を送って煽ったのは吉宗だ。最近は別行動を取っているため、吉宗がどんな手を打ったのかは知らない。だが、此度の燃え広がり方には、敵方を逃がさず殲滅《せんめつ》する、兵法じみた策動を感じる。

この一件はまだ解決を見ていない。だが、新井白石、間部詮房一派の権勢は削がれることであろうから、御城における吉宗の発言力はさらに増すことだろう。

一人、薄暗い道を歩きながら、伊織は浄円院の顔を思い浮かべていた。

吉宗は、己の権威を高めることで紀州本国の求心力を得、浄円院を城に迎えようとしているようだが、そんなところで満足してもらうわけにはいかない。

前将軍家宣には四子あった。しかし、そのうちの三人は既に病死している。元より丈夫な子が生まれづらい家系なのであろう。

未だ幼少の家継公に子はなく、病弱だ。もし薨ずることとなれば、御三家から男子を迎えることになろう。吉宗が将軍位に登る道筋が見えてきたことになる。

俺が殿を将軍《うえ》へ押し上げる。

伊織は心中で呟いた。

手は打ち始めている。吉宗が紀州藩主になってから、伊織は吉宗の許しを得て隠密の一団を作り上げた。吉宗が江戸市中に放っている密偵とは質が違う。鉄海和尚から叩き込まれた毒草の知識や密偵術、暗殺術を伝える器だ。

来るべき日に必ずや吉宗の前に立ちはだかると踏み、尾張藩主の徳川吉通《よしみち》を暗殺するために隠密を放った。その策動もなり、昨年、吉通は夥《おびただ》しい血を吐き、死んだ。伊織が独断で行なったことだった。

今回の江島一件が解決を見た暁には、吉宗に将軍に登る覚悟を持つように具申するつもりでいる。それが伊織の忠義であり、覚悟だった。

伊織は紺色に染まりつつある空を見上げ、浄円院の顔を思い描こうとした。だが、うまく行かない。あてどなく空に向かって手をかざしたものの、己の手が赤黒く染まっている。はっとして眼前に引き戻したものの、武骨ばった綺麗な手が眼前にあるばかりだった。どうやら俺は、幻覚を見るようになってしまったようだ――。そう独り言ちた伊織は、妙な気配が辺りに満ちていることに気づいた。

一人や二人ではない。

裏路地の間から、衣擦れの音がする。

伊織は刀の柄に手をやった。目立たぬ漆を一回塗っただけの拵《こしらえ》で、無銘ではあるがこれまで己の相棒としていくつもの危難を払ってきた。柄を取ると、浮き立った心の臓がわずかに落ち着いた。

闇深い裏路地から、ぬうと影が姿を現した。

全部で四人。皆編笠を被り、目立たぬ色の伊賀袴を穿き、花の江戸というのに草鞋《わらじ》を履いている。だが、視線はおろか、呼吸すら感じ取ることができない。まるで鏡に映った虚像を見ているかのように実体がない。

躍り出た影はおもむろに刀を引き抜いた。青く光る刃が闇の中に浮かぶ。

伊織はふと周囲を見渡した。この辺りは近くの水路に沿って蔵が立ち並んでいる。夕方にもなれば人影はほぼ絶える。日の暮れかかった空を見上げながら、しくじった、と内心で歯嚙みした。

伊織は刀の柄に手を伸ばした。

後ろに二人、前に二人。

敵の姿を気配と目に留めながら、見せつけるように抜き払うや、音もなく前の一人に斬りかかった。

狙うは編笠の奥に隠れた脳天。

当たらない。

敵は後ろに飛びのいて紙一重で躱《かわ》す。伊織の一閃《いっせん》は編笠の縁をわずかに捉えただけだった。

敵が切り返してくる。

思わず伊織は刀を引き戻して受けた。

一瞬、息が詰まりそうになるほどに感じる圧にたじろぐ。だが、敵の斬り込みはそれで終わらない。

他の敵たちも伊織に迫り、それぞれに剣閃を放ってくる。受け、躱し、捌《さば》き、時には反撃をしながら、伊織はひたすらこの死地から抜け出る手段を考え続けたものの答えが出ない。

迅雷の如き一撃が伊織の頬を掠めた。僅かな痛みが走る。

敵の追撃を受けきれず、地面に転がって躱した。

すぐに立ち上がった。だが、蔵の白壁を背負ってしまった。

敵が正眼に構えたまま、じりじりと間合いを詰めてくる。

強い。

呼吸を調えながら、心中で独り言つ。

四人もいるとはいえ、鉄海和尚直伝の刀術をもってしてもまともな勝負にならない。初めての経験だった。自惚れは足を掬われる元ぞ——。そんな鉄海和尚の言葉が耳の奥で蘇る。

死地を脱する方法はなくもない。

敵は今、取り囲むようにしてじりじりと間合いを詰めてきている。裏を返せば、一人を斬り倒して切り抜ければ、そこから先、誰もいない。この暗闘、敵全員を斬ることが勝利ではない。命を失わず抜け出すことができれば勝ちだ。

肺腑《はいふ》の中に詰まった気を、音を立てて吐き出した。

白刃を翻して四人の内の一人に一気に迫る。

神速の踏み込みに虚を突かれたのか、敵は悲鳴を上げた。

肩で刀を背負うように構えていた伊織は、目の前の刺客を切って捨てた。

血霞とともにその一人は地面にどうと斃れるのと同時に、死中に唯一の活路を求めて伊織は駆けた。

残る敵三人は反応も出来ていない。出し抜いた。三人の背中を眺めながら、伊織がわずかに気を抜いた、その時のことであった。

「その油断、高くつくぞ」

地の底から響くが如き低い声が前から聞こえた。前に向いたその時、光の一閃が伊織の目に飛び込む。

最初、何が起こったのか分からなかった。激痛が腹の辺りに走り、呼吸ができない。

前を見ると、物陰から覆面姿の男が姿を現した。

二尺ほどの竹の棒を担ぎ、肩をしきりに叩いている。

その瞬間、伊織は悟った。竹鉄砲か、と。

竹筒に石を入れて振り出す投擲《とうてき》具で、鳥威《おど》しのために使う。だが、達人となると鳥を絶命せしめたり、人に当てて大怪我を負わせることもできる。村方では竹鉄砲での怪我人が年に何人も出る。

腹の激痛のせいで、足が動かない。そのうちに、出し抜いた刺客たちがまた伊織を囲んだ。

「ようやった」

刺客の一人がそう声を上げると、竹鉄砲を持った刺客はその筒先に何かを込め、ぶんと振り出した。

右足に激痛を覚えた。

「これで、動けまい」

もう一振りされると、今度は右肩に激痛が走った。もはや刀も両手で握れない。

近づいてくる刺客たちを前に、伊織は心中でぼやいた。

竹鉄砲の達人に、腕の立つ剣客たち。

ここまでか――。

伊織は自らの舌に前歯を当てた。

だが、そんな伊織の耳に、ある言葉が蘇った。

『少し落ち着いたら、やっとうの稽古をしてくれぬか。ここのところ体がなまっていかぬ。――他の家臣どもは、遠慮してまともに打ちかかってこぬでな。まともにやってくれるのはお前しかおらぬのだ』

ああ――、そうだった。帰りたい。己の、居場所へと。

伊織は左腕で刀を振り回した。が、刃筋が立っていない。難なく躱され、傷を負わされてしまう。しばらく切り結ぶうちに、伊織はなますのようになっていた。

「諦めておとなしくしろ」

刺客の一人が血刀の先を突き付けつつ言い放った。

伊織は声を上げた。己の声と信じられぬほど、かすれていた。

「諦められるか。某には、殿に言上せねばならぬことがある……」

「そう、それよ。お前に聞きたいのはそれなのだ。お前の主は誰だ？　何を言うつもりだ？　それさえ教えてくれれば、命だけは助けてやってもいい」

嘘に決まっている。出会い頭に刀を抜いてきた相手だ。それに――。

「死んでも言えるものか」

伊織はふらつく足取りで立ち上がると、満身の力を込めて刀を投げつけた。前の菅笠の男が怯むのを見るや、伊織は鉛のように重い足を気合で振り出して走った。

この辺りは廻船問屋の蔵がある。ということは――。

しばらく走るうちに見えてきた。水路だ。既に辺りは暗く、水は紺色に染まり、波の具合に合わせて水面がちらちら光っている。

水面を見下ろした瞬間、一瞬たじろいだ。己の死体が水面に浮かぶ図が脳裏をかすめた。

後ろから足音がする。躊躇《ちゅうちょ》の時はない。

伊織は頭から水路に飛び込んだ。水音、そして冷たい水の感触を全身に感じながら、伊織はふと昔のことを思い出していた。縁側で、吉宗と浄円院、そして己の三人で柿を食っている、そんな温かで柔らかな記憶を。


夜、紀州藩邸の自室で、吉宗は山のような書状に目を通していた。読み終えた端から脇に置いていた蠟燭にかざし、火をつけて火鉢の上に置く。見れば、火鉢の上は書状の灰が砂に混じらずに層をなしている。

蠟燭の炎一つが浮かぶ部屋の中で、吉宗は江島一件の成功を確信した。

これまでに目を通していたのは、門閥大名や旗本の密書であった。彼らのもたらした報せをまとめれば、評定所と間部詮房の間で調整が持たれ、江島の行ないよろしからずということで遠島、また今回の件に関わった芝居小屋や役者にも罪過を押し付け、江島の下についていた女官も順次罰を与えることで同意を見た。此度の件で五十人ほど処分される見通しだという。

「上々の戦果、といったところか」

月光院の追い落としはならなかった。だが、江島がいなくなったことで、月光院一派は弱体化し、間部、新井の求心力も低下した。

御公儀の権勢には大きな空白が生じた。そう遠くない先、必ずや御公儀は吉宗に首を垂れてくる。この日をただ粛々と待つばかりだ。

届いた密書をすべて読み、火鉢で焼いた吉宗は手をついて立ち上がった。そうして己の寝所に向かおうと奥の間に向かおうとしたその時であった。

庭の方から物音がした。

猫であろうか。いや、この屋敷には鼠一匹入れぬようにと厳命してある。床の間の刀掛けから愛刀を取り、そのまま縁側に続く障子を開いた。

外の冷涼な風が吉宗の肩を撫でた。瓢箪池や松の木が並ぶ庭の様が月明りに照らされている。だが、動く者の影はない。気のせいかと思い首を振ったその時、僅かに呻き声がしたのに気づき、声の方向に目をやった。すると、池のほとりに立つ石灯籠に寄りかかる影が吉宗の目に入った。

「誰ぞ、誰か来ぬか」

人を呼ぼうとしたものの、それをうずくまる当の本人に阻まれた。

「おやめ、くだされ」

聞き慣れた声であった。吉宗は沓脱石《くつぬぎいし》に置かれていた下駄を履き、その人影の近くに駆け寄った。

腹を抱えるように背を丸くしていたのは、星野伊織であった。

いつもは神経質なまでにきっちりと結ばれている髷は乱れ、水でも掛けられたのか服がてらてらと月明りに光っている。だが、それ以上に目についたのは、伊織の周りにひたひたと広がりつつある、赤黒い水溜りであった。見れば、入り口の門から点々と小さな水溜りが続いている。

「何があった、伊織」

刀を捨てて仰向けに抱きかかえると、伊織は短く笑った。

「御召し物を、汚しまする」

「――何があった、伊織」

伊織には江戸城内での策動を任せていた。伊織からの提案で、ことが終わるまでは互いに接触しないことになっていた。

伊織は顔をくしゃくしゃに歪めた。

「最後の最後でしくじりました。間部の遣わした刺客かと」

「なんだと……」

騒ぎを聞きつけたのか、宿直であった有馬と加納、そして小笠原がやってきた。伊織と吉宗の姿を見つけるや、三人は顔を青くした。

「何があったのですか」

小笠原は声を震わせている。この男には何も教えていない。御公儀への策動を知っているのは、伊織を除けば有馬と加納の二人だけだ。口元を震わせる小笠原の後ろで、察するものがあったのか、二人は目を伏せて黙りこくっている。

医者を呼んできまする、と叫び、小笠原が屋敷の中に飛び込んでいったのを見計らうかのように、伊織は加納と有馬に目を向けた。

「お二方……、あるいはこの若輩が色々と失礼なことを申し上げたやもしれず、申し訳ございませなんだ。殿を、よろしくお頼み申す」

虚ろな目をした伊織は、己の手を眼前に晒した。一瞬、怯えたような顔をして、その手を袴で拭うようなしぐさを見せた。吉宗がその手を取ると、伊織は首を振った。

「いけませぬ……。某の手は、汚れております……」

「何を言うか。こんなにも綺麗ではないか」

伊織は吉宗の手を払い、口元を震わせながら、絞り出すようにして、言った。

「ああ、よき目でございますな。いつまでも、その目に留まるところに立っていとうございました。されど、ここまでのようでございます」

何度か咳込んだ後、恍惚とした顔で、伊織は唇を震わせた。

「天下をお取りくださいませ、殿……。この星野伊織、天に瞬く星となり、見守って、おります」

伊織はゆっくりと目を閉じた。そして、全身から力が抜けた。

「目覚めぬか、伊織」

揺さぶっても、伊織が目を覚ますことはなかった。

なぜそなたがこんな目に遭わねばならぬ。心中で吉宗は叫んだ。

余を遺してそなたは逝《ゆ》くのか。そなたにはまだ見せておらぬ景色がある。母とそなたと余の三人が居並び、母をのけ者にした者どもを平伏させるその光景を、見せねばならなかった。だというのに、なぜ逝ってしまうのだ――。

肚の奥から湧いてくる言葉はどれ一つとして口から転がり出ることはなく、代わりに嗚咽が漏れた。

吉宗は加納や有馬が制止してもなお、白無垢が汚れるのも顧みず、伊織の死骸に取りつき、哭いた。いったいどれほどそうしていただろうか、吉宗には分からない。だが、空っぽになった自らの胸に、どす黒い何かが怒濤《どとう》の勢いで入り込み、総身に満たされていくのを感じた。

吉宗は荒れ狂う肚の内の化け物を押さえながら立ち上がり、伊織の血がついている腕で顔を拭った。

その場に立ち尽くしていた加納と有馬を見据えた吉宗は、己でも驚くほどに冷厳な声を放った。

「そなた等に命ずる。どんなに時がかかってもよい。伊織を斬った者どもを追え。さらに、伊織を斬れと命じた者たちを調べ上げよ。よいな」

二人は身を震わせた。だが、返事はどうした、と水を向けると、ようやく命を思い出したかのように頷いた。

吉宗は地面に横たわる伊織を見下ろした。苦相を浮かべるその顔を見据え、目を袖で払った。

空を見上げた。真夜中の星々はこの日に限って一つとて瞬いていなかった。

三章

柔らかな日の光が、中庭から書院の間に差し込んでいる。

部屋の奥の暗がりに座る吉宗は、光溢れる縁側から顔を背けて国家老の報告に目を落とす。

相変わらず『国内の政《まつりごと》悪しからず』と美辞麗句を飾って寄越しているが、国許に潜ませている隠密の報告によれば、主君の江戸在府をいいことに宿老たちは好き放題にしているようだ。領民たちの不満は溜まってはいないようでもあるがゆえ、多少の弛緩《しかん》は捨て置くこととした。

気を取り直して次に開いた文を裏返すと、松平乗邑の名と花押が付してある。片手で文を開くと、西国大名の動向や出張している徳川宗家の家臣たちの様子が事細かに記されていた。

江戸城は今、門閥が勢いを取り戻しつつある。

間部が門閥と妥協する場面も見られるようになった。間部の知恵袋である新井白石は逆風に気力を削がれたようで、将軍侍講の職を退くと奏上して間部を困らせている。

一方の松平乗邑は、江島一件が収束した後、城代の重職に就いた。江島一件の論功行賞に与《あずか》った形での出世であった。吉宗にとっても悪い話ではない。江島一件を経て繋がりのできたこの男を通じ、門閥を自らの後ろ盾にもできよう。

——ここまで来た、あともう少しだ。

己に言い聞かせるように、心中で唱えた。

だが——。吉宗は目を通していた文を文箱に投げ込み、筆の尻を顎につけた。

門閥を意のままに操る、旗印の必要性を痛感している。

何かないか。何か——。

縁側に気配を感じた。手を解いて振り返ると、後ろには木綿裃姿の小笠原が立っていた。小笠原は、恐ろしいものを目の当たりにするような顔をしてそこにあった。

「どうした」

声をかけると、首を振って普段の表情を取り戻した小笠原は口を開いた。

「かたじけのうございます。御公儀の遣いの方がお越しでございまして」

「そんな話は聞いておらなんだが」

御公儀の遣いがやってくる際には、先触れが来訪の旨を告げる。だが、今回はそれがない。

「なんでも、急なことだそうで」

「分かった。今すぐ向かう」

立ち上がった吉宗は、木綿の普段着から裃に改め、有馬や加納を引き連れて客間に向かった。

八畳の上下を備えた部屋の中では、既に裃姿の遣いが上段に座っていた。将軍の名代である。吉宗たちは下段に座り、平伏した。

遣いの者は御公儀による発給文書を懐より取り出し、広げて見せると声を張り上げた。

「紀州侯を将軍後見役に任ずる。内示でござりますゆえ、今すぐ登城なさり、拝命を受けられよ」

文書に不審の点はなかった。遣いは胸を張り、吉宗を見下ろす。

来たか。内心ではそう呟きながらも、あえて困り顔を己の面に張り付けた。

遣いの者が御城へ帰った後、吉宗は近臣のみで評定を持った。加納、有馬、そして小笠原の三人を暗い奥の間に集め、吉宗は蠟燭を挟んで上座に腰を下ろした。

口を開いたのは、筆頭家臣の小笠原であった。その顔は困惑に彩られている。

「一体、御公儀では何が起こっているのでしょうな」

加納は短く笑った。そんなことも分からぬのか、と言わんばかりの冷笑であった。

「将軍後見役が置かれるのは緊急時。すなわち――。公方様に何らかの変事があったのでは」

部屋の中に緊張が走る。そんな中、吉宗が口火を切った。

「有馬、薬込役は何と言っておる」

江戸市中に放っている密偵のことだ。町人の動向や噂などを集め、必要に応じて流言を流すのを職掌としている。

話を向けられた有馬は、訥々《とつとつ》と口を開いた。

「御城より、御三家に遣いが向かっている由」

「ということは」吉宗は続けた。「何かがあったと見るべきだな。これより御城に上がる。加納、用意せい。有馬、そなたは目代に命じて諸大名の動向を集めよ。小笠原は上屋敷に詰め、急な客人に備えよ」

「御意」

命じられた三人は矢のように吉宗の許から飛び出していった。

一人取り残された吉宗は脇息を引き寄せてもたれかかり、揺れる蠟燭の炎を眺めていた。

家臣三人には明かしていないが、将軍後見役の拝命は既定路線だった。先の江島一件によって天英院より絶大な信任を得た。天英院は吉宗としきりに面会をしたがり、ことあるごとに「大役」に推挙すると口にしていた。

今や、紀州徳川家当主としては位を極めた。

友の今わの際の願いが脳裏をかすめた。

ある時、蠟燭の炎がふっと消え、部屋がわずかに暗くなった。風でも吹いたか、と独り言ちていると、唐紙が音もなく開き、紺色の伊賀袴を穿いた男が風のように部屋に滑り込んできた。

「よう来た、庭番」

片手を床につき平伏するこの男は、伊織の遺した影の者の頭だ。伊織が死んで一月ほど経ったある日、突如書状を持って吉宗の前に現れた。その文は伊織の筆によるものだった。そこには、己にもし何かあった時には、手塩にかけて育てた影の者たちを用いていただきたい、としたためてあった。その字は流麗で、かつて吉宗も学んだ鉄海和尚の字の面影を残していた。

吉宗は影の者を庭掃除や警護を行なう番方として配下に組み入れた。しかしこの者たちは、主従の契りを結んでもなお、自らの名を名乗ることはない。それでは困ると文句を言ったが、

——ならば庭番とでもお呼びくださいますよう。

と躱され、今に至っている。

それはともかく。吉宗は庭番の頭に問うた。

「御城の内実はどうなっている」

「公方様が病に伏せておられるようです」

「大奥はどうだ」

「月光院様が取り乱しておられる様子。それを天英院様が慰めておられるようで」

一時は派閥としての対立もあったが、当人同士の仲が悪いわけではない。二者の対立は周囲の家臣が煽《あお》った面があるゆえ当然のことなのかもしれぬが、気楽なことだ、とも感じた。

「で、新井、間部はどうしておる」

「新井白石はもとより気力を失っておりますゆえ、何の心配もありますまい。ただ、間部には注意するべきでしょう。あの男は未だ、捲土重来《けんどちょうらい》を期しておるようです」

「分かった。下がれ」

音もなく庭番の頭は部屋を辞した。

吉宗は顎に手をやる。

家継の病は重篤なのだろう。此度の将軍後見役の件も、それを反映したものと考えればよい。

吉宗は立ち上がると、糸のように細い息を吐き出した。

目を揉んで伸びをした後、急に誰かと話したくなって、何の気なしに伊織の名を呼んだ。

だが、返事がなかった。

沈黙に包まれた部屋の中で、吉宗は肩を落とした。

伊織が逝って二年になる。だが、その死に慣れることは未だにできない。

江戸城中奥の一室で、間部詮房は訝し気に目の前の光景を眺めていた。

八畳の御休息の間の真ん中には錦の布団が敷かれ、紫鉢巻をした白無垢姿の幼子、将軍家継が横たわっている。布団から出された、青筋の浮かぶ細く白い手首。そこに巻きついた赤い糸が隣の部屋までぴんと伸びている。

糸の伸びる次の間から間部を呼ぶ声がする。音もなく立ち上がりそちらに向かうと、糸を指先で弄ぶ侍医が、

「脈は落ちついてございます」

といかめしい面で述べ、部屋を辞していった。

――斯様なもので何が知れるか。

心中で吐き捨て、奥の間に戻った間部は、幼君の手首に巻き付けられた赤い糸を解いた。まるで飴細工を扱うような手つきで結びを緩めると、さっきまで眠っていたはずの幼君がゆっくりと瞼を開いた。

「申し訳ございませぬ、起こしてしまいましたな」

間部が穏やかに謝ると、童子髪の幼君は虚ろな表情のまま、首を横に振った。

「構わぬ。――間部、余は死ぬのか」

「左様なことはございませぬぞ。必ずや治ります。今はお休みくだされ」

「眠るまで、ここに居てたもれ。誰もおらぬと怖いのじゃ」

紅葉のように小さな手を布団の中に納め、上掛けをかけ直した。微笑みかけて錦布団の上から胸を叩いてやると、ようやく安心したのか幼君は寝息を立てはじめた。

部屋の隅に座る世話の者に目配せして立ち上がり、部屋を辞した。

廊下を歩みながら、政の人たる間部は物事を冷徹に見定めていた。

長くはあるまい。

将軍と雖も、一個の人であり、神君家康公の血を受ける器に過ぎない。今の器にひびが入っているならば次の器を探さねばならぬ、というのが政の人である間部のはじき出した結論である。家継は幼少ゆえ子もなく、家宣より始まる甲府徳川家の血はここで絶える。接ぎ木を考えなくてはならぬ。家継の養子に家康公の血を継いだ者を推戴し、その者に恩を売って取り入り今の体制を維持する。

そのための人選も済んでいる。

尾張家の徳川継友《つぐとも》である。

家継から偏諱《へんき》を得、このほど天英院の姪に当たる近衛《このえ》家の妻を迎えた。ことあるごとに間部と対立する天英院といえども親戚筋となった継友の推挙に反対するとは思えぬが、やや不安も残る。天英院は間部派に対してよい思いを持っておらぬのか、ことあるごとに排斥の動きを見せているがゆえだ。

なおも戦わねばならぬと算段をしながらも、間部は千々《ちぢ》に乱れる己が心を知覚していた。

家宣が薨じた時、特段の感情も覚えなかった。もちろん己を引き立ててくれた恩人であるし、心の交流もあったが、君臣の別という儒学の論理が、主君の内面へ踏み込むをよしとしなかった。しかし、家継は違う。赤ん坊の頃から仕え、おしめの交換まで手自《てずか》ら行ったことがある。家継は間部に懐き、今では眩しい笑みを向けて「間部、間部」と呼び掛けてくる。

上様――。

相反する二つの己が凌ぎ合い、思考が乱される中、近習が間部の傍に駆け寄ってきて耳打ちした。そのおかげで、ようやく間部は冷徹な己を取り戻した。

「紀州侯が？」

間部は大奥の対面所へと足早に向かった。

中奥から大奥へはそこまで距離はない。御鈴廊下を渡ってすぐに対面所へと至った。家臣たちの制止を振り切り、自ら乱暴に唐紙を開いた。

「騒がしいぞ」

部屋の中には、白い頭巾をかぶり、錦の打掛を身にまとう天英院の姿があった。皺が浮いてはいるものの、牡丹の如しと謳われた容色はかぐわしい芳香をまといながらここにある。涼しげな眼を鋭くして間部を見据えた天英院は、黒の碁石を弄びながらくつくつと笑った。

「なんぞ、間部殿か。案外不躾なところがあるのう」

「申し訳ございませぬ」

冷や汗を滲ませながら頭を下げた。と、あることに気づいた。天英院の碁盤を挟んだ差し向かいに間部を背にして座る一人の男があることに。

黒染めの長着に鼠色の裃を纏っている。城ではよく見る合わせ方ゆえ何者か分からず、裃の背にある家紋に目を向けた。後ろ頭の下あたりにある紋所には、丸に三つ葉葵の紋が踊っている。

葵の裃の男は巨体を翻し、ゆっくりとこちらに向き直った。

「おお、間部殿か」

快活に声を発したその男は、紀州吉宗その人であった。

その目が気に食わぬ、と間部は心中で吐き捨てた。

人の目は心を映す。役者として、為政者として生きてきた間部の実感である。だが、紀州吉宗の目はどれとも違う。ある時には無垢な子供のように輝き、またある時には老獪《ろうかい》な儒者のように淀んだ目をする。底が全く測れない。

妙に澄んだ目をする吉宗に対し、間部が問うた。

「紀州殿、なぜここに」

天英院が石を置き終えたのを見計らうかのように、吉宗は白い石を盤上に置いた。

「突然の将軍後見役拝命に驚き、何かあったのではと取るものとりあえず御城に登ってきた次第でな。公方様の御体の具合がよろしからず、されど今はお休みのところとうかがいましたるゆえ、拝謁は御遠慮し、こうして天英院様にご挨拶に参った次第にて」

将軍後見役？　そんな話は聞いていないが、江島一件のせいで門閥勢力の発言力が増し、間部を通さない通達が出ることも度々であった。老中あたりが勝手に決めたことであろう。

間部の戸惑いを看取ったのか、天英院はからりとした声を発した。

「わたしも賛成したのじゃ。紀州殿ならば、必ずや御公儀をお支えくださるゆえな」

「そういったことは某にもご相談いただけませぬと」

「そなたは何かことが起こらぬと、わらわを訪ねて来ぬではないかえ」

冷や水を浴びせるが如き一言が、天英院の口からこぼれた。

思わず、強く口を結んだ。歯と歯が擦れ、ぎち、と軋む音がした。

不穏を嗅ぎ取ったのだろう、天英院と間部の間に入った吉宗は、双方に手を立てて押し留めた。その仕草はなんとなく芝居がかって見えた。

「まあまあお二方。今はいがみ合っている場合ではありますまい。公方様ご不例の中、野心を剝き出しに動く佞臣《ねいしん》もありましょう。そういった者どもの芽を摘むのが、今の我らに課せられた御役目ではございませぬか」

お前こそが佞臣ではないか、衣の下から鎧が見ゆるぞ、と叫びたかった。だが、吉宗の言葉にいちいち頷く天英院を前にしては、皮肉一つ口を挟むことも叶わなかった。

天英院は眉根をひそめた。

「しかし紀州殿、これからどうしたらよいのであろうか」

間部が割って入ろうとしたものの、刹那のところで吉宗に機先を制された。

「まずは、御三家を始めとする親藩大名家、譜代大名家の動揺を最小限に留めることでございましょう。譜代大名家はそこにおられる間部殿にお願いするとして――、親藩大名家の抑え込みはこの紀州吉宗が承りましょうぞ」

「おお、まことか」

「紀州家は親藩大名家の筆頭の一つ。本日は遅いゆえ、明日より親藩家を回り、事情を説明しましょうぞ」

喜色を浮かべる天英院に頷いた吉宗は、間部に膝ごと振り返った。ちょうど、天英院を背にする格好である。

「というわけで――。間部殿、しかと頼んだぞ」

間部は紀州吉宗の言葉尻の変化に気づいていた。先ほどまで丁寧な言葉を用いていたにも拘わらず、今は取り払っている。

間部は歯噛みしながらも、首を垂れた。

「承りましてござる」

それから天英院と吉宗は親しげに二、三の言葉を交わした。部屋の隅に座ったまま蚊帳の外から二人の会話を聞いていた間部は、明日のこともあるゆえ、と吉宗が切り出したのを機に、吉宗と同時に立ち上がった。

大奥から中奥への大廊下を共に歩くことになった。時を外せばよかったと悔やんでももう遅い。吉宗に前を譲らざるを得ず不愉快な思いを噛みしめていると、吉宗は振り返りもせずに暢気《のんき》な声を発した。

「そういえば間部殿、ここのところ、新井殿の姿を見ぬが、息災にしておるか」

「白石でございますか。あの者は――」

「なんでも、鬱の気を発しておると噂に聞いたが」

なぜこの男がそれを。

間部は目を剝き、鼠色の裃に染め抜かれた葵紋を睨んだ。

ここのところあの男は塞ぎ込み、登城すらしていない。これは秘中の秘、噂になろうはずがない。わざわざ替え玉を用意し、白石の屋敷から江戸城内まで行き来させているほどなのだ。それもこれも、間部新井派の弱体化を門閥勢力に悟らせぬための工作である。

薄く口角を上げた吉宗は、わずかにこちらに視線をやって鷹揚に会釈をした。

「新井殿に、しばしゆっくり休むよう、伝えておいてくれろ」

間部が不気味なものを覚えていると、吉宗は背中越しに右手を上げて指を一本伸ばし、足を止めた。思わず間部も立ち止まると、吉宗はおもむろに振り返り、伸ばしていた指を素早く間部の首に突きつけた。

息が詰まった。一瞬、冷たく光る刀が延びてきたようにも錯覚した。

「天網恢恢《かいかい》疎にして漏らさず、とは言う。されど天の網から漏れる者はまた多い。そうは思わぬか」

「なにを仰せで」

吉宗は鋭い目で間部を覗き込んだまま続ける。

「ゆえに法があり、法を参照する権威がある。天の網が逃してしまった罪人は、権威の衣を纏った人の手によって処断される。それが人の世の理であろう」

吉宗は首筋に当てていた指をさっと引いた。戯れをなさいますな、という言葉が、喉が掠れて形にならない。吉宗の獲物を狙う獣の如き視線が間部に絡みつく。

目の前の吉宗はすぐに目を細め、くるりと踵を返した。

「――難しい話をした。間部殿、譜代大名家の取り込み、なにとぞよろしくお頼み申す」

吉宗は立ち尽くしたままの間部を遺して大廊下を歩いて行ってしまった。その背中が見えなくなるまで、間部は直立したまままただそこにあり続けた。

全身から脂汗が浮き、肚の奥から抑えきれぬ恐怖がせり上がる。

罪が云々とあの男は口にしていた。もしやあれは、かつて間部が命じた吉宗の家臣、星野伊織を斬った件ではないか。生け捕りにするはずであったのに、水路に逃がしてしまい生死不明の始末となったが、吉宗の許に帰還したのかもしれない。だとすれば――。

背に怖気が走る。手の震えが止まらない。思わず間部は、袖で己の頬を拭いていた。


次の日、吉宗は小笠原や加納、有馬といった側近を引き連れて市ヶ谷にある尾張徳川家の上屋敷を訪ねた。名目は将軍後見役拝命の挨拶であったが、将軍家継不例を伝えるためのものである。いや、吉宗からすれば、それすらも名目でしかない。

上段の間の存在しない二十畳ほどの大部屋に通された。綺麗に箒《ほうき》で掃かれたその部屋には、既に着座している者の姿があった。

くつろいだ姿ではあるが、金糸で刺繍された葵の御紋が散らされた、豪奢な羽織を纏っている。年の頃は二十歳代の半ばほど、吉宗と比べれば八つほど年下であろうか。少壮の大名らしく若々しさを備えており、細い顎、切れ長の目が知恵者の雰囲気を醸している。だが、華やいだ雰囲気とは裏腹にねばついた湿気を同時に感じさせる。

その青年は、吉宗の顔を見るなり相好を緩めた。

「おお、紀州殿、久方ぶりでございますな」

「尾張殿も」

この少壮の大名こそ、尾張徳川家当主の徳川継友である。先々代、先代当主が急死したことにより若くして藩主の座に上ったが、評判は芳しくない。群臣の助言に従い倹約政策を取っているものの領民は吝嗇と蔑んでいるとは尾張藩に潜ませている庭番の報告である。

継友はやってきた吉宗を上座に勧めた。遠慮する吉宗に「将軍後見役を下座に置く法はありませぬ」と述べ、あくまで己の席を立つことはなかった。継友を立てる形で上座に腰を下ろした吉宗は、継友を見やり、切り出した。

「この度、将軍後見役を拝命したのには仔細あり……」

継友は頷き、少し目を伏せた。

「公方様の御身がよろしくないのでしょう」

「ご存じであられたか」

かすかに頷いた継友は開け放たれた障子の向こうに広がる庭先に憂いを滲ませた顔を向けた。松や檜《ひのき》、竹といった木々が並ぶ広々とした庭は、曇り空を写した大池のせいで華やぎが失われている。目を細め、ゆるゆると首を横に振った後、継友は続けた。

「望むと望まざるとに拘わらず、耳に入るゆえ。特に、ここのところ、甲州の古狸がうるさくて叶わぬ」

「なるほど、古狸」

曰くありげな継友のまなざしに、くつくつと吉宗は笑ってみせた。甲州の古狸――。間部詮房の姿が脳裏を過ぎる。

徳川将軍家断絶の際には、公卿、親王ではなく、徳川家の親戚を将軍に推戴するのが前例である。ゆえ、世継ぎのない現将軍家継に何かあった際には神君家康公の血を引いた誰かを養子に迎えることになろうが、その第一候補は目の前の継友であろう。継友は家康公の玄孫《やしゃご》であり、家康公の曾孫である吉宗よりも血が薄いが、御三家筆頭の尾張徳川家の看板がある。

間部が継友に接近している狙いも明白だ。もし吉宗を幕政から排斥したいなら、継友擁立を狙うのは自然である。

だが、継友が勝負の場にすら立つつもりがないことは分かっている。今日はその確認に赴いたに過ぎない。

「尾張殿は古狸に化かされるおつもりか」

「いや」継友は首を振った。「あれに威はない。化かされたところで梯子《はしご》を外されるのがおちであろう。乗らぬ方がよい博奕《ばくち》よ。それに、付家老どもも反対しておるでな」

付家老とは、譜代大名家としての席次を持ちながら、御三家家老の顔も有している者たちのことだ。尾張には成瀬《なるせ》、竹腰《たけのこし》の二家があるが、どちらも門閥大名家と足並みを一にしている。尾張の付家老たちが継友の将軍推戴に積極姿勢を見せていないことは、庭番の報告にも明らかだった。

なおも、吉宗は問う。

「貴殿を推される者は多かろう。もし、立たれるのであればこの紀州吉宗、微力ながらご助力しようぞ」

心にもないことを述べたのは、市中に放っている隠密の報告でも、尾張徳川家が他大名に進物を送ったり、茶会を開いたりして支持の取りつけに回っている様子が窺えなかったからである。尾張徳川家は天下に野心なし、そう見切っているからこそ、ここまで踏み込んだことが言える。

継友は皮肉気に口角を上げた。

「はは、天下はこりごりでござる。余が天下を望もうものなら、災いが降りかかろう。——先々代にして兄の吉通は、表向きは病死ということになっておるが、実際のところは何者かに殺されたのではと疑うており申す。兄には天下の野心があり申したゆえ」

話に出た尾張吉通は七代将軍の候補にも擬せられたほどの人物だった。実際、器量も、声望も、野心もあったろう。もし生きていれば今の吉宗に立ちはだかっていたはずだが、数年前、病を得て死んだ。突然のことであった。

継友は遠い目をして、陰鬱な庭を眺めた。

「兄は剛健そのものであられた。されど、ある時突然顔を青黒く変じられ、一升にもなろうという血を吐き散らしお亡くなりになられた。実はそれから少し前、毒見役や近臣たちが同じ〝病〟で死にましてな。何か新しき流行り病ということで処理はされておりますが、実際には何者かに毒を盛られたのではないか、そう考えておるのです」

「左様なことが……」

「天下の大権は劇薬でござる。手にした者に途方もない力を与える代わり、手を伸ばそうとすればその毒にしてやられる。尾張徳川家は身をもって学んでおりますゆえ、いたずらに天下を求めることはいたしませぬ。間部には、改めて辞退を申し入れることとしましょう」

いくら顔を覗き込んだところで継友の目の奥からその本意を読み解くことは難しい。

しばし下を向いていた継友は、ふと手を叩いた。

「お目に掛けたい者があり申す」

次の間の襖が開かれた。八畳間の真ん中に、一人の若侍が平伏していた。

前髪が取れたばかりと見え、結い上げた髪は若々しい光沢を放っている。裃を身に着けているものの、若者らしい華奢な体のゆえかまだ板についておらず微笑ましい。それにしても見事なのは、部屋や屋敷に垂れ込めていた陰鬱な気配を吹き飛ばすほどに、この若侍が陽の気を放っていることだった。吉宗も思わず目を細めた。

「面を上げよ」

継友がそう声をかけると、次の間の若侍は顔を上げた。

一振りの利刀を見るようだ。顔かたちは継友とよく似ているが、立ち上る気の質がまるで違う。相対する者に親しみを与えて包み込むのが継友だとすれば、この若者は相対する者に挑みかかるが如き気配を全身から発している。

この者は？　問うと、継友は薄く笑った。

「余の弟でござる」

次の間の若侍は若々しい声で名乗りを上げた。

「求馬《きゅうま》通春《みちはる》と申します」

継友は目を細めて求馬を名乗る青年を眺める。

「将軍家より譜代衆の末席に加えていただいておりましたものの、一時、病ゆえに尾張に連れ帰ってから、ほぼ除名されておるような有様でござる。求馬を救ってやっては貰えませぬか。このまま腐らせるには少々惜しい大器でござる」

譜代衆とは将軍直下の直臣衆のことで、親藩大名家や譜代大名家の次男、三男坊の受け皿となっている。血筋のいい子弟はここで経験を積み、捨扶持代わりに領地を与えられて大名になるか、どこかの大名家の養子に出される。

吉宗は鷹揚に頷いた。

「公方様ご不例の為、いつのことになるかは分かりませぬが、この紀州吉宗、求馬殿の譜代衆復帰に力を尽くす所存」

「お願いいたします」

深々と継友は頭を下げた。

これで尾張は脅威ではなくなった。当主が弟の身の振りの世話を願うこと自体、吉宗に屈し、兜を脱いだことと同義である。

おもむろに立ち上がった吉宗は、次の間に控えていた求馬通春の前に立ち、見下ろした。だが、吉宗の巨体の影に覆われた求馬は両手を畳についたまま吉宗を見上げている。

「どうされた、求馬殿」

平伏せよ、という謂《い》いだった。だが、求馬は頑ななまでに頭を下げようとしなかった。周囲の者たちの緊張が高まる中、もう一度同じ呼びかけをすると、求馬はぽつりとこう口にした。

「紀州様が、恐ろしゅうございます」

廊下に詰めていた尾張の家臣たちが色をなした。中には歯の根が嚙み合わぬ様子で首を左右に振っている者の姿すらある。だが、吉宗は、よいよい、と鷹揚に述べて、なおも求馬を見下ろした。

「ほう、どう恐ろしいのだ」

求馬は即座に答えた。

「まるで、天下が服を着て歩いているようでございます」

「問う。天下とは何ぞ」

愚にもつかぬ答えがやってくるか、それともどこかの儒学者のこねくり回した観念論が返ってくるかと思っていた吉宗を前に、求馬はしばし顎に手をやった後、清らかな声で応じた。

「賞と罰、この二つでございましょう」

「……続けよ」

「天下とは、良き行ないをしたものを賞し、悪しき行ないをしたものを罰する。そして混沌に陥りがちな広大無辺の地に、秩序を与えるものでありましょう」

「なるほど。なかなか筋が良い」

天下の根本をこの齢で押さえている。

振り返った吉宗は、表の間に座ったままの継友に微笑みかけた。

「いやはや、末恐ろしいお子がおられますな、尾張徳川家は」

継友も笑みで応じた。

「もしお気に召されましたら、この者を育て上げ、使ってやってくださいますよう。先々代、秘蔵の子でございますゆえ」

継友の言葉を容れ、吉宗は労を取った。

求馬を御目見得させるべく、幕閣や大奥に掛け合った。中には反対の声も上がったが、これほどの逸材を放っておくは天下の損失と説いて回り、最後には将軍後見役の権限を使ってまで実現させた。病身を横たえる将軍と、僅かの間顔を合わせただけのものでしかなかったが、こうすることで、再びこの若者も御城で一廉《ひとかど》の大名子弟と遇されることとなるだろう。

「譜代衆として、天下の御政道を学ぶとよい」

御目見得の後、廊下を渡りつつ話しかけると、横を歩く求馬は、

「もとよりそのつもりでございます」

と応じ、随行する尾張家家臣を慌てさせた。

求馬の横顔に、ある男のそれが重なった。

星野伊織の顔だった。

吉宗の周りには、容赦なく意見を述べる者がない。もし伊織が今も壮健であったなら、仮借なく直言をしてくれたことだろう。それだけに、歯に衣着せぬ求馬の言葉に小気味よさすら覚えている。

「励むがよい。その減らず口、いつまで叩けるか楽しみにしておるぞ」

本心からそう述べたものの、皮肉に聞こえたらしく、尾張家臣たちは顔を青くした。

こうした骨折りが功を奏したか、尾張は動かなかった。一人の密偵も放つことなく、将軍家継の不例憚りを理由に屋敷に半ば逼塞《ひっそく》している。

そんなある日、城中の廊下で間部詮房の一行と行き当たった。

本来、城中の廊下ですれ違う際は目下の者から挨拶し、上位者に道を譲るのが礼儀だが、間部は会釈すらせず足早にすれ違った。かつては福々しい笑みを湛える陽の気を放つ男であったが、今や血色は死人の如くに悪く、目だけが血走りきょろきょろと辺りを窺っている。

将軍後見役に失礼であろうと間部一行を怒鳴りつける有馬を制しながら、吉宗は手を振った。

「構わぬ。もう、終わりよ」

かの男は気を乱し、謀略の目が曇っている。今のこの男が動いたところで大勢を覆すことはできぬばかりか、墓穴すら掘りかねぬ有様だ。

政の場は綱渡りのようなものだ。これまで積み上げてきたものが小さなしくじりひとつで雲散霧消する。

綱の上で立ち往生する軽業師のような悲愴感を、吉宗は間部の背に見た。

大奥、家継の御座所にやってきた天英院を、重苦しい場の空気が迎えた。

日差しの届かぬ薄暗い部屋、その御簾《みす》の向こうから、女の涙声が聞こえる。涙声で声が震え、ほとんど聞き取ることはできないが、雛鳥を失くした親鳥の声が哀調を持って聞こえるが如く、天英院の胸を揺さぶった。天英院もまた母として二人の子を失くしているだけに、母親の悲痛な叫びは殊に身に堪えた。時が経ち、痛みを忘れたようでいても、ふとしたきっかけでまた傷口が開く。心の奥底でじわりと血が滲む感触を覚えながら、天英院は一歩一歩、奥へと歩を進めた。

近習たちが天英院に気づいた。御簾の向こうにいる女も気づいたのか、御簾をかき分けて天英院の前にやってきた。薄い唇をした白面の美女は、いつもならば天英院ですら息を飲むほどの顔《かんばせ》であるのに、この日ばかりは顔をくしゃくしゃにし、鼻先を真っ赤に染めている。

目の前の女人は家継生母、月光院である。

「よく、お越しくださいました」

月光院の姿はさながらしおれた花のようだった。しかし、天英院は心を鬼にしてぴしゃりと声を発した。

「そなたは将軍生母。心をお乱しめさるな」

かく言う天英院の声が湿り、場は深く沈み込んだ。

天英院は袖で目尻を払い、周囲を見渡して浮かない顔をする近習たちを一瞥しながら、殊更に冷たい声を発した。

「公方様のご尊顔を見せてたもれ」

顔色をなくす月光院に案内されて御簾の奥に入った。小さな白絹の布団の上に横たえられた家継公の顔の上には白布がかけられていた。僅かに覗《のぞ》く襟元は、布団などよりもはるかに白い。枕元に坐り顔の白布を取ると、家継の顔が現れた。血色は消え失せ、人形のように生気がない。後ろから鼻をすする声がした。

胸が圧し潰されそうになる。だが、溢れ出そうになる感情の奔流を堪えた。

己の腹を痛めたわけではないとはいえ、家継もまた夫である家宣の子であった。ついに夫の血を継ぐ者が絶えてしまった。己を律していた糸がすべて切れたかのような喪失感に襲われる中、後ろに座る月光院に語り掛けた。

「月光院殿。これからのことを考えねばなりませぬ」

月光院の細い肩を天英院は摑んだ。

「公方様が亡くなれば、次の将軍を立てねばなりませぬ。その際に、そなたがしっかりせねばならぬのです。あなたは亡き公方様の御母上なのですから」

「わたしが」

月光院は目を伏せた。

その時、廊下に面した戸の開く音がした。

振り返ると、間部詮房が部屋に入ってくるところだった。いつもは福々しい笑みを浮かべている男だが、この日に限っては顔の血色が悪く、目の下に隈もあり、目つきも悪く血走っている。

「おお、間部殿」

助けを求めるように月光院が声をかけたものの、間部は一瞥しただけで何も声を発さず、御簾の中へと足を踏み入れた。血色の消え失せた家継の顔を見るなり、その場に崩れ落ちた間部は、絹が裂けるような声を発して哭いた。だが、しばらくするとのらりと立ち上がり、御簾から出ると天英院と月光院の間に腰を下ろした。

「お痛わしゅうございます」

先ほどの慟哭が嘘のような、そっけない挨拶だった。涙の跡が残っているというのに、その目には青い炎がたぎっている。そんな間部を前にした月光院は顔を真っ白にして、天井を見上げた。

「月光院様、あまり時がございませぬゆえ、手っ取り早く申し上げます。——たった一言、申してくだされ。『跡継ぎは尾張継友様である』と。さすれば、あとはこの間部が万難を排し、継友様を千代田の城にお迎えいたしましょう」

間部は何かに急き立てられているかのように一息に言い切った。いつもの間部であればもっと気の利いた言い回しもできるだけに、この急いた口吻には常ならぬものを感じた。

何より、怒りも湧いた。理由は分からぬし、元より好かぬ男であった。だが、背に怖気が走ったのは初めてのことだった。

口から怒声を放たんとした、その時であった。

乾いた音が辺りに響いた。月光院が扇を振り上げ間部の頬に打ち付けた、その音であった。月光院は目尻から玉のような涙を流し、間部はきょとんとしたまま、顔を月光院から背けている。

月光院は涙を流したまま、間部を睨みつけた。

「下がりなさい、下郎」

間部は瞬きを繰り返しつつ、部屋の中を見渡した。やがて、幽鬼のように顔を青くして立ち上がり、ふらつく足取りで部屋から消えた。

扇を放り捨てた月光院は、天英院の胸に飛び込んだ。そして、女子の力とは思えぬほどの力で天英院の肩を抱き、子供のように泣きじゃくった。

「天英院様、わらわはいったいどうしたら」

「落ち着きなされ。話はそれからです」

口ではそう言いつつも、背中を撫でつけてやる。

月光院をなだめるまでの間、天英院は思案を巡らしていた。

今、家継の後継として名が挙がっているのは、尾張継友と紀州吉宗の二人だ。天英院からすれば尾張継友は姪の夫に当たる遠縁、紀州吉宗はずっと交誼《こうぎ》を結んできた相手だ。天英院個人からすれば、どちらに転んでも全く困らない。しかし、尾張継友には間部が紐づいており、門閥大名の反発は避けられない。一方の吉宗は門閥大名勢にも受けがよく、間部からも遠い立場にある。

そうこうしている間にも、月光院が落ち着きを取り戻した。

天英院は肩を摑んで月光院を引き剝がし、問うた。

「あなたは間部をどうお考えですか」

月光院はきっぱりと口にした。

「あれは佞臣でございます」

「なれば、もう決まりだの。間部の推す尾張殿を推すことはできまい。大奥は紀州殿を推す」

月光院はわずかに目を伏せ、答えに代えた。

結局、この後すぐに老中や天英院や月光院、間部らを集めた評定が開かれた。間部は強硬に尾張継友を推したものの、門閥大名の代表たる老中や、天英院、月光院を始めとする大奥勢の賛成を得ることができず斥けられ、紀州吉宗を次期将軍に立てることで合意がなされた。


丁度その時、吉宗は江戸城大廊下上之間に詰めていた。

家継危篤の報を庭番より聞きつけ登城の用意をした。取るものとりあえずという風を装うため、絹の平服姿に留め、随行する家臣も四十名ほどに絞った。御城からやってきた遣いの者も紀州の押っ取り刀ぶりに驚いたようだが、全ては策略に他ならない。

溜《たまり》の間に詰めさせている四十余名は、小笠原や有馬、加納といった生え抜きの他は表向き藩士扱いである庭番で固めた。仮に闇討ちに遭っても独力で戦える精鋭である。この日のために、城に連れてゆく者たちをずっと藩邸に侍らせていた。

一人、部屋で端座していた吉宗のもとにやってきた近習が、用意の整った旨を告げた。

吉宗は無言で頷き、近習に従い廊下を進んだ。

表から中奥、大奥へと至る。近習の持つ紙燭が暗い足元を照らし出す。己の心の臓の鼓動すら周囲の者にも聞こえそうなほどに静まり返った御城の中、長い廊下を右に左に折れつつも進むと、やがて、近習は部屋の前で足を止めた。

足を踏み入れると、二十畳ほどの部屋の中に天英院や月光院、老中などの門閥勢、そして間部詮房たちが膝を突き合わせている。見れば、御簾の掛かった上段に純白の布団が敷かれ、こんもりと盛り上がっていた。

奥の御簾を背にした天英院が声を発した。

「夜分にすまぬな。ようお越し下された。お座りになられよ」

「まず、公方様にご挨拶させていただくことはできませぬでしょうか」

いずこからか、鼻をすする声が聞こえた。

天英院の許しを得て、吉宗は御簾をくぐり、枕元に坐った。

小さな布団、そして顔を隠した白布から覗く小さな耳。目を細めて、白布を取り去ると、穏やかな死相が露わになった。これまで吉宗の触れてきた死はどれも苦悶に満ちたものであった。父、兄は毒薬で顔を青黒く変じ、人相が変じていた。唯一友と呼び得る者は、全身から血を流し、苦痛に顔を歪めながら死んでいった。思えばこうも穏やかに死の時を迎えた人を見るのは初めてのことであったかもしれない。己が生の偏りを思いながら、顔に白布をかけ直した。

下段の間へと戻った。天英院の横に座っている月光院は、法衣の袖で目の辺りを拭っている。天英院たちの右手に座る老中は正面に座っている間部を睨みつけている。間部はといえば居心地悪そうに肩をゆすっていた。

吉宗は天英院たちに向かい合うように座ると、まずは非礼を詫びた。

「このような略装で申し訳ございませぬ。取るものとりあえずここに来ましたゆえ、お許し願いたく」

「構いませせぬ」天英院は鶴の一声を発した。「そんなことより、こうも早く来てくださるとは、さすがは紀州殿」

「いえ、これでも将軍後見役でございますれば。それにしても」吉宗は小鼻を触った。「覚悟していたとはいえ、実際にこの日が来てしまうのは、何とも辛い」

口元辺りを袖で拭いながら、目ざとく様子を窺った。月光院はわずかに目を伏せた。天英院も気丈には振舞っているが、随分堪えているようだ。

吉宗の左手側前方に座っている老中が天英院の話を引き継いだ。

「今日は他でもありませぬ。大樹《たいじゅ》薨去はまだ世に披露しておりませぬが、人の噂に戸は立てられぬもの。急がねばなりませぬ。単刀直入に申し上げる。紀州殿に、次代の将軍にお上りいただきたい」

「なんと、それは――」

面食らった表情を作る。まさか、そのつもりでここにやってきたなどという顔はできない。

「貴殿しかおられぬ。今の行き詰まり、濁った政を打破できるのは、貴殿を置いて他には」

老中は剃刀《かみそり》のような目で間部をちらりと見据えた。間部は膝の上にやっている手を細かく震わせ、この場に坐している。

「ご決心頂けぬものだろうか」

老中の言葉にかぶせるように、天英院も声を発した。

「これは亡き我が夫にして六代将軍、文昭院《ぶんしょういん》様のご遺志にも適おう」

突然の申し出に困ったと言わんばかりの表情を張り付け、吉宗はあえて押し黙る。

三文芝居を演じながら、吉宗はひたすらに待っていた。前将軍生母であり、間部詮房の後ろ盾である月光院の言葉を。

しばらく、部屋に沈黙が垂れ込めた。老中は眉をひそめて吉宗を見据えている。天英院は間部と月光院を交互に見比べている。間部は下を向き、月光院はあらぬところを眺めている。しかし、それでも吉宗は何も述べようとしなかった。

ようやく、月光院が決心したように口を結び、泳がせていた目をまっすぐ吉宗に向けた。その顔に迷いは一切ない。

「わたしからもお願いいたします。亡き公方様のご遺志にもまた、適いましょう」

間部は雷に打たれたように身を震わせたものの、やがて肩を落とし、手を膝の上からずり落とした。その姿を横目に納めながら、吉宗は恭しく頭を下げた。

「この紀州吉宗、ご申し出を拝受いたしましょう」

間部以外の全員から声が上がった。

老中は愁眉《しゅうび》を開いた表情で、明るい声を取り戻した。

「受けてくださるか。では紀州様、色々と用意がござろう、とりあえず今日のところはお屋敷に戻り明日にお備えくだされ」

吉宗は厳しい顔を作り、首を横に振った。

「今は源氏長者が不在でござる。悠長なことは言えますまい」

「た、確かにそれはそうだが、それでは貴殿の用意が」

「必要ありませぬ。紀州の家臣を連れてくるつもりはありませぬゆえ」

「お待ちくだされ。先例によれば、家宣公は……」

家宣は甲府藩を潰し、家臣をすべて幕臣に取り立てて周囲を固めた経緯がある。無論、その前例を知悉した上で、吉宗は首を横に振った。

「必要ございませぬ。徳川宗家には優れた人材が揃っておりますし、ご老中を始めとした譜代大名衆もおられる。あえて紀州の家臣を連れてくる必要はありませぬ。ただ、身の回りの世話や身辺の警護のために、本日連れてきた四十名は手元に置かせていただきたく」

「その程度ならば喜んで迎えましょう」

こんなにも早く紀州家臣の扱いを口にしたのは、老中の背後にいる門閥勢を安心させるためだ。紀州から家臣を連れてくれば門閥勢が顕職に登りづらくなる。家宣から始まる御公儀の混乱は間部や新井が門閥を政から排除したことに端を発する。同じ轍《てつ》を踏まぬと先回りに宣言することで門閥を慰撫《いぶ》したのである。

「また、当方は紀州藩とは縁を切る所存。紀州藩はそのまま残しましょう」

紀州藩を徳川宗家に吸収させてしまうより、己を支持する親藩大名家として維持させたほうが有利という事情もあるが、紀州藩を残すことに、重大な意味を持たせるつもりでいる。

「紀州徳川家は神君家康公以来定められたる家。それを当方の一存で変えることはできませぬゆえ」

老中の背が伸びたのを見やりながら、吉宗は続けた。

「神君家康公以来。これが、当方の考えでござる」

これこそが吉宗の秘策であった。門閥勢と手を取り合い、間部派を排斥する旗印。それこそが、徳川家康の定めた政の形に戻す、という宣言だった。

間部はもはや表情を無くし、物言わずに朽ちるを待つばかりの石仏と化す一方、老中は目を輝かせ、気色を顔の上に浮かべている。

間部から視線を外し、天英院たちに向いた吉宗は平伏した。

「これより紀州吉宗、徳川宗家の養子となりましょう」

完膚《かんぷ》なきまでに勝利した。

評定を終え、有馬と加納を連れて廊下を歩いていると、先に部屋を辞したはずの間部が行く手に立ちはだかった。その顔は精彩を欠いており、十は老けて見えた。吉宗には手に取るように分かる。これまでこの男をこの男たらしめていた緊張の糸がすべて切れたのだ、と。

「いかがなされたか、間部殿」

青い顔をして下を向いている間部は、ややあって口を開いた。

「わしの、負けか」

足を止めた吉宗は、小さく首を振った。

「何のことか分かりかねるが――。勝ち負けを申せば、正気を失い、常ならざる手を打ったお前の負けなのであろう」

「なるほど。そういうことであったか。わしが月光院様を怒らせてしもうたのは、常ならぬ、わしの言葉が原因であったのか――。わしは政の人として己を律しておったつもりだった。いや、新井なぞは、為政者の役を演じているなどと言うておったが、そうか、最後の最後まで演じ切ることができなんだか」

「やも、しれぬな」

もしも間部の失策がなかったなら、間部の息のかかった者が将軍に登る目もありえた。一体何が間部の智を曇らせたのか吉宗には分からぬが、当人には思い当たる節があるらしい。

吉宗は家臣を引き連れ、立ち尽くす間部の脇をすり抜けた。

「もう逢うことはあるまい。さらばだ、間部」

返事はなかった。

だが、しばらくして、吉宗の背に、紙を割いたような間部の声が届いた。

「ああ、上様」

あの男の上様とは誰のことだろう。徳川宗家を壟断《ろうだん》していたかに見えたこの男にも忠があったのだろうか。だが、すべては終わったこと、吉宗は問い質すことをしなかった。

数日が経ち、準備をすべて整えた後、諸大名に参集をかけた。江戸城大広間に衣冠束帯姿で臨んだ吉宗は、諸侯を前に家継の薨去と自らの将軍就任を発表、『神君家康公以来』の原則を打ち出すと同時に、小判の金含有率も家康公の時代の水準に戻すと宣言した。吉宗自身は小判の金含有量など時代ごとに変わればよいというくらいの考えだったが、『神君家康公以来』を日本津々浦々にまで浸透させるため、ひいては徳川、己の権威を見せつけんがため、意に沿わぬ小判政策を取ることに決めた。

同時に、枢要の地である高崎五万石を任されていた間部詮房を越後《えちご》村上五万石へ移封することを決め、発表した。石高は同じだが、村上の地は雪深く、冷害も起こりやすい。誰もが察する更迭人事だった。

間部最後の利用価値。それは、古い政が終わったことを世に宣する見せしめであった。

そしてそれが成った後、間部には何の価値も残っていない。

諸大名が去った後、がらんどうの江戸城大広間の上段にひとり座っていた吉宗は、縁側に立ち、手を叩いた。すると、箒を携えた庭番頭が庭先に現れ、跪いた。

「甲州の古狸を屠《ほふ》れ」

「御意。時をかけ、じっくりと」

庭番頭は建物の陰の中に、その身を溶かした。

一人になった吉宗は、庭を眺めながら、手を強く握った。

「ようやく、天下第一の座に至ったぞ」

天下をお取りくださいませ。友が今わの際に口にした大それた願いが、今、己の手中にある。だが、だというのに、その感触はまるでなく、喜びも何もない。何より、己の横には誰もいない。

夕暮れ迫る大広間で、吉宗はじっと手を見た。赤く色づく手は、まるで返り血で汚れているかのように朱に染まっていた。


着慣れた羽織姿ではなく、糊のついた裃に身を包んだ新井白石は、江戸城の廊下ですれ違う者たちの視線に怯えていた。皆、白石の顔を見るや曰くありげに口角を上げ、会釈もせずにすり抜けると、後ろからどっと笑い声がする。

かつて、城に登った際には誰しもが羨望と嫉妬の視線を送ってきたものだった。だが今は、忌まわしいもの、哀れなものを見るようなそれに取って代わっている。

なぜこうなった、と心中で呟く。だが、その疑問に答えてくれる者はなく、白石は一人、狭い廊下を抜けていった。

指定された江戸城中奥の一室に達した。

声をかけて戸を開くと、中には文机に向かう裃姿の者の姿があった。三人余りの者たちが机を並べ、何か書き物をしているところであった。そこに、頼りになる者の姿はない。

「新井白石でござる。有馬殿、加納殿は」

向かって右端、真ん中の文机に向かっている男たちが手を挙げた。

「拙者でござる」

白石は部屋に足を踏み入れ、手を挙げた男たちの前に立ち、相手を値踏みした。黒っぽい裃姿ではあるが、布に光沢がない。染めた木綿を裃としている。仮にもここは江戸城、このような略装は許されるものではない。だが、見れば加納たちの横に座る者も同じく木綿姿だった。

右端で巨体を折り曲げるように座っていたのが有馬、小さい体をそう見せぬよう、ぴんと胸を張って真ん中に座っているのが加納らしい。

小男の加納は掌を広げ、目の前の畳を指した。その手に従いどっかりと腰を下ろした白石は、苛立ち半分に口を開いた。

「一体何用でございますかな。将軍侍講の拙者を呼び出すとは」

確か加納は、最近新設された御側御用取次《おそばごようとりつぎ》なる役職に登ったばかりだ。何でも、将軍の身辺の世話をし、将軍の意向を表に伝えるのがその職掌らしいが、何の権限も付与されていないはずで、将軍侍講を呼び出すなど差し出がましいというのが白石の本音である。

加納は書状に目を通し、筆で何かを書き足しながら続けた。当然、白石を一瞥すらしない。

「新井殿。貴殿は少々お心得違いをなさっておられる。貴殿のお立場は、前将軍侍講でござる」

「なんだと」

思わず頭に血が上った。

「貴殿の働きぶり、しかと拝見いたしましたぞ」山のように積み重なる書状を手に取りながら、有馬が筋骨たくましい手で文机を叩いた。「ここ数年は、やれ病に伏せておるだの、やれ気疲れしているだのと申して登城する様子がないばかりか、替え玉まで用いて登城している振りをしていた由。そのお働きぶりで将軍侍講など務められるはずがありますまい」

家宣が薨去してから登城が減ったのは事実だ。だが、替え玉とは——？　病で役目を休む旨は、間部を通じて申し出ているはずだ。

反論しようという新井の機先を制するように、加納はなおも続ける。

「従い、拙者の権限を用い、ご老中からの稟議を経て、将軍侍講の御役目から退いていただくことになったのです。本日はその通達でここにお越しいただいた次第で」

「なんだと……。左様なこと、吞めるはずはなかろうが」

新井の言を吹き飛ばすように、有馬は顔を真っ赤にして怒鳴った。

「吞める吞めぬの話ではありませぬぞ。御役目が果たせぬならば退くべきでござろう。将軍侍講の職責は重きもの。この役料を掠め取るは天下の大罪でござる」

何たる驕慢な言い方であろうか。頭に血の上る白石だが、代わる代わる放たれる有馬と加納の言葉の裏に計算があることも見抜いていた。有馬が怒り混じりに激烈な意見を口にして感情を揺さぶり、加納が穏やかな口ぶりで理を説く。硬軟入り混じった話術でこちらを丸め込もうとしている。

並みの者なら敵わぬことだろうが——。

種が割れればなんということはない。

白石が反論をせんと口を開こうとしたその時、部屋の戸が音もなく開き、部屋に呑気な声が響き渡った。

「おお、壮健の様子、何よりであるな、新井」

忘れもしない。その声は——。見れば、加納たち居並ぶ者は筆を措き、その場にて平伏した。

だが、この相手に怒声を発するわけにはいかない。首を垂れて腹の内に怒りを沈めた。

「よいよい」

鷹揚に手を振って直るように命じているのは、紀州吉宗、いや、現将軍徳川吉宗である。

平伏しながらも様子を窺い、白石は思わず息をついた。吉宗も加納たちと同じく木綿に身を包んでいる。隠居した武士のようななりだ。それに、将軍ともあろう者が、役方の控えの間に姿を現すとは——。

白石の視線に気づいたのか、吉宗はことともなげに言った。

「神君家康公以来。この言葉を合言葉に政を行なうこととなった。学者によれば、神君は質素な暮らしをなさっておられた由。余もそれに従い、何もない日は木綿を着ることに決めた」

「な、そんな例はございませぬぞ」

白石も儒学者であり、古今の歴史や有職故実《ゆうそくこじつ》に通じている。神君家康公が質素な暮らしを好まれた逸話もなくはないが、少なくとも、人前に出る際には絹をまとったはずである。

だが、吉宗は鋭い視線で白石の言を斥け、部屋の中に入るや加納たちの後ろにゆっくりと座った。

「これこれ加納、お前は冷た過ぎていかぬ。それに有馬、そなたはあまりに物言いが激烈すぎる。新井が気を悪くするぞ」

加納や有馬の謂いぶりよりも、吉宗の小ばかにするような口ぶりの方がよほど癪《しゃく》に障った。

加納たちの身の入らぬ謝罪をよそに、吉宗は白石に語り掛けた。

「そなたがあまりにも城に登ってこぬゆえ、病が重いのではないかと心配しておった。そこでしっかり休んでもらおうと考えておるのだ。新しい屋敷を下賜するゆえ、そこで静養するがよかろう」

「なんと――。畏れ多いことでございます」

口でこそそう言ったが、到底信じられるものではない。将軍に登るなり間部詮房を左遷した男だ。

やはり、というべきか、吉宗はとんでもないことを口にした。

「そなたの後任についても安心するがよい。林鳳岡殿に将軍侍講を任せることに相なった」

「なんですと」

先代、先々代と比すれば小粒。儒者の間での林鳳岡評である。事実、白石は鳳岡を何度も論争で負かしている。力なきゆえに将軍家はこれまでかの男を重用していなかったのだ。

白石をあざ笑うが如くに、吉宗は白い歯を見せた。

「神君家康公以来、と申したであろう。あの男は林羅山の孫。用いぬ手はない」

「つまり、神君家康公以来という御公儀の是により、実力ではなく、血筋で人を用いると」

いつしか、喉が掠れ、口の中がねばついている。だが、目の前の将軍はただただ超然としてそこにある。

「左様。そして、神君家康公以来の是に従わぬ者は排除する。これが新たな治である」

白石は胸が押し潰されるような思いに襲われた。かの男の言う神君家康公以来なる言葉は、間部新井派を排斥する為の旗印なのだと悟った。

何も言えずにいるうちに、吉宗は猫を撫でるような声を発した。

「さて、そなたには新しい屋敷を用意しておる。今日中に移るがよい」

「それはあまりに急――」

「何を言うか」まるで子供に言い聞かせるような口調で吉宗は続けた。「いざ鎌倉となれば夜も馬を走らせて参ずる鎌倉武士の心がけは、長らく将軍侍講の座にあったそなたの方がよほど詳しかろう」

白石には、抗弁の機すらも与えられなかった。

城を辞してすぐ、同行してきた役人に新たな屋敷へと案内された。江戸城を出て、武家屋敷が甍を並べる赤坂《あかさか》近辺を抜け、さらにその西に広がる雑木林や畑の広がる界隈をも通り過ぎる。先導する役人に道を間違えていないかと尋ねたが、役人は問いに答えることなく、滑るように道を歩いている。

役人が足を止めたのは、江戸の西にある渋谷《しぶや》村の屋敷だった。

屋敷は確かにある。だが、門を前にしたその時、思わず声を失くした。随分長い間捨て置かれていたのか扉の片方が落ち、白蟻が柱に巣食い、ちょいと押してやるだけで倒れそうな門をくぐると、ぼうぼうと雑草の生い茂る庭が姿を現す。その奥には、瓦が滑り落ちて屋根の下地の覗く母屋が新たな主人を出迎えた。

「こんなところに住めるはずなかろう」

怒鳴った時にはもう、役人の姿はなかった。

白石は悟った。もはや江戸城に登る日はあるまいと。


「久しいな」

江戸城本丸表。縁側から差し込む日の光で、黒書院は端までも明るい。上段から声をかけると、中段の間の中ほどで平伏していた紺の裃姿の男がゆっくりと顔を上げた。

「まさか、ここで再びお目に掛かれるとは、思ってもみませんでしたぞ」

「互いに、な」

吉宗は口元に微笑を湛えた。目の前の男のひょっとこ顔も相変わらずであった。

この日、目通りとなったのは、吉宗がまだ紀州藩主であった頃に出会った、山田奉行の大岡忠相であった。本来ならば群臣とまとめて目通りし、言葉を一つ二つ掛けて終わりであるところ、小笠原たち御側御用取次に調整させ、二人きりの場を用意させた。

大岡は相変わらず大岡であった。権勢人を前にしても、斜に構えた態度を改めることはない。

「それにつけても、いつぞやのご失言が、真のことになりますとは」

「失言？　そんなものがあったか」

「ほら、ございましたでしょう。『お前のことを用いてみたい』というお言葉でござる。今、この大岡は上様の家臣となりました。用いることができるようになりましたな」

次の間に控えている者たち――加納や有馬――が物音を立てている。だが、今にも飛び出さんばかりに次の間に構えている者たちを含み笑いで抑え込み、吉宗は目の前の傲岸な家臣を見据えた。

「余の前では、皮肉屋のふりをせぬでもいい」

「と、いいますと」

「その態度は、そなたの処世の術であろう。煙たい皮肉屋を演じることで、政の場から遠ざかろうという肚でおるのだろうが、そうはいかぬ」

間部や新井が権を握っていた頃には遠国奉行職に従事していたため、中央の権力闘争に巻き込まれることのなかった強運の持ち主、というのが城中での大岡評である。だが、それは違うと吉宗は見ている。面倒な官吏を演じることで、あえて中央から遠ざかっていたのだろう。

老獪《ろうかい》、の二文字が頭をかすめる。

大岡は楽しげに膝を叩いた。

「ほうほう、なぜ、某がそんなことを?」

色々な想像ができた。だが、この男の答えはこれだろう。

「馬鹿の下で働きたくなかった、だな。そなたがこうして余の招聘《しょうへい》に従ったのは、余が仕えるに値する主かを見極めようとしておるのだろう」

あれほど雄弁であった大岡が黙り込んだ。当たりを引いたのだろう。

しばらく黙っていた大岡は、わずかにひょっとこ面を歪めた。

「――公方様の御手並みは見事ですな。まさか、水野《みずの》和泉守様をご起用とは」

「そうか?」

とぼけてみせた。

話に出た水野和泉守忠之《ただゆき》は徳川家臣の名門水野家の出身であり、綱吉の治世末期に起こった赤穂事件で功を上げて声望を高め、その後も門閥勢力の旗頭としてあり続けた。この男を財政の責任者である勝手掛老中に任じたのである。

「家宣公の失敗は、自ら連れて来た家臣を重用し、徳川宗家の家臣をうまく用いなかったことでござる。此度の公方様のご判断は実にご明哲かと」

が、と大岡は続けた。

「されど、門閥に政の大権をお譲りになるつもりはないらしいですな」

「なぜそう思う」

「御側御用取次の重用が一つ。そして、御庭番の設置が一つ」

大岡は吉宗から視線を外し、縁側の向こうに広がる庭を眺めた。苛烈な日差しによって白く浮かび上がっている庭のそこかしこに真っ黒い影が尾を引いている。だが、大岡の視線に気づくと、音もなく松の木や大石、石灯籠の陰に身を隠した。

「あの者たち、やはり忍びでございますな。あのような者どもを近くに置くこと自体、大権を手放すおつもりがない証」

吉宗は口角を上げ、手を叩いた。

「さすがは大岡。よう見ておる」

「ありがたきお言葉にて」

吉宗は平伏する大岡の首を見下ろしていた。この男は、消すか、味方に引き込むかのいずれしかない、と心中で計算しながら。この男はあまりに頭が良すぎる。敵に回しては後の禍根となることと次第によれば、御庭番を用いて——。

心中の毒をおくびにも出さず、吉宗は声を発した。

「さて、大岡。そなたがもし御公儀の政に加わることとなれば、何をしたい」

「そうですな。もし許されるのならば、公事《くじ》方を変えとうござる」

意外な言葉であった。奉行にとって、ある者の罪を暴いたり、彼我の理非を判ずる公事はその仕事の一つに過ぎない。奉行に登る者の多くは民政、定《さだめ》の制定に興味を持つ。

なぜだ、と問うと、大岡はわずかに目を伏せた。

「山田奉行の折、誤って罪なき者に罪をかぶせてしまった話はしましたな」

「聞いた。まさか、罪滅ぼしに公事に身を捧げると申すつもりではなかろうな」

「違いまする。公事には基準がなく、奉行個々人の懐三寸ですべてが決まってしまうことに問題を感じておるのです。もし、拙者の如き未熟者ではなく他の奉行が裁いておったら、かの男は無罪放免されておったやもしれませぬ。逆もまたしかり。すなわち、奉行の習熟の度合いによって、公事が左右されてしもうておるのです」

「つまりそなたは、公事の基準を作りたいわけか」

「左様でございます。公事の基準を策定すれば、未熟な奉行と雖も、しくじりを起こすことはなくなりまする」

大岡は、白刃のように鋭い目を吉宗に向けた。

しばし黙考したものの、吉宗は己の膝を叩いた。

「よかろう。大岡よ、そなたを用いる」

徳治とは、お上が理不尽をせぬこと、その一点に尽きる。公事のものさしを策定し、これを奉行たちに徹底させれば、そのものさし自体に間違いがない限りは大きな失敗はなくなる。徳治を行なうことは、将軍である吉宗の権威を高めることにも繋がる。そこまで考えた上で、許可を与えた。

「まずは、江戸の町奉行でもやるがよい。そこで公事をさらに学べ。そして、江戸にいる有為の人材を登用せよ」

「人材、でございますか」

「この城には、埃をかぶった骨董品しか転がっておらぬでな。普段使いにはできぬ」

「なるほど」

曰くありげに大岡は口角を上げた。

かくして、大岡忠相が吉宗の許に参じた。


吉宗は江戸の外れにある寺の門をくぐった。

加納と有馬の他には数名の御庭番をつけただけの微行《びこう》である。最初は訝しげにその姿を眺めていた寺の者たちも、加納が懐から葵の御紋の鑑札を見せると血相を変えて堂宇の中に消え、代わりに金袈裟の老僧が手もみしながらやってきた。

住持を構う暇はない。吉宗は加納と有馬に相手を任せ、境内の隅にある庵へと向かった。

声をかけて古紙の張られた障子を開いた。

四畳半の庵の中、尼姿の女人が身を縮めながら繕い物をしているところだった。まるで祈るようなしぐさであった。白頭巾に色が落ちて鼠色になっている墨染の法衣姿、それも袖や衿には虫食いのような穴が開いている。

声をかけるとようやく顔を上げ、まあ、と声を震わせた。

「新之助ではありませぬか」

「母上、参りましたぞ」

吉宗は己の発した声があまりに城中でのそれと違うことに驚いた。己はこんなにもまろやかな声を発することができるのか、と。

ここは、吉宗の母、浄円院の庵である。

本当は大奥に引き取りたかった。大奥総取締の天英院からも諾を得ていた。だが、当の浄円院が首を縦に振らぬばかりか、紀州から離れるのさえ嫌がった。吉宗自ら文をしたため、何度も催促したことでようやく箱根の山を越えたものの、賑わい届かぬ江戸郊外の寺に庵を結び、華やかなる城下から背を向けるようにして慎ましく暮らしている。

吉宗は浄円院の前に腰を下ろした。板敷きの床はところどころ表面がささくれ立ち、ときおりちくりと肌を刺す。見上げれば、落ちかけた天井板の隙間から、梁の上を走る鼠の姿が覗いた。

吉宗は顔をしかめながら、大きくたわむ床に腰を下ろした。

「母上、この庵、随分傷んでおりましょう。寄進いたしまするゆえ、それで直されるとよろしい」

浄円院は首を横に振った。

「いいのです。わたしのような者は、雨風が凌げるだけの場所があるだけで十分だというのに、ここでは一日二度の食と、数日ごとに湯浴みを許されています。こんな贅沢は他にありませぬよ」

「されど母上」

「わたしはね」浄円院は吉宗の視線を躱すように、部屋の奥に置かれた小さな仏壇に向いた。「朝晩の読経《おつとめ》のできる場所と時があれば、それでよいのです」

札が張られただけの質素な仏壇には、それには不似合いの、金縁の縁取りがなされた黒い位牌が鎮座していた。

伊織の位牌である。江戸に移る際、浄円院が唯一所望したのがこれだった。『伊織は我が子も同然。あの子を弔わせてくれるならば江戸に向かいましょう』、そう言って聞かず、名の知れた仏師に作らせ、母に与えた。

「あの子は、本当にいい子だったのに」

浄円院の言葉には棘《とげ》があったが、吉宗は聞かなかった振りをした。

「ええ。今でも生きておれば」

加納や有馬、小笠原といった生え抜きが間近にいるが、あの者たちは家臣だ。今にして思えば、伊織はまぎれもなく、吉宗唯一の友であり、兄であった。

吉宗は母を喜ばせたい一心で、誰にも話さぬ、いや、話せぬことを口にした。

「母上、お喜びくだされ。伊織を斬った者どもは、少しずつ追い詰めております。誰一人として許すつもりはございませぬ。皆、獄門に送って御覧に入れましょう」

伊織の死の真相について、浄円院にはある程度話してある。政争に巻き込まれ、政敵に斬られたと。

「そう、ですか」

浄円院の顔は浮かない。針仕事の手を止め、床の木目を数え始めている。何か不味《まず》いことを言ってしまっただろうか、と訝しみながらも吉宗は続ける。

「伊織を殺めたのは、間部と新井の一派でした。あの二人は政から遠ざけました。今、間部は病を得ている由。そう長くはありますまい」

用済みになったあの男の許には御庭番を潜めて毒を盛っている。だが、そこまで説明する必要はない。

「因果応報でございましょうぞ」

吉宗は吐き捨てるように言い、黒の位牌を見据えた。

口にはしていないが、まだこの復讐は終わっていない。

伊織を殺した者を追ううち、裏切り者の存在が浮き彫りになった。伊織の根城近くに網を張っていたことから、敵方にこちらの動きを漏らした者がいるということだった。

間部、新井には誅《ちゅう》を下した。これで終わるつもりはない。伊織を斬った者は皆殺すつもりでいる。伊織と浄円院の三人で穏やかに暮らす、そんなささやかな夢を砕いた者は破滅へ追いやる。犠牲を厭うことはない、そう決めている。

だが、浄円院の顔は浮かぬままであった。

「どうなされたのですか、母上」

そう声をかけると、ようやく浄円院は口を開いた。

「ねえ、新之助や。もう、伊織の影を追うのはおやめなさい」

「な、何をおっしゃるのですか、母上。伊織は余の――」

「そなたにとっては兄、そして、わたしにとっては我が子同然。されど、もう、この世にはおらぬのです。生者が死者に振り回されてはなりませぬよ」

吉宗は思わず膝をつき、床を踏み抜かんばかりに足で踏みつけにした。その大音声に驚いたか、庵の外では鳥どもが一斉に羽ばたく気配があった。

「違う。違いますぞ、母上。余はただ許せぬのです。伊織を奪った者たちが。そしてその者たちが今でものうのうと生きておることが。余は、余は……」

最後のほうでは声が震えていた。が、浄円院はまるで気の毒なものを見るかのように目を背け――、きっぱりとこう口にした。

「新之助。あなたは二度とここに来てはなりませぬぞ」

「な、何をおっしゃるのですか、母上」

「いいえ、今すぐここを去りなさい。悪しき心をもってここに来るのは許しません」

「何をおっしゃいますか。敵討ちは――」

「下がりなさい、新之助」

浄円院の剣幕に、吉宗が圧された。思えば母に怒られるのは初めてのことだった。浄円院はいつでも温かな笑みを浮かべ、やんちゃをする吉宗を見守っていた。だが、今の浄円院は夜叉のような顔をして身を震わせている。

取りつく島もないまま、申し開きできぬままに庵を出ざるを得なかった。

それから、吉宗は浄円院に向けて幾枚も文をしたためた。己に非があったかもしれない、どうか許してほしい、出来ることならまた母上にお目に掛かりたい――。だが、何度文を遣わしても、開封されぬ文が手元に戻された。

「なぜ、こんなことになったのだ」

中奥の書院の間で、返ってきた文を前に思わずそう呟く吉宗がいた。だが、こうしたときに吉宗を慰め、諫《いさ》めた伊織はもう、どこにもいない。蠟燭の炎だけが浮かぶ暗い部屋の中、吉宗は首を振った。

それからしばらくして、吉宗は職人を呼んで位牌を作らせた。黒檀を用い、金をあしらったその小さな位牌には伊織の戒名を彫らせた。完成した位牌を前に、吉宗は語り掛けた。

「余は、何を間違えたのだ」

位牌は何も言わず、ただ文机の上にある。吉宗とて分かっている。目の前にあるのはただの木石の塊に過ぎず、とうの昔に星野伊織は失われている。

位牌を手に取った吉宗は、懐に納めた。

伊織の魂、そして義はここにある。そう言い聞かせた。


その日、吉宗は江戸城下にある小笠原邸を訪ねた。

御側御用取次を一年ほど前まで勤めていたとは思えぬほどに質素な屋敷だった。隠居した後も広い屋敷を与えると下知したものの、本人に固辞された。その時は何とも思わなかったが、あの時に小笠原の本心に気づくべきであった。

今日は有馬と御庭番を連れた微行、いや、お忍びに近い。

「いかがなされたのです、殿」

通された仏間に現れた小笠原は、折り皺のついた裃を身に着けている。長持の奥に納めていた裃を慌てて広げてきたのが見て取れる。

元々老臣ではあったが、隠居して一年、すっかり老いの歩みが早くなっている。現役の頃にはわずかに白髪が混じるばかりであった髪はすっかり真っ白になっており、以前より毛の量も減っている。もともと細いなりではあったが、外出することもそう多くないのか、枯れ木のように痩せ、肌も女子のように白い。

有馬を連れて小笠原に差し向かいに座った吉宗は、内心の激情を飼い慣らそうと努めた。だが、後ろに座る有馬が、持参した黒塗りの文箱の蓋を開き、その中身を無造作に畳の上に置くや声を荒らげた。飛び出してきたのは、紙束や書状の類であった。

「小笠原殿、これはいったいどういうことでござろうか。申し開きをしてもらわねば困りますぞ」

「な、いきなり何だ有馬。常々申しておろう、短気は損気だとな」

子供を咎めるように口にした小笠原は、有馬の示した書状の数々に目を向けた。が、好々爺然《こうこうやぜん》としたその表情が見る見るうちに変じた。浮かび上がってきたのは、これまで吉宗ですら見たことのない、一人の怜悧な吏の表情だった。

「知らぬとは申しませぬな。これは、新井白石の屋敷から見つかった、貴殿の書状でござる」

抜き打ちで新井白石に屋敷替えを命じたのは懲罰の意味も強かったが、書状をすべて押収するためでもあった。さすがに大名家である間部詮房には打てぬ手だが、将軍侍講であった白石相手ならば多少の無理は利く。

御庭番が運び出した書状は余りに膨大だった。白石は細かな贈答の御礼状や茶会で用いた書付の類などもいちいち残しておく性質であったらしく、整理に数年の時間を要してしまった。

かくして、御庭番に書状を精査させたのだが——。

有馬は声に怒気を孕ませたまま、文を手で叩く。

「こうありますぞ。伊織殿、神田町人長屋にあり、仔細は遣いに聞くべし、と。貴殿は新井白石に伊織殿の居場所を教えていたことになる。貴殿は当時、紀州家中の年寄という重責にあられましたな。当然殿が新井白石と対立していたことは知っておるはず。しかも、末尾の日付がいけませぬな。伊織殿が襲われた十日前でござるぞ」

小笠原は瞑目したまま動こうとしない。

「どういうことでござるか。黙っておらずに申し開きなされればよかろう、小笠原殿」

小笠原が裏切っていた——。この話を耳にした時、最初、俄かには信じることができなかった。

小笠原はずっと吉宗の傍にあった家臣だった。まだ新之助と呼ばれ、紀州家中の家臣たちから白い目で見られていた頃からずっとだ。最初、有馬や御庭番からこの話を耳にした時、有馬たちの讒言《ざんげん》すら疑った。だが、次々に上がってくる内通の証を前にしては、もはや小笠原をかばい立てることは難しかった。

それまで黙っていた吉宗は、懐の辺りに手を当てて口を開いた。

「そなたは、裏切ったのか、余を」

自らでも驚くほど、静かな声音だった。締め切られた客間の中で、その声は幾重にも反響した。

相対して座る小笠原は、瞑目していた目をわずかに開いた。

「拙者は、裏切ってはおりませぬ」

一瞬、吉宗の胸に安堵が広がる。だが、続いて放たれた言葉が、吉宗を突き放した。

「そもそも拙者は、殿様の御味方ではございませぬゆえ」

きっぱりと小笠原は言い放った。腹を据え切った男の、あまりに鮮烈な言葉であった。

「そう、来たか」

全身に虚脱を覚える吉宗の前で、小笠原は丸めていた腰を伸ばし、胸を張った。まるで、己には何一つ間違いはない、と言わんばかりに。

「拙者が殿様に仕えておったのは、ただ貴殿の御父上、光貞様のご命令に過ぎませぬ。拙者は光貞様より命じられておりました。貴殿を紀州侯に登らせぬよう、部屋住みとして育てよと。しかし、殿は御明哲であられた。ゆえに、しくじってしまいましたな」

力なく小笠原が笑う前で、吉宗は昔を思い出していた。

小笠原に叱られたことはない。手習いや剣術、礼儀作法を教わったこともない。思えばそういったものはすべて鉄海和尚の役目だった。目の前の男はただ、その様を苦笑しながら眺めていただけだった。

「殿が長じ、葛野に捨扶持が与えられた時には胸を撫で下ろしましたぞ。これで光貞様の命を曲がりなりにも果たせたと。されど、綱教公、光貞公、頼職公までお亡くなりになり、殿が紀州侯になられてしもうた」

「分からぬ。なぜ、そなたは間部や白石と結んだ」

小笠原はゆっくりと立ち上がり、この屋敷の大きさには似つかわしくない大仏壇の引き出しから幾重にも折り畳まれた紙を取り上げた。これを愛おしげにゆっくりと広げると、吉宗の前に差し出した。

折り跡のついたそれに、見覚えがあった。かつて父の光貞に書かされた、『兄を守り立てる』と誓った吉宗の神文であった。

「殿様より奉納せよと命じられておったのです。されど、あれよあれよというちに殿も、頼職様もお亡くなりになられた。早く神文を奉納しておけばと悔やんだものでござる。――もちろん、こんな紙切れに何の力もないことは分かっておりましたが、文には、書いた人間の念が籠るもの。この神文が手元に残ったのは、亡き殿の宿願を託された証と思うたのです」

口では縁の不思議を述べているが、吉宗はこの男の本音が痛いほどに分かった。主君の遺した神文を啓示と読み替えて鎧《よろ》っているに過ぎないのだろう。

小笠原は訥々と言葉を重ねた。

「間部殿と白石殿の手で、殿を潰していただくべく画策いたしました。殿が光貞公らを密かに殺したという風聞を間部殿らに伝えたのも拙者でござる。それもこれも、殿を紀州侯から引きずり降ろさんがため。亡き光貞公の御為でござる。されど、それも叶わず」

吉宗はふと疑問に駆られた。なぜ、この男はこうも喋る？　まさか――。

思わず前に飛び出し、手を伸ばした。だが、小笠原の方が一足早かった。

腰に差していた脇差を引き抜くと、小笠原はもろ肌脱ぐことさえせずに己の腹に突き立てた。有馬が声を上げる前で、薄く笑った小笠原は左脇腹にめり込ませていた刀を一気に掻っ捌いた。片膝をついたまま何も言えずにいる吉宗の前で、顎の辺りまで赤く染まっている小笠原は、くつくつと笑った。

「殿に裁かれるくらいならば、己自身で己を裁き申す」

吉宗は叫んだ。

「医者を呼べ、この男を殺してはならぬ」

心のどこかに、ずっと共にあった小笠原への信頼が残っていた。それゆえに、言葉が掠れ、形にならなかった。

有馬は外にいる御庭番に向けて声を上げ、なおも小刀を動かそうとする小笠原に飛びかかった。だが、そんな有馬をあざ笑うかのように、小笠原は素早く腹から引き抜いた刀を咽喉につきつけて一気に刺し貫いた。有馬の手はわずかに届かない。

姿勢を保っていられなかったのか、小笠原は目の前に広がる血の海に崩れ落ちた。その拍子に、生温かい飛沫が吉宗の頬に当たった。

呆然としたままの吉宗に、有馬は、畏れながら、と声を掛けた。

「これで、すべて終わりですな」

その声は僅かに震えていた。

ようやく御庭番たちが部屋に踏み込んできた。小笠原家の家臣たちがやってくるわずかな間に、御庭番は小笠原の身辺を改め、庭に消えた。それはまるで、地に落ちた羽虫に群がる蟻のようだった。

切腹を表沙汰にするわけにはいかなかった。小笠原は急な病で死んだこととし、子供にその後を襲わせて、事件の真相を糊塗《こと》した。

恃《たの》みにしていた家臣に裏切られていた。その事実に、吉宗は打ちのめされた。

小笠原が死んでから、吉宗は将軍の役目に没頭した。

江戸市中にも目安箱を設置しそこに寄せられた献言を早速採用、小石川《こいしかわ》養生所と付属の薬草園が次の年に誕生した。また、有能な下級家臣を取り立てるため、役目に応じ相応の役料をつける足高《たしだか》の制を制定した。

良いことだけではない。徳川家も借財がかさみ、身動きの取れない状態になっていた。そこで、吉宗は緊縮を唱えて出金を抑えるとともに、入金を増やそうと試みた。その方策の一つが各大名に石高に応じた米を上納させる代わり、参勤交代の江戸在府を短くする上米《あげまい》の制である。また、その年の米の出来を見て税率を決める従来の検見《けみ》法を廃し、代わりに一定の税を毎年徴収する定《じょう》免《めん》法を取り入れた。この二つにより徳川家の財政は持ち直したものの、吉宗からすれば忸怩《じくじ》たる施策だった。

参勤を減らす上米は概ね好意的に迎えられたものの、定免法の施行は村方と対峙する代官から悲鳴が上がっている。新しい仕法を打ち出すことは、神君家康公以来という吉宗の掲げた旗印を否むに等しい。今はどこからも異議の声は上がっていないが、将軍権威の失墜を招きかねないものであることは承知の上だった。

政は原則通りには行かぬ。理想と現の間で折り合いをつけるものである。あとはその配分を考えてやるだけだ。己に言い聞かせるようにそう思案していると――。

「公方様、公方様」

何度も呼びかけられて、ようやく声に気づいた。顔を上げると、端が見えぬほどに広い江戸城表の白書院が広がっていた。中段の間には、真っ白な髪をした、いやに背筋の通った老臣が座っている。剛直を絵に描いたが如く、謹厳な顔つきで肩をいからせるその様は、戦の時代であってもさぞ映えたことだろう、と場違いな感想を持った。

この男――水野和泉守はしゃんと背を伸ばしたまま、小首をかしげた。

「ここのところ、あまりお眠りでないご様子。ご無理はなさいませぬよう」

「すまぬ」

思わず目を揉んだが、疲れはない。

夜半、一時程の間うつらうつらとすることで睡眠としている。毎夜のように血まみれの小笠原が枕元に立つようになった。あの日のように、折り跡のついている鼠色の裃に身を包む小笠原が、真っ青な顔で吉宗を覗き込んでいる。そして、赤く染まった歯を見せつけるように口を開き、こう囁きかけてくる。

お前のことなど最初から疎ましかったのだ、と。

怖くはない。ただ、空しかった。

信じられるものなどない。そんな当たり前のことに気づかされてしまった。

「すまぬ、和泉守、何の話であったかな」

吉宗が話を促すと、和泉守は労《いたわ》し気な顔を浮かべた後、はきはきと続けた。

「実は――。某もこの通りの高齢、そう長くはお勤めもできぬと考えております」

「そうであるか」

内心、目論見通りと膝を打った。水野和泉守を勝手掛老中に起用したのは、門閥勢力の間での声望の高さにもあったが、何よりも高齢だったからだった。御公儀の運営上、最初の内は門閥勢力の支持が必要不可欠であり、門閥と将軍の協調を象徴する旗印としての利用価値があった。だが、将軍に登って数年、御公儀内の掌握が進んでいる今、ことあるごとに門閥の意見を代弁する水野和泉守の存在は煙たいばかりだった。

「貴殿のような老臣がおらぬようになるのは、何とも心細いことだ」

心にもない吉宗のねぎらいを前に、和泉守はなおも快活に声を発した。

「はっは、今すぐ退くわけではございませぬが、朽ちる日まで御奉公をするよりは、後進にこの座を緩やかに譲り、後顧の憂いなくいたしたく思っております」

「そうか……。して和泉守、後進に目星はついておるのか」

「無論でございます」

和泉守は手を叩いた。ひどく大きな音が辺りに響き渡ると、やがて、近習に連れられて、黒裃姿の男がしずしずとした足取りでやってきた。和泉守の後ろに案内されたその男は、真っ黒い横鬢を撫でつけながらその場に座ると、恭しく頭を下げた。

「久しいな」

声をかけると、平伏していた男は顔を上げた。

「お久しゅうございますな。いつぞやの折にはお世話になりましてございます」

丸顔の小男。狸のようななりを見間違えようはずはなかった。かつてまだ吉宗が紀州侯であった頃、間部派と戦うために誼を通じていた松平乗邑であった。

「それにしても、大坂城代としての精勤、心強う思うておる」

「はッ。身に余るお言葉、痛み入ります」

幕閣一歩手前の大役である大坂城代に就いていただけに、いつの日かこの男が伺候してくるものと想定していた。吉宗と乗邑の交わりは城中で広く知られている。門閥の老人たちが、自らの代理人を送り込むにあたり、乗邑以上の適任はおるまい。

目を細めていると、和泉守は声を発した。

「この者、なかなかに見どころ多き者でございましてな。幕閣の中でも覚えめでたい俊英。しかも、どうやら上様とも元よりの知己である様子。この者を、今後、老中の席に加えようと考えておるのですが、いかがなものかと思いましてな」

間部派の追い落としの際に協力したゆえに人となりは分かっている。俊英という和泉守の評にも間違いはない。

「よかろう。では、和泉守、今後はそちが乗邑殿にお役目を教えてやってほしい」

「はっ、この水野和泉守、心して」

和泉守は松平乗邑とともに頭を下げた。

少しずつ、御公儀も変わりゆく。

かつてこの謁見の間に面した庭には、二本の大蘇鉄《そてつ》が並んでいた。腐りかけた切り株の傍らには、もう一方の蘇鉄がしゃくりあげるように風に葉を揺らしていた。いつまでも形を変えぬものなど存在しえない。

当たり前の摂理を前に、吉宗は一人、打ちのめされていた。懐に秘める伊織の位牌を服越しに撫でながら、吉宗は乗邑に声をかけた。

「余を支える礎になってくれ。ひいては御公儀を、そしてこの日の本をもその双肩に背負う礎にな」

乗邑は謹厳な顔を浮かべ、

「御意」

と頭を下げた。

水野たちを残し、先に席を立った吉宗は、縁側へと出た。近習先導のもと、中奥へと戻る。その途上、ふと懐かしい声に呼ばれた気がして足を止めた。だが、いくら振り返って目を凝らしても、そこに人の姿はなかった。

吉宗は息をつき、不思議そうにこちらを見やる近習に首を振った。

「なんでもない。季節外れの鶯の声が聞こえただけよ」

吉宗は中奥へと続く大廊下を渡っていった。

吉宗の元に浄円院死去の一報が知らされたのは、朝の潔斎を行なっている最中のことだった。

体中のほてりが消えるようで気持ちがいい朝の水浴びだが、この日ばかりは、何時まで経っても体に温かさが戻らず、歯の根が合わなかった。

本来なら、すべての公務を打ち捨てて母の元へ走りたかった。

だが、それは許されなかった。浄円院の庵は城外にある。将軍の下向となれば、大行列を仕立て江戸の大通りを封鎖しなければならない。大混乱は目に見えていた。かといって、母の死に際して微行を取れば、将軍生母の名に泥を塗りかねない。それ以前に、この日、吉宗には課せられたお役目がいくつもあった。

『なりませぬ。将軍ともあろうお方が軽々に動いてはなりませぬぞ』

加納や有馬に縋《すが》られ、制止された。母の死に顔にすら逢えぬのかと憤る吉宗に怯むことはなかった。

『あなた様は天下そのもの。天下が一人の人の死で立ち止まってはなりませぬぞ。あなた様の双肩には、江戸の庶民、徳川の領民、そして日本皆の暮らしが掛かっております』

有馬の諫言には涙が混じっていた。吉宗はようやく己が激していたことに気づき、力なく二人に謝った。

将軍の権威の重さに、この時吉宗は初めて気づかされた。

その後、浄円院付き家臣の弁解が届いた。

以前から病んでいたのに、最後まで口止めしていたらしい。浄円院付きの家臣は、この言上と共に一枚の書状を添えて出してきた。それは、浄円院の手になる書状であった。たどたどしく書かれたその文は、見紛う方なく、一文字一句母の字《て》だった。そこには、家臣の述べたことと一切矛盾のない言葉が書き連ねられ、最後には拇印《ぼいん》まで捺されていた。

家臣を下がらせたのち、吉宗は母の拇印と己の指を合わせた。

どんな思いで母上は己の親指を切り、この印を捺したのだろうか。だが、問い質す相手はもうこの世にいなかった。

浄円院は生前から薄葬を望み、徳川累代の墓に入るのは余りに畏れ多いことゆえ、紀州の寺にでも卒塔婆を立てて貰えればそれで充分と明言していた。だが、吉宗は家臣たちに命じて上野寛永寺での葬儀を段取りさせた。

そして、葬儀の日。

上野寛永寺の本堂には白い弔旗が垂らされ、強い日差しに照り輝いていた。

白の喪服に身を包む吉宗は、陽炎《かげろう》舞う石畳敷きの伽藍《がらん》を一歩一歩、踏み締めるように進んでゆく。あの本堂に足を踏み入れてしまえば、己の愛した者が失われてしまったことを認めなくてはならない。そう思えばこそ、足取りはなお一層のこと重かった。

本堂の前に一団が控えていることに気づいた。吉宗に気づくと、その者たちは恭しく頭を下げた。白の裃だらけの侍たちの中に、吉宗はよく見知った者の姿を見つけた。

白裃の家臣たちを引き連れ最前に立つ長男の長福丸、――元服して家重《いえしげ》――だった。近臣の大岡忠光《ただみつ》に手を取られた形の家重は、おどおどと視線を泳がせつつ、吉宗に首を垂れた。

「久しいのう、壮健であったか」

親子といえども、めったに顔を合わせることはない。吉宗の声は少し引きつった。

すると、家重は口ごもるように何かを言い、傍にいる家臣、大岡忠光が代わりに応えた。

「若様は、お久しゅうございます、壮健にいたしております、とおっしゃっておいでです」

そうか、と短く応じた。

家重は重篤な病を抱えている。

子供の時分、流行り病の落ち着いた春先に熱病にかかった。医者も生死は五分五分と見立てるほどの大病の末、何とかこの世の際に踏み留まったものの、その代償として時折全身を覆う痙攣《けいれん》の発作に悩まされ、親ですら聞き取れぬうめき声しか出せなくなった。そうして今では、唯一その言葉を解することのできる乳兄弟の大岡忠光が、その意思を口伝えするようになった。そ日にち薬で治るかもしれぬと期待を持ったが、一向に言語の不明瞭が治る兆しはなかった。それどころか、病を恥じてのことか公式の行事も病を理由に欠席して屋敷の中に引きこもることが多くなった。そのくせ毎日のように猿楽の舞手を呼び、自らも興じることさえあるという。

御嫡男はうつけにござる。

城中の心ない噂を、吉宗は黙殺している。

家重に遅れ、堂々たる態度で白装束の家臣団を引き連れてやってきた前髪姿の若者の姿を認めた。

「小次郎《こじろう》か」

声をかけると、最前の若者、小次郎は快活に、しかし場を弁《わきま》え、声量を小さくして応じた。

「はい、父上様、このような場ではございますが、お目にかかれてうれしゅうございます」

元服前の子どものそれとは思えぬほど、小次郎の受け答えはしっかりしている。

小次郎は吉宗の次男である。文武両道で快活な物腰は家臣たちにも愛され、いつも周囲には人がいる。己の気質を受け継いだのはこの子であろうとは父である吉宗も感じている。

二人の息子を前に、ずっと棚上げにしていた問いが頭を掠める。

後継者問題である。

長幼の序を取るなら、家重こそが後継者に相応《ふさわ》しい。しかし、言語が不明瞭であることから、うつけの評はぬぐえない。それに比べて小次郎は快活であり、弓馬の道の鍛錬も欠かさない。うつけの兄に優れたる弟。この構図が後継者問題を複雑なものにしている。

吉宗の権力は盤石ではない。

門閥勢の力を少しずつ削いでいるとはいえ、大奥の権勢は残したままだ。今、後継者問題を突《つつ》けば、藪から蛇が飛び出してきかねない。どちらを選んでも異論が飛び出し、必ずや争いの種になる。

いつかやらねばならぬが、今ではない――。

物思いに沈んでいると、怪訝な顔をした小次郎に声を掛けられた。

顎をしゃくった後、吉宗は人影のない本堂へ足を踏み入れた。

涼やかな風が吹き、甘い香りが鼻先を掠めていった。

抹香の煙を浴びながら、吉宗は本堂の中に用意された曲彔《きょくろく》に腰を下ろした。そこは、導師席のすぐ後ろに当たる場所に置かれたものだった。

金色の仏像や仏具の煌びやかな仏壇と導師席の間に、高さ三尺ほどの桶が置かれていた。

頭ではそれが母であると理解しているのに、どうしても心の奥底で受け止めることができなかった。

涙も出なかった。

悲しい、とも違う。名を付けるには至らぬ感情の糸が複雑に絡まり合い、巨大な雪玉となっている。

家臣たちに付き添われ、吉宗の息子たちが後ろの曲彔へ腰を下ろした。

紫衣の導師が坊主を引き連れ入堂した。そして最前の席に座ると、鈴を鳴らし、読経を始めた。

まるで歌のような節のついた経を耳にしながら、吉宗は亡き母の面影を思った。もう、伊織も、母もない。

思えば、将軍の位を欲していたのは、二人のためだった。

伊織には「天下を取れ」と言われた。

母を偏狭な人生から救い出すために将軍となった。

結局、母を救うことはできなかった。

それどころか、母は遺書の中でこう書き残していた。

わたしは日陰者でもよかった、あなた様が日向を歩むのならば、と。

「なんと、将軍とは力のなきことだ」

呟いたその時、目の前の仏壇が歪んで見えた。

その時、吉宗は、悪しき心をもってここに来るのは許さないと言っていた母の言葉を、ふと思い出していた。

「母上は、何をお思いだったのですか」

読経の声が反響し、吉宗の声を覆い隠した。

四章

中段の間から悲鳴が上がった。

縁側に立つ近習は、血刀を両手で拝辞している。麻長着の袖が朱に染めつつ本丸大広間へと進み入り、切っ先からしたたり落ちる血が御殿の畳に点々と跡を残した。

下段の間の真ん中に据えられた三方の上に血刀を捧げ置くや、近習は部屋中に聞こえるような大音声を発した。

「長曾祢《ながそね》虎徹《こてつ》入道《にゅうどう》興里《おきさと》、五つ胴切りでございます」

「見事なり」

将軍吉宗は上段で応じた。木綿の羽織袴に身を包むその姿は相変わらずの偉丈夫ぶりだが、横鬢には少し白いものが混じり始めており、目尻にも細かい皺が寄り始めている。少しずつ、老いの波が吉宗にも迫りつつある。

吉宗は己の座所から立ち上がり中段の群臣たちを一瞥もせずに三方へ近づくと、血のこびりついたままの刀の柄を手に取った。

「よき刀ぞ」

群臣たちに見せつけるように、血の付いた刀身を光に透かす。

中段に座る群臣の一人がその場に崩れ落ちた。横にいる者が声を掛け、肩を揺すっても目覚める気配はなく、白目を剝いている。

「控えの間に連れて行け、激務で疲れておるのだろう」

口の端を上げてそう下知する吉宗に従い、番方が倒れた家臣を運んでいった。

誰もが青ざめる中、虎徹を若侍に預けた吉宗は光溢れる縁側へと出た。庭先では、襷《たすき》を掛けた大柄な侍が全身を返り血で汚しながらも、地面に転がる死体の胴を切り落としている。

吉宗の視線に気づいたのか、庭の男は構えを解いて深々と辞儀をした。血みどろの業を行なっているというのに陰鬱な気配もなく、将軍の御前だというのに気負った様子もなかった。

まるで、一振りの太刀のようだった。

「見事ぞ、浅右衛門《あさえもん》」

この男、山田《やまだ》浅右衛門は浪人であったというが、文弱に流れた武士の代わりに打ち首や刀の試し切りを請け負い、広く名が知られるようになった。濡らした巻き藁《わら》を用いてもよいが、やはり本物で試すが一番――。かくして、武家目利きを望む者がこぞって刀を預け、その切れ味を吟味させるようになった。

山田浅右衛門に褒美を取らせるよう近くの家臣に命じ、吉宗は有馬と共にこの場を後にした。

中段の群臣たちが揃って安堵の溜息をつく中、中段の間の上席を占める老中松平乗邑は扇子を己の手に打ち据えた。

これが神君家康公以来の政か、と。

浅右衛門を御前に召す――。動議の際、乗邑は反対に回った。山田浅右衛門は浪々の身、将軍に目通りが叶うはずはありませぬ、と。他の門閥も、前例がないこと、死穢《しえ》を御殿に上げるべきではないとし、乗邑に同調した。

だが、吉宗はその意見の悉くを退けた。

『まず、乗邑の意見だが――。山田浅右衛門に禄をくれてやればよい。また、首切り役人を殿中に上げた前例がないというが、そもそも山田は武士の代わりに首切りを請け負っておるだけで、神君家康公の時代には家臣たちが首切り役人であったのだ。神君家康公は死穢を理由に家臣を退けたか？　そんな前例があるなら聞いてみたいものだ』

水を打ったように静まり返る群臣を眺めた吉宗は、満足げに歯を見せた。

『よもや異論はあるまいな』

かくして、今日の山田浅右衛門の目通りが成った。

いつの間にか、群臣たちは控えの間に戻り、気づけば大広間にはぽつぽつと人が残るばかりだった。庭先では下級役人が血や死体の始末を行ない、庭先を清めている。柄杓で水をかけても、白砂に染み込んだ血はなかなか消えることはない。

また、乗邑は扇子を手に打ち据え、黙考に沈んだ。

間部詮房や新井白石が幕政を牛耳っていた頃、乗邑は吉宗と結んだ。それは、吉宗が神君家康公以来の名分を掲げ、門閥を広く用いると明言したが故の、ある種の同盟だった。

将軍に登った吉宗は約束を守った。だが、老中以下の大名役はお飾り同然となり、旗本役、御家人役に実権が移った。それもこれも、吉宗が導入した御側御用取次のせいである。運用が進むにしたがって、各奉行に直接将軍の命令を伝え、後になって乗邑たち老中に説明がなされることが続いた。

表向き、吉宗は老中合議制を堅持している。あからさまに邪険にしないものの、門閥、特に老中の置かれた立場は間部の頃と変わらない。

いや、悪化の一途を辿ってすらいる。

吉宗によって、門閥が二つに割れてしまった。

譜代大名と旗本、御家人からなる門閥は、実権を持つ者と持たぬ者で溝が生じた。吉宗の巧妙なる人事によって足並みが揃わなくなり、門閥は総体としての力を失いつつある。

黙考する乗邑の前に、一人の男が座る気配があった。顔を上げると、そこには鼠色の裃に身を包む男の姿があった。小出信濃守英貞《こいでしなののかみふささだ》である。年が近いこともあって共に切磋琢磨《せっさたくま》してきた門閥の一人で、今は西の丸若年寄の重職にある。

「難しいお顔をなさっておられますな」

「ああ。いろいろと思うところがあってな。そういう小出殿は、今日はどうなさった」

水を向けると、小出は目を光らせたものの、声音を変えることはなかった。

「やはり、打ちかかる隙はありませぬな」

小出も、山田浅右衛門を城に上げた吉宗の真意を承知しているのだろう。

天下人の嗜好は施策と軌を一にしている。浅右衛門招聘《しょうへい》は、実力のある者は用い、血筋だけしか誇るべきものがない人間は飼い殺すという吉宗の意思が見え隠れしている。そして、罪人の軀《からだ》を城中でなますにする行ないは、将軍に反抗すればどうなるか、という見え透いた示威でもある。

忌々しいほどに、吉宗の治世に隙はない。だが。

「ああ。全くない。今は」

「今は、ということは」

「いつまでも隙を見せぬなどあり得ぬこと。今はとにかく忍従の時よ。今は待つべし。少しずつ、力を削いでゆく」

「厳しい戦いになりますなあ」

まるで他人事のように口にした小出はゆっくり立ち上がり、薄く笑った。

「では、これにて。また茶でもご一緒したいですな」

暢気にそう言い放ち、小出は広間を後にした。

今の話は本来、控えの間などで人払いして交わすべき性質のものだが、吉宗は城の天井や床下に隠密の類を忍ばせているという話もある。控えの間と比べ、広間は天井が高く、床板も厚い。それを見越して広間で話しかけてきたのだろう。

のろのろと立ち上がった乗邑は、上段の将軍の座を眺めた。

乗邑個人は、吉宗に悪感情を抱いていない。それどころか、一代の傑物に対する尊崇や、その人となりへの好感は持ち続けている。ただ、門閥大名として生まれ育ち、その論理にどっぷり漬かってきた乗邑からすれば、個人の感情よりも優先するものがある。

必ずや、門閥の春を取り戻す。

乗邑は、くるりと踵を返した。

有馬を連れて中奥まで戻った吉宗の姿を見るなり、部屋の隅で端座している加納は顔をしかめた。

「上様、血の跡がついたままですぞ」

袖や裾に朱の斑点が飛び散っている。虎徹の刃紋を改めた際についたのだろう。だが、吉宗は薄く笑って応じた。

「そなた等は何とも思ってなかろう」

有馬はおろか、加納も静かに溜息をつくばかりだった。

「着替えておる暇などない。加納、米相場の話を聞こう」

どっかりと座った吉宗に促され、加納は大福帳を繰りながら報告を始めた。

「現在、浅草の米相場は一俵当たり三分六朱程度、大坂の市場ではおよそ三分四朱ほどで推移しておるようでございます」

「まだ安いか」

「以前よりはましとはいえ、少々厳しゅうございます」

神君家康公は一俵の米が獲れる地を一石と定め、さらに一俵米を一両の金に換算できるものと定めた。しかし、当世においては農学の発達により土地当たりの収穫量が家康公の時代より増大し、概して米価が安い。

そうなると武士が困る。彼らへの扶持は米で支払われる場合が多いゆえ、米価が下がれば同じ石高を取っていても実際の実入りが少なくなる。特にここのところは米価のみが安く他の作物や商品の高い『米価安の諸色高直《しょしきこうじき》』に陥っており、武士の困窮に拍車がかかっている。

適切な手を取るように命じると、加納は頷いて席を立った。

次は有馬に任せている武家および学問統制、民政だ。

後ろに立っていた有馬は加納の座っていた所に腰を下ろし、報告を始める。

「江戸の町は落ち着いております。大岡越前殿の人気も高いようで」

「ほう。あの男がな」

「公平なるお裁きと、飄々《ひょうひょう》とした御振る舞いが庶民の信望を集めている様子」

風采の上がらぬひょっとこ顔を思い出しつつも、納得できるものもあった。庶民は依怙贔屓《えこひいき》や苛烈な仕置きをせねば大抵は奉行に好意を持つものである。

今度誉めてやろうかと算段しながら、町方についての報告を待った。

「目安箱も上々の評判の様子でございます」

「だろうな。そうでなくば困る」

目安箱は置くことに意味がある。庶民に耳を傾ける仁徳の主君という印象を内外に植え付けるための、人気取り策である。

吉宗は有馬に問うた。

「そういえば、目安箱の建策でなった小石川養生所はどうなっておる」

有馬は大きな体を縮めるようにして、首を垂れた。

「あまりはかばかしくありませぬ。庶民どもは医者と聞けばぼったくりの類と見做す者たちでございます。それに、最近では小石川の医者はやってきた患者に怪しげな薬を飲ませておるという噂が立っているとかで」

「下らぬ。暇な藪医者が吹聴しておる噂であろう」

「風聞は厄介なものでございますれば」

「手を打て」

頷いた有馬は口元に浮かべていた笑みを消し、声を潜めた。今までの、どこか明るい口調までも改まった。

「そうそう、御庭番の報告でございます。湯島学問所の動きですが」

「湯島か」

林家の主宰する湯島学問所は、林羅山の遺徳を偲んで大名家や旗本の子弟が列をなしている。儒学の塾は、様々な身分の者が集い激論を交わす場所であるため、古今東西、謀略の舞台となる場所の一つだ。それゆえ、御庭番を潜ませて内情を探っている。

「して、どうであったか」

「今のところ、特に謀略の影は見えませせぬ」

湯島は毎日のように活発な議論がなされ、その輪の真ん中で、鳳岡は生き生きと後進の指導に当たっているという。城中勤めの頃とは比べ物にならぬほど顔立ちが明るいというのが、御庭番の報告であった。

「とりあえず、御庭番を引き上げてもよいかと思いますが」

「いや、怠るでない」

「はっ」

今は湯島学問所の大学頭になっている林鳳岡の暇乞いの日のことをふと思い出した。

『上様、拙者はこの通りの老齢、子に侍講のお役目を譲りとうございます』

開口一番、漢服の衿を正し、鳳岡は手を突いた。

形ばかりの慰留はした。だが、あくまで儀礼上のものにすぎず、それからしばらく、吉宗と鳳岡の間で実のないやり取りが続いた。

だが、結局は『長い精勤、ご苦労であった』と声をかけた。出る目の決まっている双六《すごろく》の上りだった。

この後は辞去するのが本来の段取りだが、城中儀礼を知り尽くしているはずの鳳岡が、その場を動かなかった。裳を強く手で握り、曲がりかかった腰を伸ばし、そこにあった。

どうした、と声を掛けた。すると、鳳岡はためらいがちに口を開いた。

『儒者としての、頂点を思っておりました。徳川家に仕える儒者として、最高の位に立たせていただいたこと、誉れでございましょうな』

鳳岡の口吻から、幾重もの屈折を感じ取った。

『何が言いたい』

『お笑いくだされ。されど、儒者の頂に立っておる今、そこから降りることができることに、ほっといたしておるのです。いうなれば、猫のようなものですな。某は今の今まで、高い処に登るだけ登って、降りるのが怖くなってしまって枝の上で震えている猫のようなものでございました。今はただ、命あって降りることができると喜んでおります』

そなたは冗談も一流であったかと一笑に付したが――。

御庭番の報告が、儒官を退いた鳳岡の充実した日々を浮かび上がらせる。

あてどなく、吉宗は思考を揺蕩《たゆた》わせた。

羨ましい、そう思った。

だが、そんな吉宗を、有馬の声が揺り起こした。

「上様、いかがなさいましたか」

はっと正気に戻る。目の前には、不思議そうにこちらを見やる有馬と加納の姿があった。

なんでもない、と首を横に振った。

しばらく報告を受けた後、有馬は加納と共に立ち上がり、部屋を辞していった。

ようやく政が己の意になりつつある。吉宗は一人、掌に扇子を打ち付けた。

吉宗の政の核は、加納と有馬の務める御側御用取次である。最初は将軍の諮問役であり各老中たちへの報告役であったが、権力の座にあり続けるうちにその意味合いが変わり始めた。御側御用取次が機能するようになってからは、老中の合議を飛ばして各奉行に直接命令できるようになり、迅速な政策実現が可能になった。

だが――。

時折、空しさに襲われる。だからどうした。なぜ己は、こうまでして将軍の座にあるのだ、と。

母を救うため。

だが、その母も逝った。

母を蔑む者はない。だが、当の母もいない。

そして、母を助けようと誓い合い、権勢を手に入れた吉宗の姿を喜んでくれるはずの友も、もういない。

部屋の中で茫然と立っていると、近習が戸を開いた。

「上様、これより譜代衆との目通りでございます」

「おお、そうか。では今行く」

血だらけの服を改めるべく、吉宗は奥の間に入った。

江戸城表の黒書院の下段には、二十人程の年若い武士たち――譜代衆がひしめき合っていた。中段では勝手掛老中に登ったばかりの松平乗邑が控え、下段の譜代衆を睥睨している。

才気走った若者たちの熱気を頬に感じつつ、上段にある吉宗は声を発した。

「今日はそなたらに問う。田畑《たはた》勝手《かって》作禁令《さくきんれい》につき、これが神君家康公以来の原則に反するか否か、議論せよ」

一斉に平伏した若侍たちが立ち上がり、ある者は後ろを向き、ある者は横を向いて、皆の顔が見えるように坐り直し、誰からともなく議論を始めた。

吉宗は扇を開いては閉じを繰り返し、議論の行方を注視していた。譜代衆を有効活用できぬものか考えた。譜代衆は部屋住みといえど大名子息の教育は受けており、それぞれの藩の内実についても通暁している。それゆえ、重要な政策を策定する際の諮問となると踏み、このような議論の場を設けている。目の前で繰り広げられている譜代衆たちの議論も白熱している。

中段に座る松平乗邑が、興味深げに息をついた。

「やはり、賛否両論でございますな」

「ああ。それはそうであろう」

当世においては米価安の諸色高直ゆえ田を潰してでも商品作物を作るべしと賛成派は述べ、反対派は米を減反してはこの国の仕法が保てない、と述べている。二者のやり取りはどちらにも理がある。

この件については公儀内部でも賛否両論がある。御側御用取次の加納と有馬の間にさえ意見の相違があった。

議論の行方を眺めながら、吉宗は中段に控える乗邑に問いを投げかけた。

「老中としてのそなたはどう見る」

「諸々の腹案はございますが、今ここでは慎みましょうぞ」

「そなたらしい物言いであるな」

乗邑は控えめに笑い、視線を下段の譜代衆たちに戻した。

「小次郎様はこうして見ると、やはり花がありますな」

感嘆の混じった乗邑の言葉に促されるように議論の場に目を向けると、その輪の真ん中で右の譜代衆の意見を聞き、左の譜代衆に問いかけ、また自らの見解も口にする己が次男小次郎の姿があった。恰好は茶の木綿羽織に袴だが、父親譲りの大きな体格のおかげか衆を圧倒する存在感がある。ともすれば相手に圧を与えかねない姿ながらこの場に溶け込んでいるのは、小次郎の口調が和やかで、時に古典籍を引いてある者の意見に添えたり、自らが笑われ役を買って出て場を和ませているゆえだ。どうやらあの次男には、生まれついて弁舌の才が備わっているようだ、と最近になって吉宗も気づいた。

議論を眺めながら、中段の乗邑が話しかけてきた。

「小次郎様もそろそろ元服ですな。確か、今年でしたか」

曖昧な返事で乗邑との会話を打ち切った。

後継者問題は吉宗の頭痛の種となっている。

譜代衆の集まりには家重も参加させていた。譜代衆で芽のある者は大名に取り立てるつもりでおり、己がいなくなった後、この集まりで培った関係が必ずや己の後を継いだ者の財産となるだろうと考えてのことだった。

しかし――、この集まりに参じた際、家重は一言とて言葉を発することはなかった。兄上はいかがお考えでしょうか。水を向けた小次郎に対しても小さくかぶりを振るばかりで、譜代衆と目を合わせようともしなかった。

元々言葉が不明瞭で大岡忠光を介さねば満足に意思疎通ができぬことは先刻承知だが、政治向きへの興味も乏しいらしかった。

そして今や、家重は理由をつけてこの集まりに出てこなくなった。

棚上げにしていた後継者問題が頭をもたげる。

頭痛に苛まれる吉宗の眼前で、議論は大詰めに至ろうとしていた。

小次郎が主唱していた減反反対論が優勢で、賛成派が押し込められつつある。賛成派もわずかに反論しているものの焼け石に水、あまり験《げん》はない。

吉宗は身を乗り出し、舌戦の行方を見定めた、まさにその時のことだった。それまで黙りこくり、議論の輪の後ろにいたある若者がゆっくりと立ち上がった。

尾張求馬改め尾張主計頭通春《かずえのかみみちはる》だった。この日は青の裃姿に身を包んでいる。それまでは賛成派も反対派も御前であることを忘れて大声を発していたというのに、通春が立ち上がった瞬間、水を打ったように静まり返った。

その通春は、たった一言、こう述べた。

「田畑勝手作禁令は、寛永の頃の発令、すなわち祖法にあらず」

通春がどっかりと座ってからは、議論の流れが逆向きになった。

賛成派が途端に息を吹き返す議論の場を眺めながら、乗邑は愉快そうに笑った。

「尾張の若君は鋭いですな」

「うむ。そうだな」

吉宗が今回の議論の設問としたのは、田畑勝手作禁令の見直しの是非ではない。田畑勝手作禁令の見直しは神君家康公以来の原則に反するか否か、である。すなわち、これまでの議論は、本来の設問から外れた横道だったことになる。

意地悪な設問を出したのは、この手のことは実際の評定でも起こりえることだからだ。議論慣れしている老中ですらそうなのだから、ここに集う若者たちを責めるのは酷であろう。むしろ、最初の設問に寄り添い続けて答えを導き出した通春をこそ称揚すべきだ。

「それにしても、田畑勝手作禁令が寛永の頃に発令されたとすぐ出てくるあたり、ずいぶん尾張の若君は勉強なさっておいでですな。未だ御公儀は史書を編んでおりませぬのに……」

「まったくだ」

相槌を打つと、乗邑は悩ましげに唸った。

「興味深い結果になりましたな。田畑勝手作禁令の見直しについて、大名家の子弟にも強い反発があるとは」

「そうだな。家中の事情もあろうしな」

他藩に米を供給している米どころの場合、百姓が米を作るのを止めてしまうと家中や町方にも減収の波が広がる恐れがある。また、元々米の生産量の低い地域では、飢饉《ききん》を恐れて減産したくなく、法によって米の栽培を確保したいと考える向きもあるはずだ。

この議論は禁令緩和の際に諸大名の反応を占うよい材料となった。

乗邑が手を叩き議論を途中で終わらせると、吉宗は今回の論戦の講評を始めた。それまで吉宗に背を向けていた者たちも前を向き、神妙な顔で前を見据えている。

「見事であった。議論で大事なのは勝ち負けではない。己の力で論を構え、その上で他人を説得せしめる行ないである。であるからして――」

講評の只中で、手を挙げる者があった。尾張通春だ。

乗邑は慌てて通春をたしなめた。だが、当の吉宗が、

「よい、発言を認める」

と口にしたことで、通春は立ち上がり、口を開いた。

「今、上様より議論は勝ち負けではないとの仰せがありましたが、拙者には納得が行きかねます」

「ほう、申してみよ」

下段の間に居並ぶ譜代衆はおろか乗邑まで狼狽している。公方の言葉を途中で塞ぐだけに飽き

足らず、さらにその言に納得行かぬと述べるなど、家臣の別を越えている。だが、当の本人は涼しい顔をして吉宗の姿をその透徹した瞳に映している。

通春は気負いのない伸びやかな声で続けた。

「議論は勝たねば意味がないものと存じます。負けては己の意見が通らぬのが、政なのではありませぬか」

講評の際に述べた己の言がらわべの取り繕いであると自覚していただけに、吉宗も思わず頷きそうになってしまった。

負けてはならない。それが政の大原則である。

だが――、吉宗は己の哲学に反することを口にした。

「そなたの言うことは正しい。されど、ここは余の主催する議論の場である。ここにおいては、議論によって自らを深めることを主眼としておる。ただそれだけのことぞ」

「左様でございましたか」

納得したように、通春はその場に坐り直した。

皆、誰もが己に気を遣い、まるで腫れ物に触るように接してくる。皆、上様、上様、と持ち上げてくるばかりで対等に議論を交わす者も、間違いを指摘する者も、そして親愛の情をもって交わる者もない。

この若者に、かつて兄のように前を歩いていた友の透徹した輝きを見た。

ふと、吉宗の口から言葉がついて出た。

「通春。十日後、鷹狩りについてこい」

譜代衆からざわめきが起こった。最前で平伏する小次郎も、吉宗と通春の顔を何度も見比べている。

だが、一方の通春は涼しい顔をしてそこに座るばかりだった。ざわめきが収まった段になって、畳に手をついた。

「かしこまりました。十日後、楽しみに致しております」

白い歯を見せて笑う通春の剛腸ぶりに、吉宗は胸がすくような思いがした。

右手に手綱と鞭を握り、左手に諜《ゆがけ》をはめて大きな鷹を従える鎧直垂姿の吉宗は、馬に鞭を打った。

稜線が幾重にも折り重なる山並みが続き、青々と冴えた空がその背後に広がっている。下草用の森が浮島のように点在し、定規で線を引いたように几帳面に区切られた田畑が延々続いているものの、近づいてみれば夏だというのに耕されておらず、雑草の生い茂ったまま捨て置かれているところも多かった。荒廃した田畑の数々に、吉宗は顔をしかめた。

昨年、年貢率を五割に引き上げた。四公六民を旨とする神君家康公以来の原則を踏みにじることの仕法は、当然のことのように村方の反発を招いた。ただでさえ検見法から定免法の切り替えで苦しいというのに、税率まで上げられては暮らしが立ち行かぬというのが村方の本音であったろう。今、徳川領では村人の逃散や一揆が続発している。江戸にほど近い鷹場にすら不穏な気配が漂うのは由々しき事態と言わねばならない。

吉宗たちは今、鷹狩りにやって来ている。

生類憐みの令より廃止されていたが復活させた。神君家康公以来の原則に立ち返った結果だが、実際に鷹狩りを奨励してみると、副産物が多々あることに気づいた。名鷹や狩りの成果を下賜することで、大名家や家臣たちと細やかなやり取りができるようになった。また、鷹場は鷹狩りをよりよく行なうために整備され、結果として近隣の百姓を統制することになる。風紀の緩みがちな農村部の締め付けになることに気づいたのである。

何より、馬に身を任せ風と一体になるこの刹那だけは、将軍の衣を脱ぎ捨て、裸となれる。鷹狩を好まれていた神君家康公もまた、天下第一の座に倦んだことはあったのだろうか。

答えの出るはずのない物思いに沈んでいると、横で馬を走らせ、隼《はやぶさ》を携えている通春が空の一点を指した。

「あそこに鴨がおりますぞ」

吉宗の後ろで馬を走らせていた小次郎も手で目の上に庇を作った。

「肥《ふと》り肉《じし》の様子ですな」

翼をはためかせながら空の上で隊列を描く鳥の一団が吉宗の目にも映った。吉宗はあえて己の鷹を飛ばさず、通春に向き、顎をしゃくった。通春は神妙に頷くと、左手の諜に止まっていた隼を天に向かって放した。しきりに翼を羽ばたかせる隼はすぐに点のようになった。一度高く上り詰め、その後、落下と羽ばたきによって一気に鴨の一団に迫る。落下にも似た隼の軌道は、鴨の一団に交差した。

けたたましい鴨の声が、空を切り裂く。

地上の家臣たちから声が上がり、通春も小鼻を膨らませた。

隼と鴨がきりもみしながら地面に落ちてくる。隼は翼を広げて落下に抗おうとしていたものの、鴨が重すぎるのか上手く速度を落とすことができていない。

流星の如き軌道を描き、鳥たちはもつれ合って地面に落ちた。

慌てて馬を走らせると、畑の真ん中に落ちた鳥どもを見つけた。が、鴨も隼も既に絶命していた。隼の足はあらぬ方に折れている。最後の最後まで羽ばたこうとしていたのか翼を伸ばしたまま絶命していた。

「おお……」

通春は馬から飛び降りて、隼の死体を抱きしめた。

馬上から吉宗は声をかけた。

「残念であったな」

通春は振り返った。顔からは血の気が失せていた。

「元服した折に兄上から頂いた大事な鳥でございました。まさか、このような末路を遂げるとは」

馬を寄せた小次郎が、馬上で声を震わせた。

「悲しんではなりませぬ。隼もまた貴殿の家臣。隼は、貴殿の命に従い、そしてお役目を全うして死んだのです。忠勤を労うのが主の務めでござる」

小次郎には王の風格があった。周囲の家臣たちも小次郎の言葉に何度も頷き、しゃくり上げている。

通春も、首を何度も振り、隼の死体を抱きつつ立ち上がった。

「申し訳ございませぬ。上様、若様に不快なものをお見せしてしまいました」

頭を下げると、後ろに続いていた近習に隼の遺骸を預け、新たな鷹を籠から出すと、碟に侍らせた。

「続けるとしようか」

吉宗は宣し、馬の腹を蹴った。ぐんと速度を上げた悍馬《かんば》は短く声を上げ、蹄の音を高らかに鳴らす。

そのうち、家臣の一人が声を上げげた。前方に見えてきた小さな溜め池の水面に鴨の群れがある。

「捲土重来、やってみよ」

通春は鷹を空に放った。目に見えぬ水を漕ぐように羽をはばたかせる茶色の影は鴨どもの死角を探して飛び回り、やがて錐となって水面に浮かぶ鴨に迫っていく。変事に気づいた時にはもはや既に遅し、鷹の爪に摑まれ身動きの取れぬまま羽をばたつかせる鴨は、すぐに抵抗を諦めた。

地面に降り立った鷹の許へと向かい、通春が地面に降り立った。訓練されている鷹は得物をついばむ様子もなく、ただ得物を踏みつけて主人がやって来るのを待っていた。家臣たちと共に鷹を碟に止まらせた通春は、ぐったりとしている鴨の首を持ち上げ、誇らしげに掲げた。

「やりましてございます」

「見事」

小次郎は駒を通春に近寄せた。

「負けてはおられませぬ」

そう言うが早いか、碟に止まっていた鷹を大空に放り出した。一鳴きした鷹は、羽根を数枚落としつつ、雄渾に羽を羽ばたかせ、蒼穹に消えていった。高き所に一瞬で至る鷹の姿はまるで小次郎の姿を見るようだった。

　夕暮れ近くまで鷹狩りを繰り返した。吉宗は十羽、通春は二羽、小次郎は五羽ほどの狩果であった。どうやら振るわぬ結果に不満であったらしく、帰り道、手綱を強く握る通春は頬を赤く染め、苦々しげに顔を歪めた。

「悔しゅうございます。いつもならばもっと獲れましたものを」

　聞きようによっては狩りを主宰する人間を責めるような言いようだが、この若者に邪気や悪気が芥子粒《けしつぶ》ほどもないと知る吉宗は笑って応じた。

「こればかりは天の配剤よ。人の意志では何ともならぬ」

　吉宗は鶴を狙っていた。鴨などより贈答品としての価値があるゆえだ。徳川家の蔵から重宝が払底した昨今、鷹狩りの成果が将軍の下され品として重大な意味を持ち始めている。だが、この日は鶴の影を見つけることは叶わなかった。鷹狩りの醍醐味は、鷹場を整えたところでどうにもならぬ不如意にこそある。

　これには通春も不満らしく、せわしなく空を見上げ、舌を打っていた。

「これでは名折れでございます」

「ならば、そなたに一つ、土産をくれてやろう」

「鴨でございますか。されど上様、拙者とて鴨の一羽や二羽……」

「そうは言っておらぬ」

　夕日を背中に受けながら、吉宗は腹の底にある思いをそのまま述べた。

「梁川《やながわ》は要らぬか」

朱に顔を染める通春も、顔を引き締めた。

尾張徳川家に連なる大久保松平家という家がある。陸奥の伊達《だて》郡にある梁川にて三万石を与えられている小さな家中であるが、この六月、後継ぎを儲けぬまま当主が死んだ。本来ならばお取り潰しとし、領地を徳川宗家に組み込むなり尾張徳川家に吸収させるなりするのが正道なのだが——。

譜代衆を教育しているのは、今後、あの者たちを己の息のかかった大名として各地に放つ心づもりでいるからだ。子がおらず断絶しかねぬ大名家は案外多い。そこに譜代衆上がりの者をねじ込み、各藩への影響力を高めようという大名統制策の一環である。

「梁川の政を見よ。為政者として経験を積むがよい」

最初、通春は命じられたことを理解しておらぬのか、ぽかんと口を開けていた。しかし、ややあって、頭を下げた。

「謹んで、お受けいたしまする」

通春から視線を外し、吉宗は小次郎に目を向けた。

「小次郎、そなた、元服せえ。宗武《むねたけ》を名乗りとするがいい」

最初、無表情であった小次郎は、ややあって人懐っこい、柔らかな笑みを取り戻した。

「宗武——でございますね。大事に、致します」

胸に手を当て、小次郎は下を向いた。

日に照らされた通春と小次郎の顔を見やりながら、ここに家重がおったならという思いが頭を掠める。この鷹狩りにも誘ったのだが、やはりというべきか、病を理由に丁重に断られた。

夕、吉宗は新しい時代への期待と、言い知れぬ不安を持った。

この年の八月、通春は大久保松平家の跡を継いで梁川藩主に登り、九月には小次郎が元服、宗武と名乗り替えをした。


愚鈍なこと極まりない大名との形ばかりの会談にうんざりしながら、吉宗はすっかり日も暮れて影差す江戸城中奥の御座之間《ござのま》へと戻った。絹の着物を脱ぎ棄て、代わりに木綿の羽織と袴に着替え直すと、ずっと待たせていた来客を部屋に通した。

「久しいな、大岡」

平伏していた大岡忠相は顔を上げた。

「上様におかれましては、なおのことご健勝のご様子で何よりでございます」

以前見えたのは一年ほど前だが、面構えが随分変わっている。思わず心配の言葉が口を突いて出た。

「そういうそなたは随分とやつれておるが、大丈夫か」

大岡は前に会った頃よりも顔色が悪く、目も血走っている。これは何も黒い裃や行燈の薄明るい光のせいばかりではあるまい。

大岡は、わずかに残るひげを撫でながら、ひょっとこ顔を力なく緩めた。

「虚勢を張ることができればよいのですがな。やはり、町奉行は噂以上に忙しゅうございます」

大岡には南町奉行所を任せている。江戸町方の治安維持や民政、公事を一手に担う激務であると同時に、勘定奉行、寺社奉行と共に評定所を構成する枢要の地位である。

目代を江戸市中に放っている吉宗は、この男の噂も耳にしている。訴人の話を丁寧に聞き、どちらの派にも与することなく下す大岡の裁きは評判を取り、訴訟の際には大岡のいる南町奉行所への届けが殺到しているらしい。

人材発掘にも余念がない。暇を見つけては学者を諮問し、役人に推挙するおかげで吉宗の仕法にも厚みが生まれつつある。

「して、大岡。例の件はどうなっておるか」

「上様はお厳しい。先ほどまで拙者の体の心配をなさっているように見えて、催促なさるとは。ま、それで構いませぬがな。拙者も激務を承知で町奉行を承ったのですから。——公事の基準の件、少しずつ、ご老中の松平侍従《乗邑》殿と進めております」

「どんな塩梅だ」

大岡は眉をひそめた。

「今、古今東西の裁きの例を集めて一定の落としどころを探しているところでございます。あと三年ほどで完成に至るかと」

「三年、か。よきところだ」

吉宗が顎に手をやり頷くと、大岡は話を少し変えた。

「そういえば、買米を始められたのですな」

「ああ。てきめんに効いておる」

米価の下落が止まらなかったゆえ、公儀として対策を取った。米が余っている時には公儀が買い入れて市場流通する量を絞り、米不足の際には蔵米を市場に放出する。米価安の時には公儀だけではなく大商人にも強制的に米を買わせることともし、その代わり、非公式だった大坂米市場の先物取引所を公認して釣り合いを取った。

この仕法はそれなりの成功を見、米価は安定しつつある。しかし、諸色高直はいかんともしがたい。当初は商人どもが不当な利を得ているがゆえと考えていたが、色々の定を出してもなお思うように物価が下がらぬところを見ると、根本から何かを変えねばならぬのかもしれない。

大岡の顔は浮かなかった。

「これから、上様は米と戦うことになりましょうな」

「どういう意味だ」

「言葉のままでございます」

ただそれだけ口にした大岡は、指を一つ立てた。

「ときに、上様。一つお願いがございます」

「申せ」

「もしも、拙者を使うお積もりならば、これ以上、出世させぬように願いたいのです」

耳を疑った吉宗の前で大岡は決然と続ける。

「拙者は所詮役人でござります。役人は政の風下にあり、己の領分において全力を尽くす者。政は風を起こし役人はその風に乗って手足を動かすもの。町奉行は、役人として勤め上げることのできる極位でござる。これ以上は、拙者の器を超えるものと存じます」

この男らしい、とも思った。

適材適所の原則に従えば、頷くべき提言ではある。

「よかろう。胸に刻んでおこう」

「ありがたきことにて。――ときに上様。これから、どうなさるおつもりなのですか。譜代衆を育て上げ、尾張の通春様を大久保松平家に送り込む。門閥大名家への揺さぶりでございましょう。また、老中合議制を尊重しているように見せながら、実際には御側御用取次によって骨抜きにしておられる。これでほぼ、門閥大名勢力は封じ込めできておりましょう」

吉宗は声を上げて笑った。役人に置いておくには惜しいと思ったがゆえだ。本人の言葉とは裏腹に、大岡には政への嗅覚が備わっている。

肚の内で言葉を探している風の大岡を前に、吉宗は声を潜めた。

「然り。最初から、門閥どもに天下の大権を与えるつもりはない」

「なるほど。親政こそが上様の宿願であられた、と。ということは、次は」

ひょっとこのような顔立ちをした大岡の目が鋭く光った。風采の上がらぬこの顔に騙されてはならない。大岡は必要とあらば将軍すら振り落とそうとする暴れ馬であった。

吉宗は正直に述べた。

「――次は、大奥ぞ」

「これはまた、大物が来ましたな。門閥などよりもよほど恐ろしい」

大岡は腕を手の前で組み、震えて見せた。演技とも揶揄ともつかぬ仕草だった。

門閥を飼い慣らした吉宗にとって、大奥はいつか対決せねばならぬ相手だった。

吉宗の正室は早世し後添えを置いていないため、将軍家宣の正室であった天英院がそのまま大奥に君臨している。この女人は吉宗が紀州藩主であった頃から引き立ててくれ、将軍宣下の際には大奥の意見を取りまとめて後押しした恩人でもある。おかげで天英院派は現在、表にまで発言力を有するに至っている。

「大奥は今、相当な冗費で徳川家を圧迫している。いずれにしても、手を打たねばいつまで経っても公儀はまともに回らぬ」

くつくつと大岡は笑った。何がおかしい、と咎めると、大岡は顎を撫でた。

「上様はなぜそこまで、敵をお作りになるのですかな」

「そんなつもりはないが――」

吉宗はある光景を思い浮かべていた。

吉宗の手を握り「天下をお取りくださいませ」と掠れた声で嘆願する、血まみれの友。脳裏に刻まれた友は齢を重ねることなく、あの頃の姿のまま、独り老いを重ねた吉宗を見ている。冬の日の空のように透徹した瞳を輝かせながら。

友の言に従って天下を手中に収めた。だが、なぜ己がここにいるべきなのか、その目的さえも見失いつつある。ただ――。

「友との約束を果たすため、であろうな」

望みなどはない。ただ、今の吉宗を突き動かすものは、天下を獲れと言い残し死んだ心腹の友の言葉だけだった。

大岡はそっけなく笑った。

「なるほど。お約束でございますか。実に結構なことでござる。そのおかげで、拙者は己の宿意を果たせるわけですからな。ありがたい限りでございます」

羨ましい、と、思わず心中で呟いた。

為すべきことが明確に形を成しているのならいい。だが、吉宗が追っているのは形を持ちえない鵺《ぬえ》だ。捕まえたところで、形を変じて手からすり抜けてしまう。

小さくため息をついた吉宗は、大岡を下がらせ、一人になった。

部屋の隅、飾り棚の下に隠してある文箱を取り出し、開いた。御庭番による報告書だ。ここ数日、目を通すことさえできずにいた。

門閥一人一人の動向が記された文がいくつも束になっていた。その一つ一つに目を通し、火鉢の火にかけ燃やす。

火が消えたのを見届けると、吉宗は御座之間から縁側に出た。

気づけば夜になっていた。濃紺の空には気の早い星々が瞬いている。

濡れ縁には、人の背ほどの高さをした三脚の上に、径二寸、長さ三尺ほどの筒状の器械が据えてあった。漢訳洋書の輸入解禁とともに南蛮の文物への興味が湧き、長崎出島の商館長《カピタン》より買い求めた、星を見るための遠眼鏡である。

吉宗は覗き口から空を見、遠眼鏡の先を動かす。そのうちに白く輝く星が大写しになった。宵《よい》の明星《みょうじょう》だ。

南蛮の学問書によれば、かの星はお天道様の周りを周回しており、我らの大地もそうした星の一つであるらしい。「天上で瞬く星となる」と口にしていた友の言葉を思い出し、ふと物悲しい思いにも襲われた。

そなたは一体どこにいるのだ、と。

いくら遠眼鏡を動かしても、友の星は見つからなかった。


大奥の一室で、天英院は女官たちと共に出入りの女商人が持ってきた反物に目を奪われていた。紅葉の図案が躍る錦の反物、黒地に縁起物の紋が散らされた絹織物、さらには金襴の鶴が眩しい刺子織物。その一つ一つの手触りを確認しながら、若い女官たちと、これはあなたに似合いそう、これはそなたに映えそうじゃ、と話に花を咲かせている。

天英院自身は白頭巾に黒い法衣、その下に白の着物をまとっている。もちろん総絹ではあるが、天英院本人は華美な着物に袖を通すことをしない。が、それは家宣の菩提を弔うためであって、着飾ることが嫌いなわけではないし、落飾してからの方が反物を眺めるのが好きになった。実の子に早逝された天英院にとって、近くに傅《かしず》く女官は己が娘のようだった。娘たちが喜んでいるのを見ると、己まで満たされた気分になる。天英院は母を演じる楽しさに酔っていた。

女たちの嬌声を浴びながら困った顔をしている商人に、女官の間で人気の高かった反物十巻を選び、これで着物を仕立てるように命じた。卑屈なまでに頭を下げ、それぞれの女官たちと反物を確認した後、女商人は部屋を去っていった。

女官たちを引き連れて己の部屋へと戻った。既に部屋の中には一人の老女が身じろぎ一つせずに座っていた。

「いかがしたか」

その老女は、表からやってきた者の接客を役目とする御客会釈《おきゃくあしらい》であった。すっかり髪も白いのにしゃんと背の伸びている老女は、一枚の文を懐から差し出し、慎ましく平伏した。

座った後、その文を受取り開く。その文の末尾には吉宗の名があった。

将軍吉宗が大奥から足が遠のいて久しい。政務が忙しいとの理由をつけて中奥で休むことも多い。たまに大奥に渡ることがあってもねんごろにしている側室以外には手をつけない。それどころかここのところは夜のお召しすらも稀《まれ》になりつつある、と側室たちがさえずっている。

天英院個人は吉宗に悪印象を持っていない。少なくとも、表の権勢を笠に着て、あれこれと大奥に注文を付けてきた間部詮房と比べれば、大奥の仕法を放任してくれるだけ吉宗の方が好ましかった。

胡乱《うろん》に思いながら文を開いた。

慇懃《いんぎん》な時候の挨拶の後、大奥の内にいる美人百人を選りすぐってもらいたい、とあった。

乾いた笑い声が口をついて出たが、己を律した。

将軍の渡りが多くなれば、それだけ大奥の権勢は高まり、なおのこと大奥の費えの請求が楽になる。大奥からすれば歓迎すべきことよと心中で呟きながら読み進めると、不思議な但し書きが付されているのを見つけた。

一つ、御家人家格以下の女である事。

一つ、大奥に入り三年以内の、日の浅き女である事。

首をかしげたが、三代将軍家光が身分の高い女を嫌い、庶民の女を次々に側室に上げた古例に思い当たった。

たまに、貴種の女を好まぬ男がいるらしい。吉宗もその手合いなのかと膝を打った。もう一つの条件である「三年以内の女」というのも、未だ大奥のしきたりに慣れておらぬ、初心で天真爛漫な女子を所望しているのだと見た。

文の中身を女官に見せ、天英院は肩を揺らして笑った。

「それにしても、何を書いてくるかと思えば……。器量よしなぞここにはいくらでもおるというに。まあ、上様も所詮は男だったということなのでしょうのう」

女官の間から甲高い笑い声が上がる。その輪の中にいた天英院であったが、何か、引っ掛かりを覚えた。

不気味な予感を覚えながらも天英院は女官たちに命じ、吉宗の所望通り、女の選定に入った。

中奥と大奥を結ぶ唯一の回廊である御鈴廊下を歩く吉宗は、出会う女官たちの放つ、ぴりぴりとした気配に気づいていた。

廊下の隅ごとに配された女官の鋭い視線を一身に受けながらも知らぬ振りを決め込み、案内役の女官を先導に暗い廊下を渡った。ある部屋の戸が開かれて中に入ると、東向きの明るい八畳間の真ん中に、尼姿をした天英院が座っていた。やや浮かぬ顔立ちをして脇息に寄りかかっていた天英院は、吉宗がやってきたのに気づくと脇息を後ろに隠し、顔に笑い皺を作った。

「ようこそ、お出で下さりましたな」

「お邪魔致しますぞ」

中に入ると、吉宗は天英院の後ろにある黒檀の仏壇に向かい手を合わせた。家宣の菩提を祀った仏壇である。

「ああ、ありがたいことにて。亡き文昭院《ぶんしょういん》様もお慶びであられよう」

「いえ、生前の文昭院様には非常に世話になりましたゆえ」

あまり家宣とは縁がない。年に一回の正月拝謁の他には、年に数回、一言二言会話を交わすだけの関係であった。小太りの中年男、というのが家宣に関する印象のすべてだ。

無論、そんなことは天英院も承知しておろうが、袖で涙を拭くふりをして神妙に座っている。ある種の尊敬を抱きつつ吉宗が目を向けると、天英院は袖を顔から離し、さっきまでの神妙な顔から打って変わって柔らかな表情を見せた。

「さて、上様、此度は大奥にお渡り下さり感謝いたします。上様が来ない、上様が来ないと側室たちが寂しがっておりますよ」

「申し訳ございませぬ。ここのところ政務が忙しく」

「女百人をご所望と訊き、安堵いたしましたよ。なに、文昭院様は子種が少なく、ゆえに家の道統を伝えることが出来ませなんだ。子福者であることが、何より天下人に求められる資質でございますゆえ、今後は何とぞお励みくだされ。これは文昭院様のご遺訓とお受け止め下されると嬉しゅうございます」

随分な遺訓だと笑いをこらえつつ、

「できる限り、そういたしましょう」

と従順に頭を下げ、本題に入った。

「で、件《くだん》の女百名は」

「既に、謁見の間に集めております。今や遅しと上様のお越しを待っておりますよ」

「左様ですか。では――」

先導する女官、後ろに続く天英院とともに縁側を進み、大奥にある謁見の間へと向かった。そこは大奥広しといえども最も大きい部屋の一つで、三百人は優に収めることができる。畳は青々しい藺草の色が残っており、塵一つ落ちていない。鳳凰や龍、虎があしらわれた欄間の下には矢絣の揃いの着物を着た女たちが平伏している。百人と命じておいたが、部屋いっぱいに入る女どもの数は二百人を超えている。振り返ると、天英院は誇るように眉を上げた。

吉宗は上段の間の座所に座り、天英院が吉宗に程近い下段の間の隅に座るや、声を発した。

「皆々、苦しゅうない、面を上げよ」

吉宗の言葉が大部屋に響き渡ったその時、前から順繰りに女たちは面を上げた。まるで波が立つのを見るようであった。

居並ぶ女は確かに美形揃いであった。それも、様々な趣味に応えるべく、微妙に顔立ちが違う。さながら、夜露で磨き上げた百花を競い合う花畑だった。

天英院と目が合った。

どんなものだと言わんばかりの天英院から視線を外し、吉宗は口を開いた。

「さて、今日そなたらを集めたのは他でもない――」

集まる女たちの顔に緊張が走った。天英院はといえば、涼しげな顔をして吉宗のことを見上げている。

吉宗は決然と言い放った。

「十日の後、そちらを召し放ちとする」

女たちの上気していた顔が、一斉に歪んだ。

吉宗は混乱する女たちの顔を眺め、続けた。

「現在、公儀が危急存亡の秋《とき》にあることは、奥で働くそちらと雖も存じておろう。それゆえ、余は公儀を主宰する人間として、大奥の規模縮小を決心せねばならなくなった。ゆえに、そちら美人に声をかけた。そちらがまごう方なき美人であることは、この吉宗が請け負おう。しかもここ大奥に入って日も浅い。大奥を出て実家に戻ればよき縁談も舞い込んでこよう」

天英院は表情すらもなくしている。

己の存念をすべて語り終えると、吉宗は座所を蹴って立ち上がり、しんと静まり返った大広間を後にした。

控えの間に入ってから、ようやく反論が始まった。糾弾の主はむろん天英院である。

「こんな話は聞いておりませぬぞ、上様。いくら上様と雖も、こんな横暴が許されるはずがございませぬ。なんということを……」

天英院は眉を寄せ、目を吊り上げている。人は己の領分に手を突っ込まれた時にこそ怒る生き物だ。この怒りも織り込み済みである。

天英院の言葉が途切れた一瞬を見計らい、吉宗は床に手をついた。

「申し訳ございませぬ、天英院殿」

公式の場ではないとはいえ、将軍が誰かに頭を下げるのは異例中の異例だ。天英院はそのことの意味を誰よりも知っている。そして、彼女の自尊心をくすぐるはずだということも。

たじろいだ天英院を前に、なおも平伏したままの吉宗は続ける。

「もはやこれしかありませなんだ」

「どういうことぞ、説明なされ」

その声音には同情めいたものが窺える。食いついてきたか、とほくそ笑みつつも吉宗はなおも顔を伏せ、恐縮の体を作った。

「累代の借財を返すために、これまで表の冗費を削りに削りました。この吉宗が好き好んで木綿を着ていると天英院様はお思いでしょうか」

吉宗は着てきた木綿の袴を示した。藍の一度染めのそれは、江戸の町人でも野暮を嫌って目もくれぬような代物である。

「将軍の権威を守るには、もっとよいものを着るべしとは思うておりました。されど、この徳川家の身代を思えば、斯様なことはできませなんだ」

「なぜわたしに相談してくれなかったのですか」

「天英院様にひもじい思い、苦しい思いを強いてはならぬという思いゆえでござる。先々代の正室であられる天英院様におかれましては実の母同然と心得、必ずや大奥には手を出すまいと決めておったのです」

ようやく吉宗は顔を上げた。目の前に座る天英院は、鼻が赤くなり、眼を潤ませていた。そんな天英院の姿を冷ややかに見据えながらも、口では孝行息子のような文句を並べた。

「本当に申し訳なく思っております。されど、できるだけ、天英院様にご迷惑の掛からぬ形でのお願いとなったと自負しております」

「なんだと」

興味深げに顔を寄せてきた。

吉宗は恐縮の体を取りながら続けた。

「大奥の費えを減らす道は三つあります。一つは高位にあるお方の費えを節減すること、二つ目は、広く費えを節減すること、三つめは、低位にある者の費えを節減することでござる。一つ目にしろ、二つ目にしろ、天英院様にご迷惑をかけてしまいますゆえ、この手は取れませぬ。となれば、三つ目の、低位にある者の経費節減を考えなくてはなりませぬ」

「それで、御家人格以下の者を百人と申したか」

「はい。さすれば、少なくとも天英院様の周囲にはご迷惑が掛からない算段でござる。さらに、この吉宗自ら馘首《かくしゅ》を申し伝えることで、天英院様のお名前に泥をつけぬ心づもりで」

しおらしく演じつつ、吉宗は目の前の女の心根を透かして見ている。

この女人の心底に根を張っているのは〝現状維持〟だ。全てを見渡せるほど広い視野を持っておらず、己の周囲が何も変わらなければその外で何が起こっても気づかない。仮に己の住まいの外がすべて焼け野原になったとしても、三度の豪奢な食事と山のような反物が毎日届きさえすれば、外の惨状に気づきもしない。

果たして、天英院は頷いた。

「過ぎたことはよろしい。じゃが、なぜ事前に諮《はか》ってくれなかった。水臭いことではないかえ」

「ここのところ、疑心暗鬼に至っておりました」

「疑心暗鬼、とな」

「ここのところ、天英院様が不穏な大名の家臣と逢っておられるとのお話をうかがいましてな。

さては、不埒者に妙なことを吹き込まれておるのではないかと」

天英院は首を左右に振って吉宗の手を取った。

「何を言いまするか。我ら大奥は、上様あってのもの。今後も大奥は、上様の味方と心得られるがよい」

「かたじけのう、ございます」

吉宗はまた首を垂れた。

天英院との会談を終え、大奥と中奥を分ける御錠口《おじょうぐち》が閉められたその時、吉宗はようやく涙の跡を袖で拭った。

「これで、よし」

今回の下級女官罷免は今後、大奥を割る大きな楔となる。下級女官は自分たちを守らぬ上級女官に幻滅し、上級女官は我が身を守るためには下級女官を切り捨てればよいのだと学んだ。大奥は一枚岩ではなくなって内部統制に莫大な労力を使うこととなり、表に口を出す余裕はなくなる。

これは、対立の種を蒔いて大勢力を二つに割り、将軍への不平を塞ごうという、門閥へ仕掛けたものとまったく同じ策だった。

あとは、天英院に嫌われぬよう、本人とその周囲にだけ手厚く保護を加えればそれでよい。もしまた何かあれば、新たな火種を投げ与えてやればよいだけだ。

敵はいなくなった。ようやく、これで。

吉宗は大奥の門を一度見上げて踵を返すと、中奥へと続く大廊下を歩き始めた。

松平通春改め徳川宗春《むねはる》は、晴れがましい思いで尾張徳川家の居城、名古屋城の大門を見上げた。普段は通用門を案内されていたが、馬上の人である宗春がやってきたのに気づいた門番が大門の門《かんぬき》を外し、ゆっくりと扉を開いた。

「ご苦労」

威儀を正し、門番に声をかけた。

名古屋城の門をくぐった宗春は己の運命の不思議を思った。

宗春は大久保松平家の新領主として梁川の領国経営に当たった。温かく迎えてくれた梁川の家臣のもと、一年余り、領国経営をつぶさに学ぶことができた。特に宗春が感じ入ったのが農村の在りようであった。百姓たちは冷害に怯えながら米を育て、商品作物となる菜種や綿を栽培していた。農家に泊まり込んで話を聞けば、米は公に納めて自分たちで食べる他にはできる限り育てたくはないらしく、すぐ金になる商品作物を広げたいと百姓はぼやいた。よい肥料を買い入れるためにも商品作物の作付けは必須らしい。

頭では分かっていたつもりだったが、農村で目の当たりにした現状は己の想像を超えていた。もはや百姓は素朴に田畑を耕すだけでは成り立たず、銭金の輪の中に取り込まれている。

だとすれば――。

馬の上から二の丸御殿の前の庭を眺めた宗春は、兄の継友との思い出にしばし浸った。思えば随分年の離れた兄だった。肩車をしてもらった記憶を思い起こしたその時、環境の変転に巻き込まれて兄の死を悼む余裕すらなかったことに気づかされた。

梁川藩主となって一年、宗春の許に尾張藩主であり兄の継友急死の報せが届いた。その報せを持ってきた尾張藩士は、こう付け加えた。

ご当主様は、貴殿に尾張徳川家を継いでほしいとおっしゃっておられました、と。

さすがに己の存念でどうすることもできず、吉宗に至急の目通りを願い、その上で判断を仰いだ。

『偏諱をくれてやる。宗の字を使うがよい』

それが吉宗の答えだった。

偏諱――。その場で己の名を宗春と名乗り替えることを宣言すると、吉宗は、

『余ですら、己の名乗りを決める際には悩んだものだが……見事ぞ』

と苦笑気味に口にした。

その場で宗春を次代藩主とすること、梁川藩を廃することが吉宗の手により決まり、宗春は尾張へと帰還した。

『主計頭殿、いや、尾張殿が羨ましゅうござる』

尾張徳川家の当主に登るのを一番喜んだのは、吉宗の次子、宗武だった。譜代衆の中では俊英で知られ、親の七光りではなく才覚で周囲に認められていた宗武とは、梁川を下賜されたあの鷹狩りから誼を通じるようになっていた。

意外の念があった。将軍の子として生まれた宗武に、何の不足があるというのだろうか。

だが、宗武にその心を聞くことができぬまま、こうして今、尾張の土を踏んでいる。

これからは尾張のためを思い、梁川の領民に教わったことを生かしながら自らの仕法を模索せねばならぬ。仮に、大恩ある吉宗公の御政道とぶつかったとしても――。そんなつもりでいる。

馬から降り、二の丸御殿へと上がった。旅の垢《あか》を落とした後に絹の羽織と金襴の袴に着替え直し、謁見の間へと向かった。

十畳ほどの間には、二人の家臣が控え、裃姿で平伏している。

声をかけると、二人は懐かしげに眉根を緩めた。

「竹腰山城守でござる」

「成瀬隼人でございます」

二人の老臣の顔を見やった宗春は旧懐の思いが込み上げ、ふと頰を緩めた。

「そなたらにはよく悪戯を仕掛けて迷惑をかけたな」

江戸の藩邸で育った宗春は、末っ子であったからか奔放に育てられた。その尻拭いをしていたのは下段にある二人の付家老だ。

成瀬が、ほほ、と短く笑った。

「ご立派になられましたな、若。いえ、もう若などとは呼べますまい。殿、我ら尾張家中、殿を守り立て、これからも尾張を弥栄《いやさか》にせんと力を尽くす所存」

宗春の胸が少し傷んだ。これから己は、かつて親しんだ老人たちを罵倒せねばならない。尾張藩付家老の二人の顔を潰すことも承知の上だ。だが——。

吉宗の顔を思い浮かべた。天下第一の座にある人間に認められている恐怖が自らを突き動かす。

「二人はこれまで何をしておったのだ」

これには、二家老が目をしばたたかせていた。

宗春は二人の沈黙に付け入るように嘴《くちばし》を挟む。

「何をしておったと聞いておる。ここに来る途上、村や町を見て回ったが――」

暗澹《あんたん》たるものだった。

村の百姓には生気がなく、さながらかかしが鍬《くわ》を振るっているようでさえあった。町にも活気がなく、人の往来も少ない。不景気の際にも人でごった返す色町にすら、空き家がちらほら見受けられたほどだ。尾張国内全体にどんよりとした陰りが覆っていた。

竹腰は身を乗り出した。

「我ら、天下の仕法に従い、滞りなく政に力を入れております。若様におかれましては、心安んじられますよう」

「若ではない。もう余は尾張徳川家の当主である」宗春は言い放った。「天下の仕法？　公方様の仕法は江戸の地でこそ輝くものであろう。他の地で通用せぬ虞《おそれ》を、なぜ一顧だにせぬ」

吉宗の仕法は十全なものに非ず。それが宗春の観察だ。米価の上昇政策はそれなりに上手くいっているが、諸色高直は放置されている。これでは銭を使って生活する町人が干上がってしまい、町に活気が失われたままになる。江戸の町はもともと人口が多いゆえに紛れてしまうが、尾張名古屋規模の都市では町方への有効な手を打たねば根ごと涸《か》れる。従い――。

「余は、質素倹約を取らぬ」

「なんと」

竹腰は唇を震わせ、成瀬は目を丸くした。

「質素倹約は江戸の仕法であり、尾張の仕法ではない。左様心得よ」

「お、お待ちくだされ」竹腰が割って入る。「江戸に睨まれましょうぞ」

「公方様には余から文を書く。その上で、町方を救うべく、質素倹約ではない仕法でこの尾張を作り替えると伝える」

ついに竹腰は黙りこくった。

名古屋に入ってすぐ、宗春は家中の仕法を転換した。

吉宗の取る質素倹約に反して町方に対する規制を緩め、出来る限り商売の枷《かせ》をなくした。そんなことをすれば邪悪な商人たちのこと、必ずや値上げをするはず、という家臣の意見には耳を貸さなかった。宗春には読みがあった。値上げをしようという悪辣な商人もあろうが、公の側が何もしなければむしろ値下げに動くだろう、と。事実、その通りになった。町方の規制がなくなったことで皆が随意に価格をつけるようになり、町人たちは一文でも安い商品を買うことになる。高くものを売っていた商人たちも、結局値下げに踏み切るしかなかった。

江戸では肩身の狭い芝居を保護した。そうすることで歓楽街に賑わいが戻り、ひいては名古屋の町へ人を呼んだ。そして人が集まれば集まるほど銭が集まり回り始めれば、商品作物を元手に肥料を買って畑を富ましている農村にも良い影響が出る。

無論、あまりに諸色安直となってしまっては、それらの商品を作る職人や原料を作る百姓たちに悪影響が出る。村方や町方、武家の様子を子細に眺めながら、宗春は父祖伝来の地をいかに富ませるか、そのことばかり考え続けた。

江戸城の御座之間にいる吉宗は黙考に沈んでいた。

享保十七年の長梅雨による冷夏、そしてそれと共に発生した蝗《いなご》の害。国全体に飢饉が広がりつつある。皮肉にも米価安は是正に向かっているものの、諸色高直は過去最高の値にまで釣り上がっている。

定免制、五公五民の導入以降、農村では一揆が度々起こるようになった。これ以上村方を荒廃させては公儀の威光を損ないかねない。

そんな折、大岡から人材の推挙があった。南町奉行所与力と懇意にしている農学者で、甘藷《かんしょ》なる芋を研究している青木《あおき》某という男だ。甘藷とは耳慣れぬ作物だが、痩せ地であっても育ち、西日本でも広く栽培されているという。

ふと、御鷹場の困窮が頭をかすめた。あの辺りで育ててみたらどうだ、と人を通じて伝えるなり、青木は御鷹場まで足を運び、当地の農民に作付けのやり方を教えた。いずれにしても今回の飢饉には間に合わなかろうが、気休めにはなるかもしれぬ。

政に考えを巡らしていると、目の前の男から鋭い言葉が発され、顔を上げた。

「上様、斯様な報告が入っておりますぞ」

吉宗と対座する松平乗邑は常にない怒気を発していた。

だが、吉宗にはその怒りに付き合うつもりはなかった。

「斯様な、とは何ぞ」

「江戸の上屋敷を庶民に披露目《ひろめ》ているようでござる」

尾張上屋敷は先の大火事で失われ、再建が成ったのは知っていた。

乗邑は今にも手の扇を折らんばかりの勢いで続けた。

「さらに、その際、尾張徳川家が神君家康公より下された宝物も一緒に公開しておるとかで」

「なるほど」

　乗邑が怒るはずだ、という意味での、なるほど、である。

　吉宗にとって神君家康公の名は無理を通すための後ろ盾程度の意味しかないが、家臣にとっては宣託そのもの、家康公からの拝領品は神器の如きものなのだろう。神器を木戸銭取って公開するという態度が気に食わぬというのは、乗邑だけの感覚ではあるまい。

　乗邑は難詰口調で吉宗に迫った。

「ところで上様、尾張侯に文は送られましたかな」

「ああ。送った。そなたの言うとおりにな」

　乗邑にせっつかれ、宗春宛てに手紙を書いた。他の大名にも影響があるゆえ、江戸ではあまり豪奢なことをせぬように、との訓告である。だが――。

「あ奴、『国では豪奢に振舞い、江戸では質素に暮らすなどという蝙蝠《こうもり》に似た真似はできませぬ』と蹴ってきおった」

「な、なんと。左様な無礼な文を返してきたのですか、尾張侯は」

　幕閣や大名の中には宗春の行動を御公儀への反逆と捉える者もあるようだが、吉宗は全く違う理解をしている。あれは、宗春の減らず口の一つだ。譜代衆の頃から、いや、初めて逢った時から、あの男は誰に対しても我を通す男であった。

　なおも乗邑は言い募る。

「そのような尾張侯の振舞、他の大名たちが納得しますまい」

「尾張侯と余の縁を知らぬ大名はあるまい。それに、何か問題が起こったのなら、その時に手を打てばよかろう」

「左様ですな」

乗邑は尾張の話を切り上げ、額を掻いた。

「他の大名たちと言えば――。ここのところ、ご公儀の取次が滞っていると諸大名から泣きつかれております」

「何？　それは真か」

「御側御用取次の面々が忙しすぎるのでしょう。あまり大名家を困らせては、治世に差し障りがございます。もしよろしければ、大名家の取次は某が行ないましょう」

薄く微笑し、乗邑は端座している。

この男はずっと門閥と吉宗の繫ぎに当たってきた。適任であろう。

「よかろう。任せた」

「承知」

二、三の言葉を交わした後、老中間の評議があると言い残し、乗邑は部屋を後にした。

吉宗はその場に座したまま、乗邑について思った。かつては少壮譜代大名であった乗邑も、二年ほど前に引退した水野和泉守に代わり勝手掛老中の重責にあり、老中たちを始めとした門閥勢力を取りまとめている。有能なのは間違いがない。事実、乗邑は定や法を厳格に執行し続けている。

その乗邑がここまで喧《かまびす》しくものを言うということは、宗春はなかなか遣り手の賢君ということになろう。多少目障りなくらいでなくば、新たな仕法を敷くことはできまい。

一人肩を揺らして笑っていると、奥の部屋へと続く戸が音もなく開いた。真っ暗な奥の部屋から巨体を揺らして現れたのは、疲れ果てた表情を顔に貼り付けた有馬だった。目の下には隈があり、顔全体が青白い。よりにもよって鮮やかな青の裃など身にまとっているものだから、なおのこと肌の白さが浮き立っている。肩口や懐の不自然な皺――身幅が減ったのだろう――が痛々しい。

二年ほど前の日光供奉の際にも多忙の身であることを承知の上で付き合わせた。このようなことが有馬の身を削っていることは百も承知だが、信頼できる股肱《ここう》の臣は一日とて手放せるものではない。

有馬は、懐から文を差し出した。

「上様、御庭番より報告でございます」

「ご苦労」

文には尾張の町方、村方、武家の現状が書きつけてあった。

本当は梁川藩主をもう何年かやらせたのちに大藩を任せたかったたが、なかなかどうして、宗春は堂々と政を行なっていた。

町方への施策は生ものである、とは、毎日米の取引価格を眺めながら城の米の出し入れに頭を悩ませている吉宗の実感である。尾張にも御庭番を潜ませ、均衡が崩れる兆候がないかを探らせているが、宗春の仕法のおかげか、今のところ綻びらしい綻びはない。強いて言うならば、諸色が少し安くなりすぎていること、名古屋城が華美に走りすぎて金蔵が少しずつ目減りしていることくらいだろうが、今からなら打つ手はいくらでもある。

思わず宗春の政に歓声を上げ、文を読み進めていると、ふと気になる一節を見つけた。

「ほう、あ奴、具合がよくないのか」

自ら夜の町に繰り出すことで景気を浮動させる心づもりなのはわかるが、体調を崩したのではいけない。

吉宗はゆっくりと立ち上がり、違い棚の上に置いておいた小さなつづらを文机の前に置いた。

「これは？」

有馬の問いに笑みでもって返した吉宗は、その黒塗のつづらをゆっくりと開いた。

中には牛蒡《ごぼう》を太く短くしたような白い根が二十本ほど入っている。その一つは既に削られ半欠けとなっているものの、残りは元の姿をとどめている。

「人参《にんじん》でございますか」

唐国や朝鮮でしか栽培できないがゆえに高価であるが、滋養強壮において右に出るものがない生薬の一つである。朝鮮通信使の献上品として舶来したが、小石川養生所の薬草園に植えて栽培を試みて枯らしてしまったと報告があった。こうして手元に残っているのは、自分の普段使いのためのものだ。

つづらから新しい人参を十ほど、半分ほど使いさしている人参を取り出すと、吉宗は硯箱を引き寄せて文をしたため、共に有馬に渡した。

「これを尾張侯に届けよ」

「かしこまりました」

足早に辞去しようとする有馬を呼び止めると、半欠けの人参を投げやった。

「くれてやる。呑め」

突然投げ渡された人参を両手で抱えたまま、有馬は固まっている。吉宗はなおもあえてそっけなく続ける。

「これは余の使いかけゆえ、後生大事に取っておくでないぞ」

乱暴に投げ渡したのも、使いかけを渡したのにも意味がある。将軍からの下され品は、家臣からすれば子々孫々にまで伝える宝になってしまうらしい。何でも、ある旗本は秀忠《ひでただ》公から頂いた饅頭《まんじゅう》を畏れ多いと蔵に納め、いまやすっかり干からびて原形をとどめていないそれを、何重にも塗り物に入れて封印し、鼠から守っているという。

手の中の人参を眺めながら、有馬は頷いた。

「心して、呑ませていただきます」

「ああ。そなたも早く体を治せ」

「かしこまりましてございます」

有馬が去った後、ふと眩暈《めまい》を覚えた。

長年の激務が祟り、吉宗自身も健康とは言い難い。天下を背負っているという自負は、じりじりと人の身を軋ませ、心を緩やかに圧し潰す。信じる者もなく、ただただ一人、孤独の夜を耐えている。

叫びたい衝動に駆られた。だが、すんでのところで堪え、文机の上に残っていた密書を取り上げると、火鉢の火に晒した。しばしくすぶっていた文にやがて火が回り始め、最後には灰になった。

名古屋の町の闊達を眺めつつ、宗春は五尺にもなる長煙管《ながぎせる》をふかした。供回り十名ほどの微行であるが、町の人々は羨望のまなざしでもってこちらを見つめる。

宗春がこの日纏っているのは朝鮮通信使を模した赤い漢服に、尾張当主として初めて名古屋城に上ったときに用いた鼈甲《べっこう》の笠である。だが、この日の目玉は服ではない。馬ではなく、尾張の領内で生まれた白牛に乗っている。新しいもの好きの名古屋領民も目を丸くし、誰からともなく歓声が上がる中、往来の暗がりに立ち、苦々しい視線をくれる者がある。牛の上から宗春が一瞥すると、菅笠で顔を隠した二本差しの侍は裏道の影の中に身を溶かした。

端唄を口ずさみながら、宗春は名古屋城を目指した。

この日は近隣の村を巡った。わざわざ目立つ格好で向かったのは、後日、お忍びで巡回するための布石である。派手な格好をした殿様が、今度はみすぼらしい浪人に身をやつしてやってくるとは夢にも思うまい。

町方だけ見てはならぬ、というのが宗春の持論だ。領民を等しく大事にせねばならない。誰かを優遇し、誰かを冷遇すれば必ずやひずみが生まれる。

名古屋城の書院に戻った宗春は、漢服を脱ぎ捨てて茶木綿の羽織袴に着替えた。表に出る時は猿楽の衣装を着るなどして目立つ格好をしているが、屋敷の中ではおとなしい羽織に袴姿である。表で見せる己と実際の己の姿は違う。表で着る衣装が政を示すための主張たりえる、というのは、大抵の場面を木綿で通す吉宗を見習ったものだ。倹約を旨とする上様が木綿を袖に通すならば、経世済民を活発にせんという己はかぶいたなりをし、旗頭とする。宗春が考えていたのは、ざっとこうしたことだ。

昼の明るい陽射しが降り注ぐ縁側に文机を運び、文に目を通す。家臣たちからははしたないと怒られるが、部屋の奥にいては気が滅入る。何より、城中は寒い。夏でも吹き込んでくる風に凍えてしまう。だからこそ、文机を自ら運んででも、縁側で執務するようにしている。

「なるほど、な」

報告の数々を見比べながら、宗春は政の難しさを噛みしめる。

町方への規制緩和政策は一定の成功を見た。米価については御公儀が調整しているゆえ触れずともよく、あとは諸色の高直に注意を払えばよかったが、おかげで随分物の値段が下がり、人々は活発にものの売り買いを行なっている。だが、よいことだけではない。名古屋に天下の銭が集まりすぎている上、予想以上に諸色安直が進行してしまっている。なにがしかの手を打たないとそれはそれで悪影響が出る。何事も中庸、いい塩梅のところを見極め、天下の天秤をうまく操るべきなのだろう。

そこに血相を変えた家臣が現れた。

「竹腰様より書状が届いております」

「ご苦労」

最近、言葉の選び方も吉宗に似てきてしまった。苦笑しながら文を開くと、付家老竹腰の名が付されていた。

読む前から内容は分かる。やはり目新しいことは書いていなかった。

殿様の仕法は今、御公儀に睨まれております。今すぐ方針を転換し、吉宗公の質素倹約策に舵《かじ》を切らなければ、尾張徳川家と雖も御公儀よりお叱りを貰うやもしれませぬ。殿におかれましては今の仕法の見直しを願いたく……。

尾張の仕法を始めて二年あまり、竹腰はずっと反対ばかりしていた。質素倹約が当家の家風でござる、徳川宗家の仕法に逆らうがごときことはなさいませぬよう、左様なことをすれば江戸に睨まれます……。だが、その悉くを黙殺し、これまで宗春は己の信じる仕法を貫いた。

譜代大名としての席次も持つ付家老ゆえに、御公儀の顔色を窺うのに汲々《きゅうきゅう》としているのだろうというのが宗春の竹腰への観察である。

宗春は文机の上で文をしたため、その場に立ち尽くしたままの家臣に渡した。

「これを竹腰に送るとよい」

文を拝持した家臣は、足早に廊下の奥へと消えていった。

内容はいつもと同じものだ。

己は今でも公方様と緊密な関係を結んでおり、決裂することはあり得ない。安心するがよい、という内容だ。もう何度も書き過ぎてその内容や文言に至るまで、そらんじることができるほどになってしまった。

吉宗との関係は決して悪くない。それどころか、蜜月と言っていい。

この前、宗春が体調を崩した際、御城から吉宗の遣いがやってきた。労いの言葉、そして「あまり夜遊びをせぬように」という小言が書かれた書付と共に、塗箱に入った人参十本が送られてきた。

人参を己のために使うことはなかった。

江戸の尾張下屋敷に薬草園を開き、人参の栽培を試みている。成功すれば尾張一帯を潤す大事な商品作物となるばかりか、日本国全体に利益のある大事業となる。これまで人参は唐国や朝鮮からの輸入に頼っていたために絶対量が不足し、高価で取引されていた。本場のものと薬効の変わらぬものを量産できるようになれば尾張が潤うのはもちろんのこと、値段が落ち、より多くの病人を救うことができるようになるだろう。

この話は吉宗にも通している。吉宗は後日、

「そなたがそうしたいのならそれでよい」

という内容の文を寄越してきた。そっけない文言ながら、その行間に慈父のごとき温かさが滲んでいた。

宗春には、別の不安があった。

町方への緩和政策の一環として率先して華美に走ったゆえに、尾張の金蔵の中身が予想以上に早く目減りした。家臣は主君の命令に忖度《そんたく》し、過度に推し進める傾向があるらしい。家臣の一部はより豪奢な着物を買い付け、不要不急の事業を起こしてはそれを己の功として、想像だにしなかった狂瀾が巻き起こっている。これこそが今、宗春の直面している問題だ。

不安はそれだけではない。家臣からこんな話を聞いた。

先々代の尾張当主吉通、先代の継友は、将軍吉宗に暗殺された――。

宗春の兄、吉通はかつて将軍位に最も近かった。それを疎まれ、毒を盛られた。それが証か、吉通の死んだ頃、吉通の近臣も同じような症状に襲われ、次々に死んでいったという。

馬鹿な――。吉宗の顔を思い浮かべながら、宗春は首を振る。宗春にとって吉宗は恩人であり

兄であり、父に等しい存在だった。

僅かな疑念を振り払うと、宗春は紙を目の前に広げ、筆を片手に思案に暮れる。

金蔵が空になってしまってはならない。藩札の根拠が藩の抱える金である以上、これが枯渇すれば大問題だ。

政策を転換する時かもしれない。宗春は心中で呟いた。

家臣が極端にしか動かないのなら、それを織り込むしかない。

その日、宗春は命令を下した。

借財を募り、これと同時にあまりに華美に流れ過ぎた武家、町方の引き締めに当たった。

国元の竹腰から反発があった。町方の引き締めはさておき、借財の件に関しては到底飲めませぬ、これは御公儀の仕法に真向逆らうものでございますぞ、と。

しかし、異見を悉く黙殺し、宗春は己の信じる仕置を次々に発していった。


宗春が政の仕法を転換した報せは、千代田の城の奥に鎮座する吉宗にももたらされた。

喜びはなかった。

吉宗の胸中に去来したのは、「お前もか」という、鈍い苦みのみだった。

ほぼ時を同じくして、吉宗も己の政の仕法を転換しなければならなかった。

小判の改鋳である。

将軍就任当初、吉宗は小判の金含有率を上げげた。物価を抑制するとともに、神君家康公以来の原則を体現する、いわば目玉の施策であった。だが、長い治世の間に、この施策が維持できるような情勢でなくなっていた。定免法の実施、四公六民から五公五民への年貢引き上げを経ても、なお財政は回復しない。もはや小判の金含有率を下げ、そこで得た金を財政に充当せねばならなくなった。かくして、将軍就任から二十年にわたり維持した良質な小判は吹き替えを余儀なくされた。

改鋳には反対も多かった。

物価が上昇するは必定。仕法の変更は御公儀の権威に傷がつく。そんな幕閣の意見には、神君家康公以来という吉宗自らが立ち上げた旗頭がちらついた。

天に向かって吐いた唾が自らの面に落ちてきたようなものだった。

しきりに宗春の顔が見たかった。

だが――。

「――上、父上」

名を呼ばれ、思わず脇息についていた頬杖を解く。それとともに、今、己が次男の宗武と面会している最中であったことを思い出した。

宗武は長じて白面の貴公子となった。だが、線が細いわけではない。身にまとう黒の裃では隠せないほどに鍛え上げられた体軀に若さをみなぎらせつつ、中段の間に端座している。

「いかがなされましたか」

「いや、ここのところ、少し考え事があってな」

「きっとお疲れなのです。今度、某とともに鷹狩へ行きましょう。お供しまする」

「ああ、気が向いたらそうしよう」

当今、宗武との鷹狩は出来る限り避けるようにしている。家臣の間で後継者問題が囁かれているからだ。長男である家重か、それとも次男の宗武か。家臣団は真っ二つに割れている。ここで妙に片方に肩入れしては、家臣団の均衡を崩しかねない。別に宗武が疎ましいわけではないが、家臣団の対立を生むような振舞いは厳に慎むべきだ。本来なら、月例の目通りさえもなくしてしまいたいくらいだった。

前に座る宗武は少し身を乗り出した。

「よほどの気がかりなのですね」

「いや、大したことではないのだ」

嘘をついた。

目の前の宗武の顔を眺めたその時、冷たいものが懐に忍び込んできたような感覚に囚われた。初めて見る息子の貌に、吉宗は戸惑った。

だが、宗武はすぐにいつもの朗らかな顔を取り戻した。

「でしたら何よりでございます。父上、何卒ご壮健であられますよう。父上は天下そのものでございますゆえ」

平伏し、宗武は立ち上がった。もう行くのかと聞くと、

「随分お疲れのご様子ゆえ」

宗武はそう軽く答え、謁見の間を後にした。

年端のいかぬ息子にすら己の心身を見抜かれるとは思いも寄らなかった吉宗は、じっと己の手を見た。若い頃には木刀胼胝《だこ》で岩のようだった掌はすっかり皺が寄り、なめし皮のように乾いて

いる。

認めたくはないが、長くは将軍の座には座っていられそうにもない。

無理であることは判っている。だが――。

「宗春に、この座を譲ることができたなら」

己が見出し手の脂で景色をなじませた名物茶碗。吉宗にとって宗春はそんな存在だった。

だが、その者に、自らの位を譲ることはできない。

それどころか、我が子にすらうかうかと己の地位を禅譲することすら覚束ない。

将軍とは力なきものよ――。この座にあってから何度も口にした言葉が、胸を深く抉る。

一人、脇息に寄り掛かりながら、吉宗は息をついた。


かかった。

訪ねてきた男を前に、松平乗邑は緩みそうになる口角を努めて結んだ。内心の欣快を表に出すことなく、平静の声を発する。

「今日はいかなる御用向きですかな。しかも、御城ではなく拙者の屋敷でお話ししたい儀がござるとは、ただ事ではありますまい」

平伏していた男がゆっくりと顔を上げた。覚悟を決めた面持ちの尾張付家老、竹腰の顔がそこにあった。

「はっ、ご老中様にお話ししたきことがございます」

「何なりと、言うてくだされ」

「では……尾張の当代様に、謀叛の色がございます」

水を向けると、竹腰はぺらぺらと尾張の内情を話し始めた。吉宗の採っている倹約をあざ笑うかのように町方の景気浮動を図っていたこと、それが失敗し、今や城には借財が山をなしていること。そして、竹腰の諫言に耳を貸すことなく、〝失政〟を繰り返していること……。

「家臣は皆、当代様のなさりように心を痛めております。また、御公儀の仕法に楯突くことに、皆憂慮の色が隠せず……」

竹腰は譜代大名の席次も有している付家老ゆえに、江戸の御城の雰囲気を理解している。

乗邑は首を振った。

「しかしながら、今の段階では、尾張様の仕法が失政とはみなしきれませぬな」

竹腰の顔に絶望の色が塗りたくられる中、なおも乗邑は続ける。

「そもそも領内での政については各家中の裁量に任されている部分も大きゅうござる。尾張様が独自の政を行なったとしても、咎められるものではありませぬ。それに、竹腰殿もご存じであられましょうが、尾張様は将軍様のお気に入りであられる。多少の逸脱は許されてしまいましょう」

「手をこまねいておれと」

「そうは申してござらん」

乗邑は薄く微笑み、竹腰の怒りを丸め込んだ。御しやすい御仁だ、と心中で呟きつつ。

「既に尾張様は家臣の諫言を聞かず、暴走しておられる。このまま大きな失政を起こせば、場合によれば尾張家の取り潰しとてあり得る」

「お、尾張徳川家が、でございますか」

「尾張徳川家は、宗家が絶えた時の替えでござった。されど、紀州徳川家から当代様が出られたことで、その役割も薄くなり申した今、幕閣内において、御三家を殊に上に置く見方はだいぶ薄くなってきたと言ってもようござる」

「なんと……」

「無論、拙者はそうは思いませぬ。尾張徳川家は神君家康公以来の名家、潰すわけには参りませぬ。その点、竹腰殿とは意見が一致しており申す」

竹腰は今、溺れかけ、もがいている。手を伸ばした先にあるのが、信頼に足る舟の縁なのか、濁流に浮かぶ藁なのか、それともさらなる深淵へ引きずり込まんとする悪鬼の手なのかを判断する暇もないようだ。なんにしても、乗邑からすれば好都合である。

「尾張様は将軍様と密接な関係にあるゆえに尾張様は家臣の諫言を聞かず、尾張を傾けてござる。だとするなら、家臣として果たすべきはただ一つ。主君押し込めでござろう」

暴君、暗君を家臣皆で軟禁し、罪を認めさせて代替わりを迫るのが主君押し込めである。だが、これは一歩間違えると謀叛、騒乱として扱われ、御公儀による裁定が待っている。その結果いかんによっては家臣の側が罪に問われかねない、一種の博奕でもある。

事実、目の前の竹腰は顔を青くし、歯を鳴らしている。

乗邑はあえて穏やかな笑みを作った。

「ご安心召され。竹腰殿に御覚悟あらば、この松平侍従、竹腰殿に最大限の協力を致しましょう。竹腰殿を悪いようには致しませぬ」

「さ、されど、左様なことができましょうか」

「いかに公方様のお力が強いと言えど、無理を通すことはできませぬ。これから、尾張様を追い落とすための理を用意せねばなりませぬ。ゆえ、竹腰殿、まずは自重なさいますよう。その上で、露見せぬよう尾張様の失政の証を集め、拙者にお送りくだされ。そして拙者がよいと言うたら、動いてくだされよ」

一抹の逡巡に駆られている様子の竹腰を前に、乗邑は最後の一押しをした。

「拙者は、貴殿のお味方でござる」

ついに竹腰が愁眉を開いた。

やってきた時よりも明るい顔をして屋敷を去っていった竹腰を見送った後、乗邑は上屋敷の奥にある茶室に入った。既にそこには黒羽織姿の小出信濃守の姿があった。胡坐を組んで座っている小出は、乗邑の姿を認めるや、じっと乗邑の顔を見上げた。

「竹腰との評定が終わったようでございますな」

「ああ。今し方」

炉を挟んで差し向かいに腰を下ろした乗邑は、竹腰との会談の一部始終を話した。

小出は声を上げて笑った。

「なんと、もう取り込まれてしまったのですな」

「いや、まだだ。今日はあくまで言質を取っただけよ。ゆえ――」

「ああ。適当な者から連絡させ、色々と命じておこう」

謀《はかりごと》のやり取りが生まれれば、共犯同然となる。これまで乗邑は、そうやって謀のいくつかを果たし、小出はその手足として奔走してきた。

小出がいる以上、竹腰如きはどうとでも動かすことができる。

問題は――。

「上様周りが問題か」

同感らしく、小出も頷いた。

「上様の近くには、御側御用取次、大岡忠相や大岡の推挙した役人どもがおり、隠密までもある。この者たちをどうするか、だな」

尾張の御家騒動に火をつけ煽り立てることができれば、吉宗の権威に傷をつけることができると踏み、あえて竹腰の話に乗った。だが、尾張の御家騒動を焚きつけるためには、吉宗周りの動きを掣肘《せいちゅう》せねばならぬという堂々巡りに陥っている。

しばし瞑目した乗邑は、意を決した。

「ならば、あれをやるか」

「数年前から仕込んでいた、あれをか」

「ああ。御側取次御用の有馬と加納、町奉行の大岡忠相を引き上げる」

「前からわしは反対しておったが、大丈夫なのか」

「諸刃の剣ではあるな」

吉宗の人事は側近に権威や地位を与えず、実権のみを与えて政策運営を任せていることに特徴がある。それゆえに、現在御公儀のほとんどを決めている有馬と加納、町方の責任者である大岡も万石以下の旗本に甘んじている。この者たちを大名に取り立てて顕職を任せることで、吉宗と切り離せばよい。小出の言うとおり、諸刃の剣である。元より実権が与えられている者に顕職を与えれば、増長は目に見えている。

だが、と乗邑は前置きして口を開いた。

「いかなる能吏でも、分不相応の立場に追いやられれば戸惑い、身動き取りづらくなるもの。有能な者ほど時は短かろうが、必ずや、動きが止まる。そこを狙えばよい」

本来ならば、将軍に登った直後から骨抜きにしてしかるべきだった。だが、当時の門閥の長老たちは、表向き協調路線を取ってきた吉宗にころりと騙されて牙を抜かれ、飼い慣らされていた。ようやく隠していた爪を突き立てようという今、吉宗は並ぶもののない巨龍と化していた。だが、その図体の故に、急所もまた引き伸ばされる。

「もし此度の件がうまくゆけば、我らは有利な立場となる。尾張様は将軍様の息のかかった譜代衆上がり。もし尾張様を隠居に追いやることができれば」

御側御用取次を頂点とする側近政治が吉宗の御公儀対策であるとすれば、譜代衆の養子縁組は大名統制策である。己が育てた譜代衆を各大名家に養子として送り込むことで、吉宗を支持する家中を増やし、幕閣たちを少しずつ吉宗子飼いの者たちに刷新せんとする遠大極まりない施策だ。尾張宗春はその初例といってもいい事例だけに、もしも宗春の儀を蹉跌《さてつ》させることが叶えば、吉宗の大名統制策も暗礁に乗り上げる。

小出は小さく頷き、立ち上がった。

「では、さっそく動く」

「なんだ、茶を飲んで行かれぬのか」

「貴殿のお点前は、この大勝負に勝ってからいただくとしよう」

「そなたらしいな」

口角を上げた小出は、颯爽と茶室を後にした。

一人この場に取り残された乗邑は、瞑目した。

果たして、勝てるか。

否、勝つ。

目を見開いた乗邑に、迷いはなかった。


その日、宗春は江戸の上屋敷にいた。

参勤交代で江戸に登った宗春を追うようにして到着した付家老の成瀬をねぎらうために、上屋敷で小さな宴席を持った。江戸に登ってきた家臣たちを車座に座らせ、その前に赤塗りの膳を置いた。自らは一番の上座に座り、共に箸を握り、酒を飲んだ。

「殿、拙者のために斯様な歓待をしてくださるなど、これ以上ない仕合せでございます」

今にも涙を流さんばかりに感激している成瀬の横で、宗春は微笑を浮かべた。

「老人は年を取ると涙もろくなっていかぬな」

後ろの家臣から笑い声が上がり、成瀬は居心地悪そうに顔をしかめた。愛嬌のある表情であった。

すぐ近くに座らせている成瀬の盃が乾いていることに気づき、手自ら酒を注いでやると、成瀬は白いものの混じる頭を何度も下げ、その盃を受けた。家臣たちの囃子《はやし》に合わせてくいくいと杯を傾けてゆき、最後には乾かしてしまった。

宗春も盃を乾かし、袖で口元を拭いた。絹の単衣は優しく宗春の唇に当たり、水気を吸い取った。

「で、成瀬。国はどうだ」

「殿のお見事な采配のおかげで万事うまく行っております。少々心配なことはあれど」

「心配とはなんだ」

「御公儀の怒りを買うのではと心配しておる家臣もあるようで」

その成瀬の言を、盃を頭上に掲げた宗春は一笑に付した。

「何を言うか。御公儀の――、公方様のことは余が一番承知しておる。心配することは何もない。大船に乗ったつもりでおるがよい」

「うむ、ですな」

成瀬の頷きを横目に宗春は盃を空にした。

政は今、うまく回っている。

もっとも、気がかりの点がなくはない。

御公儀の行なった小判改鋳である。小判の金含有量が下がれば相対的に物価が上昇し、これまで領内でやってきていた景気浮動策が足踏みとなる。最初は御公儀のなさりように怒りすら湧いたが、学者に諮問を繰り返し、自らも頭をひねるうち、ある秘策が思い浮かんだ。これを行なえば、尾張をなおも富ませ続けることができる。

だからこそ、吉宗と語らいたかった。己はこうして、上様から与えられた尾張の地を富ましております、と胸を張りたかった。

だが、突如として大広間に駆け込んできた家臣の一声が、宗春の思い描いていた吉宗との語らいの時をすべてぶち壊しにした。

「ご注進、ご注進でございますぞ」

「何事ぞ、騒々しい」

宗春にも、大声を張り上げて宴席の場に入ってきた家臣の様子がおかしいことに気づいた。垢に塗れた旅用の木綿羽織に黒い伊賀袴姿。腰に帯びる大小の柄には雨除けの柄袋がかかったままで、手甲をつけたまま、振り分け荷物を脇に置いている。草鞋を脱いでそこそこにやってきたと言わんばかりの慌てぶりだった。

身を清めてから顔を見せぬか、と叱りつける成瀬を宗春は制した。

「何かあったのか」

その家臣は己の姓名を名乗り、その上で、悲鳴にも似た声を発した。

「付家老竹腰様、名古屋にて謀叛でございます」

耳を疑った。

だが、家臣は、震える声で言上を続けた。

成瀬が宗春の参勤交代を追いかける形で尾張から出国したのを見計らい、竹腰が名古屋城に上がり家臣一同を城に呼びつけると、上座から命令を発した。

「『これまでの宗春公の政は藩祖義直《よしなお》公の遺志をないがしろにする悪政ゆえ、これまで宗春公が命じたすべての定や法を無効とする』と……」

竹腰の〝謀叛〟は当初こそ混乱があったものの、家臣たちの多くは従った。そして今や尾張は竹腰一派に牛耳られているという。

「な、なぜ竹腰殿が……」

震えた声で混乱しているのか、成瀬はあらぬ方を向いている。

「なぜも何もあるまい」喉の渇きを覚え、手酌をして盃を満たした宗春は一気に飲み干した。「竹腰には竹腰なりの考えがあった、ただそれだけのことであろう」

成瀬は何度も目をしばたたかせ、首を振った。

「いや、謀反を起こしたこともさることながら、あの男に斯様な度胸と策謀の力があったかと疑うておるのです。あれは剛直一直線、腹芸のできる男ではありませぬ。この鮮やかな手並み、なんとも面妖でござる……」

廊下で平伏した家臣は、間違いなくこれが竹腰主導の謀叛であると申し添えた。

しんと静まり返った大部屋の中、宗春は目を揉み、もし、こういうとき、上様ならば何をする、と考えた。宗春にとって吉宗は唯一の道標だ。時には前に飛び出したこともあったかもしれない。だが、それでも天下の最前を吉宗が歩いているからこそ、ときには蛮勇にも似た手を打つことができた。

宗春は考えに考え、一つの答えに至った。

「かくなる上は、御公儀を味方につけるしかあるまい」

「此度のことを御公儀に洗いざらい話すことになってしまいます。反対でござる。左様なことをすれば、殿の政よろしからずということになり、必ずや殿に罰が下されましょう」

「おいそれと尾張に戻ることはできぬ。尾張全体が竹腰一派に押さえられてしまっている以上、もはや領国に戻ったところで験は薄い。それに――。むやみやたらに謀叛人どもと争えば、天下に乱を起こす仕儀となり御公儀から処分を受けることになる。それは向こうも同じこと、竹腰一派も、自らに非がないと御公儀に申し開きするはず」

「先回りをして御公儀を味方につけるしか、我らの勝つ道はない、ということですな」

「その通りだ。――成瀬、江戸に出て早々すまぬが、今すぐ御城に登る用意をせい」

「かしこまりました」

既に成瀬の顔からは酒気が抜けていた。

一刻も経たぬうちに仕立てた行列と共に宗春は御城に登り、中奥の大廊下上之間に控え、近習が呼びにやってくるのを待った。もちろん、拝謁を願った相手は、将軍吉宗である。

いつまで経っても誰もやってこない。急な拝謁願いの場合待たされることはあるが、御城に入ったのは昼過ぎであったのにもうとっぷりと日も暮れている。時折廊下を行き交う近習たちを捕まえて話を聞いても、無言で首を振るばかりで埒が明かない。

灯された百目蠟燭を睨みながら坐していると、やがてそこに一つの影が現れた。

やってきたのは、勝手掛老中の松平乗邑であった。

「おお、ご老中殿」

吉宗に近い老中自らが取次にやってくるほどに重大事と判断なされたか、と安堵する宗春であったが、黒裃姿の乗邑はその狸顔に沈痛な顔を浮かべた。

「尾張殿、実は今、上様はご不例につき、床から離れることができぬのです。尾張殿お出でと訊き、上様は何としても逢いたいと申されておりましたが、近臣一同で止めておる次第にて」

「左様であったか。ならば、上様にお託を願えるか」

「もちろんでござる」

宗春は近習たちを呼び、文机と硯、筆を運ばせた。蠟燭の炎を頼りに吉宗宛ての文をしたため、乗邑に手渡す。

「ご老中。本件は内密につき、上様に直接お渡し願いたい」

「承知いたした」

蠟燭の光の加減か、乗邑の顔の左半分は闇に覆われている。そのくせ、左目だけは赤い光を反射している。なぜか正体の分からぬ怖気を覚えた宗春は、重ねてくれぐれもよろしく頼む、と乗邑に声をかけた。

乗邑が部屋を去り、一人になった。

吉通公と継友公は、吉宗公に殺された――。

宗春は慌てて首を振った。

気付けば縁側から月明りが降りている。柔らかな光を眺めながら、宗春は言いようのない不安に襲われた。もう暑い時季だというのに懐に忍び込む冷たい風に身を震わせて、成瀬たち家臣の待つ溜之間へと下がっていった。

五章

江戸城本丸の中奥御休息之間の中で、吉宗は息を潜めていた。

御庭番からもたらされた文に目を通した後、力任せに握り潰して火鉢に放り込み、文机に拳を振り下ろした。華奢な文机は乾いた音を立て真っ二つに割れた。既にいくつだめにしたか、もはや数えていない。

尾張付家老の竹腰山城守が突如として名古屋城を乗っ取り、宗春の仕法をすべて停止した。最初、吉宗は楽観していた。竹腰が無法に名古屋城を横領したのなら、公儀の手で断罪されることは目に見えていた。宗春の仕法に信頼を置いていたのである。

しかし、時が経ち、年をまたいだ頃には、雲行きが怪しくなっていた。

仲裁を求め出た竹腰の要請を受け、公儀は尾張の調査に乗り出した。勘定方による内偵が進展するうち尾張家中が破綻寸前であることが判明、老中たちは宗春の放漫財政が尾張徳川家の家政を揺るがせたと断じ、竹腰たち家臣の側に軍配を上げつつある。

御側御用取次の加納に命じ、老中たちと協議させた。何としても宗春を守りたかった。だが、老中は様々な証を示し、宗春の仕法を指弾した。さしもの加納も、山のように積み上げられた失政の証拠を前に、ろくな弁護ができなかった。

何より不可解なのは、江戸にいるはずの宗春が一切申し開きに来ないことだった。宗春は上屋敷に籠り城に登る様子も見せず、吉宗が手紙を送っても返事がない。文には存念あれば余の許で開陳せよと書いたにも拘らず、宗春は尾張上屋敷の一角に設けた祈禱所に籠ったきりという。

宗春の側に何かやましいところがあるのではないか。そんな疑念にさえ駆られる。

かくして、吉宗は正月から中奥に逼塞している。

一人で書状を並べて思索の中に沈んでいると、外から吉宗を呼ぶ声がした。

部屋の文を箱の中に納め、声に応じた。

障子を開き現れたのは、勝手掛老中、松平乗邑であった。

部屋に入って来るなり、乗邑は吉宗の前に座り、息もつかずに口を開いた。

「上様、尾張の件でございますが……。本日老中の評議がございました」

「して、どうなった」

乗邑は袴の上に乗せた手を強く握った。

「上様のご意向もございましたが……。相当の借財があったのは動かしがたい事実。藩政を顧みず尾張の身代を傾けたと断ぜざるを得ず」

全身から力が抜けてゆく。背を伸ばしていることさえ億劫にもなった。

乗邑は沈痛な面持ちのまま、はっきりと言葉を重ねた。

「尾張殿には尾張徳川家当主の座を剝奪、名古屋城三の丸への謹慎を申し付けるが適当というのが、我ら老中の総意でござる」

耳を疑った。

「尾張徳川家を取り潰すつもりか」

然り、と乗邑は答えた。

「尾張殿の政は上様の仕法と真っ向対立するものでございました。ことがここに至ってしまっては、上様に反逆したがゆえに此度の事態を出来したとも取れ……」

「尾張徳川家は神君家康公以来の名家であるぞ」

重ねて問うと、しばしの間沈黙があった。だが、口を開いた乗邑には迷いがなかった。

「畏れながら左様でござる。全ては御公儀の威を守るため」

尾張徳川家については一度領地取り上げとした上で再興させるため取り潰しのままにはしない、と乗邑は言明した。だがそれは、神君家康公以来の御三家筆頭という尾張徳川家の家格を奪うことと同義である。

「待て。余は左様なものは」

「認められぬ、と申されますか。されど、尾張殿の仕置を誤るわけには行かぬのです。上様も、お分かりでございましょう」

顔を伏せたままの乗邑が目を光らせた。

宗春は今や、御公儀の仕法へ不満を持つ人々の旗頭と化していた。

膨満財政と規制撤廃を掲げる宗春の仕法は、吉宗の仕法で割を食った者にとっては救いの神に見えたらしい。実際、江戸市中においても宗春の人気は高く、今回の件についても同情的な見方が広がりつつあると町に潜ませている者たちが報告を上げている。

宗春に厳罰を与えぬことには、徳川の威儀を保つことは難しい。

だが。

「それしか、ないのか」

「残念ながら、これしかありませぬ」

是とも否とも言わなかった。だが、得心したものがあったのか、乗邑は一つ頷き、部屋を後にしていった。

数日後、宗春へその決定が申し伝えられた。尾張徳川家家老を江戸城に呼び出し、乗邑を始めとする老中たちが申し渡す形で為されたその処分は、先に吉宗に説明された内容と寸分違わぬものであった。

一度、尾張徳川家を断絶させ、新たに禄を与え直しての相続が認められた。

幕閣の間から、宗武に尾張を与えるべしとの意見も出た。特に吉宗は賛成も反対もしなかった。だが、結局この件は尾張の宿老の反対に遭い、沙汰止みとなった。

宗春は、罪人として尾張に下がった。その間、吉宗は何度も文を宗春へ送ったものの、返事はなかった。

宗春の御家騒動が収まってもなお、吉宗は不例と称して中奥に籠った。

本来ならば町人たちの人気取りのためにも新たな政策を打ち出さねばならなかったが、気が塞いでよい案が出ず、吉宗個人は米の統制にのみ力を注いだ。

吉宗の気の塞ぎにはもう一つ理由があった。かつて、かの男が巨体を丸めるようにして占めていた部屋の隅を見、その空白に心を痛めた。

御側御用取次として吉宗の傍にあった有馬は、もうこの世の人ではない。最後まで献身を以て仕えてくれた家臣であった。時には老中にさえ怒鳴り声をあげ、吉宗の意を形にした。そんな有馬も、一つだけ吉宗の命令を無視した。有馬の枕元には漆塗りの小さなつづらが置かれ、その中には、吉宗の下賜した人参が手つかずの状態で収まっていた。

馬鹿者めが、人参はお守りではない――。

有馬の死で受けた心の傷が宗春の件で膿んだ。ただただ外に出るのが厭になり、なおのこと中奥に籠ることが多くなった。

そんなある日、大岡の拝謁願いがあり、気晴らしにと受けた。

表の黒書院へ出るのは随分久しぶりだった。黒く設えられた柱が並び、開け放たれた襖の向こうから溢れてくる日の光は余りに眩しく憎々しくすら感じられた。

「息災で何よりだな、大岡」

外の風景から目を戻してそう声をかけると、既に下段に控えている大岡忠相は不満げに顔をしかめた。

「いえいえ、随分くたびれておりますよ」

「そなたは変わらぬな、大岡、羨ましいぞ」

そう口にすると、大岡は眉をしかめた。

「何をおっしゃいますか。随分老けてしまいました。この通り、白髪も増え申した」

大岡は白いものが混じり始めた横鬢を指した。この男も齢を取った。だが、固より持ちたる気性は以前と変わらない。

だからこそ、吉宗はあることに気づいた。大岡の静かな表情に、僅かばかりの苛立ちが滲んでいることに。

水を向けると、大岡は苦々しげに口を開いた。

「ここのところ、確かに、色々と変わっておりますな」

何も言わずにいると、大岡はわざとらしく、おや、と声を上げた。

「お気づきになられませぬかな。上様の周囲にある者が、妙に祭り上げられておることに。たとえば御側御用取次の加納殿。確か加納殿は今、大名格であられるとか」

「そうであったのか」

「ええ。今年、加増されて万石取りの大名となっておられるはず」

加納は今でも御側御用取次の頃のように勤め上げているゆえに全く実感が湧かない。

吉宗が何も言えずにいるうちに、大岡は顎の辺りに残った剃り残しのひげを指で引き抜きながら、吐き捨てるようにつづけた。

「某も今年、寺社奉行に登ってしまいましたぞ」

「そうだったのか」

全く知らなかった。ここの所、御城の人事に関しても老中たちに任せ切りだ。いつも書状で承認を求められるものの、碌《ろく》に改めもせず花押印を捺している。

「足高の制のおかげで、身の丈に合わぬ役目を仰せつかりました」

寺社奉行は就任に当たり大名の格式が必要とされ、旗本である大岡では本来務めることができない。だが、役にある間のみ加増を認める足高の制により、旗本でも寺社奉行に登る道が開けた。

「拙者はかつて申し上げましたな。町奉行より上には登りたくない、と」

確かに言っていた。だが――。

「そなたが寺社奉行に登っておったとは、知らなんだのだ」

「上様のなさりようにしては、あまりに雑な仕置ゆえ、おかしいと思っておったのです。そもそも、殿がこうした加増の話を一切ご存じないというのが何よりの問題ではありませぬかな。古今東西、人事は頂点にある者の特権であるはずですが……」

「余をなじっておるか」

「いえ、此度は、上様の儀を確かめに参ったばかりでございます。これをどうお考えになるかは上様次第かと」

当の大岡は柳に風とばかり端然としている。そして独り言でも述べるかのように、ぽつりと口を開いた。

「上様、今後、某は上様の元に参りませぬ。もしお呼び遊ばされても、某はご招聘には応じませぬ」

「何を言い出すのだ」

「臣大岡忠相、某は吏として生きる者。政を総攬《そうらん》する上様と交わったこと自体が間違いのもとでございます。君臣の別を主君の側が破るのであれば、臣の側が退かねばなりませぬ」

「本気で言うておるのか」

「――もしもお聞き届けになられぬのであれば、皺腹を切るのみでございます」

大岡の透き通った目が、吉宗を映している。

「馬鹿な。そなたは吏ではない。政の人間ぞ。己を小さくまとめるな」

「いいえ、某は吏でござる。それは死ぬまで変わりませぬ」

決然と言い放った大岡は平伏し、部屋を辞した。

吉宗は混乱していた。

股肱ではないにせよ、それなりに長い間用いてきた。誰よりもあの男の才覚を買っていたのは吉宗のはずだった。

近習を呼び、大岡を呼び戻すように言った。

大岡はその命に従うことはなかった。黒書院の上段に座し、格天井《ごうてんじょう》を見上げながら待ち続けるうちに日が傾き、闇が満ちた。

——お前も去るのか、大岡。

誰もいない黒書院の間の闇に目を向けるうち、吉宗は城に蔓延《はびこ》る違和感に気づいた。

何かが狂っている。たとえるなら、小さな歯が一つ欠けた歯車の組み込まれた絡繰《からくり》のようなものだ。外見に異常はないのに、いざぜんまいを巻いて動かしてみると時々異音を発する。

将軍位に未練があるわけではない。

だが、長い間将軍の座にあるうちに、権威の衣の恐ろしさを知った。

絢爛たる衣は、纏う者に力を与える。だが、それと同時に疑心暗鬼を植え付け、操り人形としてしまう。

己の萎えた思いとは裏腹に、何者かに突き動かされている。

古び、ところどころひび割れを起こした人形が黒衣の黒子に操られている図が、脳裏に浮かぶ。

「これが、余の望んだものであったのか」

黒書院の間には、なおも闇が横たわっている。まるで、吉宗を飲み込もうとするかのごとくに。


中奥の一角にある囲炉裏之間《いろりのま》に、勝手掛老中松平乗邑は一人控えていた。

部屋の真ん中にある大きな囲炉裏の傍に座り、くすぶっている炭をしばらく眺めていた乗邑は、火箸を手に取り炭に向かって突き刺した。音もなく割れた炭はまた火の勢いを取り戻す。

乗邑は、独り、完膚なきまでの勝ちを確信していた。

門閥勢の動きを抑制し、吉宗の意識を大奥に向かわせた。その間に吉宗子飼いの大藩、尾張徳川家の御家騒動を門閥主導で裁く。口にすればただそれだけのことだが、この謀が成功した意味は大きい。老中にこそ威あり——。宗春の蟄居騒動からこの方、乗邑をはじめとする老中たちの元に諸大名の遣いがひっきりなしにやってくる。

意外だったのは、吉宗がこの件を受けて引きこもったことだった。何か巻き返しの策があるのかと警戒し、時には中奥に見舞いに行ったものの、現れた吉宗は憔悴しきっていた。演技というにはあまりにもやつれたその姿に、乗邑は悟った。吉宗にとって、宗春の失脚は半身が奪われたに等しい痛手だったのだと。

おかげで今、将軍周囲の動きは鈍い。

手を緩めてはならない。相手は紀州徳川家を振り出しに将軍に登り、あの大奥すらも抑え込んだ傑物である。手負いの獣は完膚なきまでに叩かねばならぬ。

囲炉裏の砂に火箸を何度も突き刺していると、部屋の戸が開いた。

小出信濃守だった。

「ご老中様、今、よろしゅうございますか」

本来、囲炉裏之間は老中以上の者の談義の場だが、誰が見ているわけでもない。中に小出を招き入れた。囲炉裏を挟んで差し向かいに座った小出は、さっそく用件を切り出した。

「これから、どうなさいますか」

「そうさな。一つ、頼んでよろしいか。――大岡忠相を、我らの側に引き入れよ」

「お、大岡を、でございますか。されど、あの男は――」

言われずともわかっている。門閥からは遠いところに身を置き、紀州公時代の吉宗と知己を得たことで出世した男だ。今は門閥が独占してきた顕職である寺社奉行の地位にあるが、他の寺社奉行たちに疎まれ嫌がらせに苛まれている話を耳にしている。えてして門閥は成り上がり者に冷淡である。

「あの者は今、孤立しておる。それを貴殿が声を掛けて助けてやれば、貴殿を恃《たの》みにするようになる。かの男を将軍様から切り離せ。さすれば、さらに将軍様の威は低くなる」

「なるほど。そうして、お飾りになっていただくと」

「ありていに言えば、そういうことぞ」

承知、と口にした小出は席を立った。

一人、囲炉裏之間に取り残された乗邑は、なおも大岡のことを思い描いていた。

大岡忠相をこちらに引き入れることはそう難しくない。共に仕事をしているが故に人となりを承知しているが、あの男に忠義は存在しない。あくまで吏である己を輝かせる場を探しているだけだ。吉宗を超える励み場を用意してやれば、必ずやあの男はこちらになびく。

乗邑はいつしか、大岡のはるか先に目を向けていた。

大岡をこちらに加えただけでは、決定打を与えることはできない。吉宗の周りにいる御側御用取次や御庭番を切り離すことができないが故だ。かの者たちは、万金を積んだとて、地位を与えたとて、吉宗から切り離すことは困難だ。

だとするなら――。

将軍の座から引きずり下ろすしかない。それが、乗邑の結論だった。

どうやって？

囲炉裏の砂に、さらりと名前を書く。

宗武、と。

すぐに消して、火箸を囲炉裏の端に突き立てた。


久々に公務の場に身を晒した吉宗は、城中に流れる空気の変化を如実に感じ取っていた。

父光貞が生きていた頃の和歌山城に感じたような圧迫感を感じる。着慣れた木綿の小袖に同じく木綿の袴姿だが、水を吸っているかのように重く、息が苦しい。

足を踏み入れた書院は薄暗く、綺麗に掃かれているにも拘らず空気が淀んでいた。しばらく足が遠ざかっている間に、部屋を支配していた快活な殺気が消え失せ、ただの虚ろな八畳間と化していた。

吉宗は文机に向かい、書類の決裁を行なった。以前は花押印を捺すだけである程度、政の全貌を理解できた。だが、今はいくら文字を目で追っても、口に出して読み上げてみても、頭に入ってこなかった。しばらく政務から遠ざかっていたのが響いているのか、と自問したが、そうではない。明らかに、己の元まで大事な報告が届いていない。

ここのところ、すぐに目が疲れ、目の前の光景が掠れる。齢のせいだ。予定よりも書類に目を通すことができぬまま、書院の間にほど近い謁見の間へと向かった。そこは儀礼の謁見の間である白書院や黒書院とは違い、上段と下段の二間だけの、ごく親しい者との面談のための場である。

部屋の下段には、老中、寺社奉行、若年寄や町奉行といった重職が十名ほど居並び、その最前に勝手掛老中の松平乗邑、そして己が息子の宗武が座していた。

上座の茵に向かうまでに、下段の有様を目で追う。だが、いてしかるべきはずの者たちが誰一人いなかった。

吉宗が茵に腰を下ろすと、勝手係老中の松平乗邑が恭しく頭を下げた。

「上様、よくぞお戻り遊ばされました。皆一同、上様のご本復をご祈念申し上げておりました」

乗邑の言葉に合わせ、家臣一同が頭を下げた。

「うむ。体調を崩した折には皆々に迷惑をかけた」

「上様ご不在の時こそ、我ら老中の手腕が試されまする」

皺だらけの顔を上げ、乗邑は胸を叩いた。

乗邑も、髪を染めているのか不自然なまでに黒く、顔には深い皺がいくつも刻まれている。

吉宗の口から独り言がついて出た。

「それにしても、老いた」

虚を突かれたかのように目をしばたたかせる乗邑をよそに、吉宗は息をつくように続けた。

「余のことだ。ここのところ、目が霞んで書き付けがよう見えぬ」

「はは、それは拙者も同じでございますぞ」

快活に乗邑は笑った。

かつて、乗邑は間部派を追い落とすための道具に過ぎなかった。しかし、老中の立場から己を支えている乗邑に、いつしかある種の気安さを覚えていた。奇々怪々の場に過ぎる千代田の城にあって、心を開いて話すことのできる相手はほとんどいなかった。乗邑はその例外にある存在といってもよかった。

加納のような股肱はいるが、君臣の別で分かたれている。

もし、伊織が健在であったならこうして笑い声を上げる間柄であったのだろうか。そんな詮無きことを思いつつ、吉宗は口を開いた。

「ま、老いておるのは事実だが、いつまでも己の老いを嘆いておっても仕方あるまい。そなたも、これからも当世を支えてくれよ」

「もちろんのことでございます」

堅苦しい挨拶が終わったところで、皆々の目の前に膳が運ばれた。

「上様のご本復をお祝いし、花の宴と参りましょうぞ」

見れば、庭先の外では薄紅色の花を咲かせた桜の木が、枝を重そうにたわませていた。

宴とは言い条、その内容はといえば質素なものだった。膳の上には焼き小魚と新香と小さな乾《ひ》菓子《がし》の皿があり、朱塗りの盃があるばかりだった。酒といっても清酒ではなくどぶろくだ。何も言わずとも、吉宗好みの倹約が城中に行き渡っている。

木綿姿の近習に酌をさせて一人上段で酒を呷っていると、息子の宗武が下段の最前ににじり寄り、平伏した。やはり木綿の裃姿ながら、その引き締まった体、その座り姿は、吉宗が失って久しい若い気を全身から放っていた。

「顔を上げよ」

吉宗が声をかけると、下段に座り平伏した宗武はその顔を上げた。見れば、その目にはうっすらと涙が貯まっている。

「父上、ようお戻りになられました。御不例の折、子にすら面会をお認めにならぬとは、よほど重篤であられるかと気が気ではありませなんだ」

「心配をかけたな。この通り、壮健よ」

声をかけてやると、宗武は深く平伏し、身体を震わせていた。

吉宗はふと、気になっていたことを口にした。宗武に、というよりは、下段の間で塩を舐めながら盃を干す、乗邑に対しての言葉であった。

「家重はどうした。あと、大岡越前と加納の姿がないが」

その時、温かな談笑に包まれていた下段の間が水を打ったように静かになった。それまで笑みを浮かべていた家臣たちもその顔が凍りつき、危うげな手つきで盃を上げた手も、ぴたりと止まった。目の前に座る宗武も、びくりと肩を動かした後、何かをはばかるように吉宗から目を離した。

沈黙の中、乗邑が口を開いた。

「家重様は、本日御不例とのことにて。加納殿はお役目でござる。大岡殿は……」

言いにくそうに顔をしかめる乗邑になおも水を向けると、顔をしかめて続けた。

「己は吏であり、こうした席に出る資格はない、と言うており」

「そうか」

そっけなく応じたが、落胆は禁じえなかった。

家重は西の丸で猿楽の宴を開いているらしく、大岡は吉宗の招聘に従うつもりがないようだ。

魚の骨が刺さったような痛みを無視しつつ、吉宗は努めて平静に、目の前の息子に呼びかけた。

「変わりはないか、そなたは」

「もちろんでございます。弓馬の道は無論のこと、学問の道にも邁進しております」

「そうか、それは何よりぞ」

口にしてから、己の言葉に湿り気があることに気づき、気まずい思いをした。

ふと、長男の家重と引き比べてしまったがゆえだ。

吉宗は感情を凍らせ、霞みがちな目を澄ませようと試みた。

「そうだ、そなたに渡すものがある」

吉宗が手を叩くと、次の間から三方を掲げ持った近習が現れた。三方の上には、白木鞘の刀が載っている。

目の前に三方を置かれる形となった宗武は目を白黒させた。

「これは」

「長曾祢虎徹。くれてやる」

虎徹といえば、千両出しても買い求めることの難しい大名道具である。宗武は白木の鞘を前に体を震わせている。

「励め」

吉宗の言葉を受け、肩を震わせたままの宗武は深々と平伏した。

重臣たちと花の宴を終えた頃には夕方になっていた。

皆が去るのを待った後、人払いをして縁側に座り、一人桜を見上げていると、不意に吉宗の体に大きな影が差した。

御側御用取次の加納であった。

「遅くなり申しました。ようやく、お役目を終えましてございます」

加納も既に齢六十を過ぎたろう。横鬢には白髪が混じり、目元にも皺が貯まっている。だが、若い頃から有している優しげな顔立ちは昔のまま、それどころか笑い皺が増えた分、より角の取れた印象がある。

「不在の折は迷惑をかけたな」

「いえ。左様なことはございませぬ」

微笑を湛えつつ首を横に振る加納の姿は、びょうびょうと吹く海風を耐え忍んだ老松のような趣すら滲ませている。

無理を強いることは判っている。だが、それでも、吉宗は口を開いた。

「そなたに頼みたいことがある。やってくれるか」

「上様のおっしゃることならば、何なりと」

即断だった。加納は慎重、裏を返せばやや臆病なところのある男だった。それゆえに、直情径行の有馬と二人で事に当たらせるとうまくいったが——。吉宗は、加納の立ち姿に、今は亡き有馬の影を見た。加納は己の足りぬものに気づき、亡き同僚の働きをせんと気を張っている。

瞑目し、有馬の面影を思ってから、吉宗は加納を見据えた。

「余の目となれ」


吉宗との引見からしばらく後、御側御用取次の加納は城内の詰め所に勘定方の者を集めた。

「ここのところ、諸色があまりに高い。何か早急に手を打たねばなるまい。この有様には上様も非常に憂慮しておられる」

下座にある勘定方たちの反応は薄い。なぜそんなことを我らが考えなくてはならぬ、とでも言わんばかりだった。

「そもそも、今の諸色高直はそなたら立案の改鋳政策によってもたらされたものであろう。上様もその対策も練った上で改鋳に賛成なされておるはずぞ」

勘定方の者たちは口々に、それは町方のことでございますゆえ、町奉行にこそ責がありましょう、などと逃げ口上を打っている。中には自ら動いていると胸を張っている者もあるが、結局は『町奉行所と連携して商人たちに定を出し、暴利をむさぼることなく商いをするようにと触れている』という実効性の薄い対策で満足しているようだった。まるで、土壁に向かって理を説いているような虚しさを感じるが、挫けてはならぬと己を叱咤し、努めて穏やかな声音を発した。

「それで験はあるのか、と聞いておるのだ」

勘定方たちはにやにやと薄く笑うばかりであった。

加納は対策を打つようにと吐き捨て、席を立った。

廊下を歩きながら、加納は舌打ちをした。

「おのれ……」

実務担当者たちが言うことを聞かぬのは有馬の穴が大きいからとばかり思っていた。あれこれと言い訳を重ねる実務担当者たちを有馬の怒りの一喝ですくませて、その隙に加納が教え諭すように指示をするのが二人の編み出した説得法だった。

だが、最近になって分かってきたことがある。

上様の威が弱まっているのだと。

かつて「上様のご意向」は絶対のものだった。だが、今は少々違う。確かに建前では絶対のものだが棚上げしても許される性質のものであり、自分たちの目指す仕法と齟齬《そご》があれば守らなくともよいとでも心得ているかのようだ。

吉宗が将軍に上ってから二十数年を数える。その間に、治世は弛緩した。

加納が次に足を踏み入れたのは、町奉行の待つ詰め部屋であった。八畳間には、北町、南町奉行が並んで座っている。

二人の前に座った加納は挨拶もそこそこに本題に入った。

「ここのところの民政はどうなっておられる。見たところ、過度に質素倹約を押し付けられ、町人たちが難儀している様子でござれども」

北町奉行が、いやいや左様なことはあり申さん、と首を振れば、南町奉行が、左様、町人どもはのびのびと暮らしてござる、と合いの手を入れた。普段はいがみ合っている両奉行だが、同じ危難に際しては息がぴたりと合うと見える。苦々しく思いながらも加納は問う。

「芝居小屋などに人が入っておりませぬし、呉服屋は閑古鳥が鳴いておる様子だが」

南町奉行は答えた。上様は質素倹約を旨になさっておられるゆえ、町方にも同じ触れを出し、華美に流れがちな町人どもを締め付けておるだけでござる、と。

武士よりも華美な振る舞いをしている商人がいては、それこそ神君家康公以来の秩序を破壊するものであるから、町人たちへある程度の身分統制を求めている。だが、江戸の町の流通を停滞させるほどの締め付けは意図していない。

「上様の求めておられるのは度の越えた振舞ぞ。何でもかんでも禁止しろとの仰せではない」

そう叱りつけ、もう少し手心を加えるようにと指示をしたものの、両奉行は顔を見合わせるばかりだった。

しばらくして北町奉行が、加納様のご申し出なれどこれについては即答いたしかねまする、合議で決めなくては、そう口にした。

加納は席を立ち、廊下へと出た。

己の詰め所に移動する間、先の打ち合わせを苦々しく思い出した。

一人一人は勤勉に働いている。問題は、惰性で施策を推し進めていることだ。

政策は、結局のところ塩梅である。素晴らしい施策も、やりすぎれば害になる。薬の飲みすぎが毒となるのに似ている。施策を行なった後には細やかにその成果を判断し、施策を続けるか、打ち切るか、また別の施策を繰り出すかの判断が必要となる。

今、御公儀全体が硬直化し、命じられるまま、吏が政策を執行している。先の勘定方や南北町奉行の態度はまさにそれだ。

少し前、吉宗に呼び出され、こう命じられた。

『余はどうやら祭り上げられておるらしい。ちと調べてくれぬか。いったい誰が、そんなことをしておるのか、な』

加納にも思い当たる節があった。突然加増され、大名に列したことだ。本来、加納は吉宗の近臣であり、禄など必要ないと散々固辞していた。下手に大禄を得てしまえばその領国経営にも振り回され、吉宗の力となることが難しくなる。

「調べねばなるまい」

加納は心を決め、己の詰め部屋へと戻っていった。

今、吉宗は政に意欲を失っているように見える。

だが——、いつまでもくすぶっているとは思えない。必ずや活力を取り戻し、城中の暗雲を切り払うはずだ。加納の知る吉宗は、いかなる逆境にも負けぬお人だ。

上様のための階《きざはし》とならねばならぬ。お前の分も。

今は亡き朋友の面影に、加納は心中で語りかけた。


「なるほど、な」

中奥の御休息之間で、吉宗は加納の報告を聞いた。

「やはり、我らは何者かに祭り上げられていると考えるべきでしょう」

加納の話は、いかにも不気味だった。町奉行や勘定方といった、将軍から見れば端役の役人が将軍の言うことを聞かない現状に驚かされたとともに、江戸城全体に不穏な気配が迫っているような気配を感じる。

「何かが起こっている、と見るべきか」

「はい。されど、尻尾は摑めず」

なおも調べまする、と言い残し、加納は部屋を後にした。一人部屋に取り残された吉宗は懐から紙を広げて文机に置き、長い文をしたためた。

尾張名古屋城の三の丸に謹慎させられている宗春への文だ。何か足りぬものはないか、病にかかってはおらぬか、無聊《ぶりょう》の日々を送っておることだろうが御身を大事にしてほしい……。言葉の一つ一つを刻み付けるように筆を運ぶ。

本当ならば宗春を何としても救い出したい。だが――。

筆先が震えて文字が掠れた。

硯の海に筆先を浸した時、外から呼ばわる声がした。

よい、と許可すると戸が開き、松平乗邑が部屋の中に進み入った。気忙《きぜわ》しそうに眼を動かし、顔を上気させる乗邑は、吉宗のしたためている文を見やって顔をしかめた。

「上様、また尾張のご隠居様への文ですか。おやめなさいませ。実際のところはどうあれ、かのお方は天下の大逆人でございます。左様なお方に文を出しては、将軍の権威に傷がつきましょう」

「そなたは公方の直筆を覗き見る趣味があったか」

嫌味をぶつけると、乗邑は無礼を率直に詫び、吉宗の前に座った。

「今日は他でもありませぬ。上様、そろそろ、ご世継ぎをお決めいただきますよう」

「また、その話か。余は健康であるというに」

げんなりと応じたものの、乗邑は一歩も引かない。

「ご健勝であるがゆえでございます。今お決め下されば、混乱はございますまい」

一理ある。だが——。

後継の問題はずっと棚上げしていた。

吉宗は首を振った。

「決まってはおらぬ。今は乱の時代ではない。ゆえに、秩序を守る意味でも長幼の序を取るべきであろうとは考えておるがな」

「されど上様、未だ上様のなされておられる仕法は途上でござる。だとすれば、後継には相応の器が求められるものと愚考しますがな」

吉宗はふと、目の前の乗邑に問うた。

「そなたは、どちらのほうが適格と考える」

しばしの逡巡の後、控えめに乗邑は口を開いた。

「臣下である某が申し上げるは不遜なれど、あえて申し上げるなら宗武様かと。家重様では政を行なうのは難しかろうと思います」

人と関わることを好まぬ家重に対し、宗武ならばそつなく政をこなすことであろうし、群臣たちともうまくやっていけることだろう。それに、己の後継者には吉宗の敷いた仕法を継続してほしい。となれば、吉宗と同等、それ以上の激務に耐えられるだけの気力が求められる。そうなれば、家重が適当でないことは理の当然だった。

乗邑を下がらせた吉宗は、西の丸へと渡った。

将軍の子らの暮らす御殿である。近習たちの制止に耳を貸さず、南向きのある部屋に入った。

十畳敷きの部屋には、田楽の道具であろう、扇や太鼓が転がっていた。突然の渡りに片づけが間に合わなかったと見え近習たちは色を失っているものの、汚れた部屋を意にも介さず中に足を踏み入れると、奥の茵の上に座る木綿羽織姿の青年が脇息に寄りかかり、物憂げに顔を伏せていた。顔かたちそのものは整っているのだが、顔には強い引きつりが見て取れる。

「久しいのう」

声をかけると、脇息に寄りかかっていた家重は顔を上げて、うめきのような声を発した。何を言っているのか、父親である吉宗にも判然としない。だが、その語気の激しさから、来訪を喜んでいないことは見て取れた。

恐縮しているのか口をつぐむ大岡忠光を一瞥すると、わなわなと肩を震わせ、家重のうめきを言葉に変換した。

「若殿様は、『なぜここにお越しになられたのです』とおっしゃっておいでです」

忠光の苦渋に満ちた顔、そして家重の剣幕。忠光が正確に言葉を形にしているだろうことが知れた。

「こうでもせねば、そなたは余の許に顔を見せぬではないか。呼びつけてもやって来ぬのなら、こちらから参る他なかろう」

家重はなおも激しい口ぶりで何かを叫んだものの、途中でむせ、肩を揺すった。長く続く重い咳をしているのを受け、忠光は家重の傍ににじり寄り、背中を何度もさする。

「――体調が悪いのか」

家重の顔色をうかがう忠光が、吉宗の問いを引き取った。

「はい、ここの所は特に――」

部屋を見渡せば薬箱が乱雑に置かれ、その近くには封を切った薬包も転がっていた。

この息子は、季節の境目になると病みつく。病との戦いで一つの季節を費やすことも度々であった。

吉宗は猿楽の道具を脇にのけ、苦しげにうめく家重の前にどかりと腰を下ろした後、努めて柔らかい声を発した。

「家重、お前に問う。そなたは天下第一の座に座りたいか」

将軍の言葉はどうしても重くなる。忠光などは赤い唇をわずかに震わせていた。

目の前の家重は、しばし無言であった。何も考えておらぬのではない。むしろ、何を口にしたらよいのか、言葉を選んでいるかのようだった。

やがて、家重が口にした形なき言葉を、逡巡を滲ませながらも忠光が形にした。

「『座りとうございませぬ』」

「なぜだ」

問うと、家重はしばしの歯軋りの後、答えた。

『父上があまりに苦しそうだからでございます』」

射抜かれたような衝撃が走った。

「苦しそうに、見えるか」

家重は頷いて答えに代えた。

忠光は顔を青くしている。小姓である忠光からすれば、主君の浮沈はそのまま己の命運につながる。それでも主君の言葉を正確に形にするこの青年にも好感を持った。

苦渋に満ちた顔を歪ませてひねり出す家重のうめきを、忠光が形にした。

「『今の座すら恐ろしゅうございます』」

「どういう意味だ」

それから家重が忠光を介して述べるところでは――。

十四の頃、病を得て言葉を失ってから、それまで己にすり寄って来ていた家臣たちが一人、また一人と離れていった。変わらず仕え、やって来る者もあるが、かつては己を持ち上げ、褒め称えていた者たちの冷たい視線に耐えられなかった。

「『ゆえに独り籠り、こうして日々を過ごしておるのです』」

「そうで、あったか」

奮起して見返してやればよいではないか、という言葉が喉まで出かかった吉宗は、己が今しがた口にしようとしていたことが、才気、能力、充実した気力を有した者にのみ投げやることのできる激励だということに気づき、口をつぐんだ。

家重は口元を手で押さえつつ、吉宗を見上げている。その目はまるで、鷹の来襲から逃げまどう兎のようだった。

家重は何事かを述べた。

先ほどまで、淡々と家重の言葉を代弁してきた忠光も、目を見開き、家重をまじまじと見つめた。だが、よいのだ、と言わんばかりに家重が強く頷いたのを見て、おずおずと、震える声を発した。

「『廃嫡《はいちゃく》してくださいませ』。そう、若様は仰せです」

「なんだと」

「『この家重、征夷大将軍の重責に耐えうる器ではありませぬ。群臣の冷たい視線に、どうしても耐えることができませぬ。父上、何卒、この家重に慈悲をくださいますよう。この家重めを廃嫡の上、願わくばいずくぞに捨扶持を下さり、平穏な日々を与えていただきとうございます』」

やはりこの息子はうつけではない。

そうか、と短く答えた吉宗は、部屋に散らばる太鼓や扇などの猿楽道具を一瞥した。

「のう、猿楽は楽しいか」

「『楽しくもあり、楽しくもなし』と若様は申しております」

「どういうことぞ」

家重の言葉を、忠光が形にした。

言葉をうまく操れぬ身にとって、身振り手振りで己の思いを形にできる猿楽はよい心の慰めとなる。されど、言葉でもって人と通じ合うことのできぬ我が身は辛いものです——。

「そなたの気持ち、よう分かった」

立ち上がると、吉宗は踵を返し、本丸の中奥へと戻った。

座る者の心力を削り、吸い上げる。それが天下第一の座だ。ここに座ってもよいのは選ばれた者のみ。家重のような者では長くは座れず、命数を吸われてしまうことだろう。家重には天下第一の座を譲るべきではない。いや、譲りたくはない。何より、それが家重のためだ。

御休息之間に戻ると、縁側の下に人影があった。犬走りに跪いていた黒装束姿の侍は吉宗の視線を受けると顔を上げた。驚くほどに特徴がなく、また存在感も薄い。毎日顔を合わせているはずだが、未だにその特徴を捉えることができていない。

御庭番だ。

「どうした」

縁側に立つと、下に跪いていた御庭番は懐から一通の書状を取り出した。尾張からでござる、と差し出された文を取り上げ、そして広げた。

尾張で逼塞している宗春の文であった。これまでの無沙汰を謝するとともに、中身を見られる恐れがあるため、これまで表向きの文では当たり障りのないことしか書けなかった、と冒頭で思いを吐露している。

そう思ったればこそ、公式の道筋ではなく、御庭番を遣わして秘密裏に文を送り、申し開きをするよう促した。

何か、宗春にも考えがあろうと考えた。もしも妥当な申し開きができたなら、老中たちに諮って罪を許させてもよい、そう考えてのことだ。

そこには、吉宗の想像だにしないことがしたためてあった。

失脚の大きな理由となった尾張の借財について、宗春はこう釈明した。

銭金の流れを抑うる為の一策に候。

御公儀が推し進めた改鋳により、市中には小判が溢れ、価値が下落した。これに対抗するために、小判を借財の形でかき集めて死蔵し、市場流通を絞る策を考えたと文は言う。吉宗が行なっている米価の統制政策と発想は全く同じだ。

もしそうだとすれば、宗春はいわれなき罪を被っていることになる。

胸が潰れるような心地がした。ややあって、悲憤は怒りへと転化してゆく。

人を呼び、今すぐにでも宗春の復権を申し立てようとしたが、その思いは、他ならぬ宗春の文によって遮られた。

文にはこうあった。

天下の御裁きは無謬《むびゅう》にて候らえば、宗春は歯噛みして恥辱に耐え候。

その一文だけ、筆跡に乱れがあった。

御公儀は間違っていてはならない。間違いを認めれば、御公儀の威は損なわれる。宗春は御公儀を思い、自らの恥辱を晴らすのではなく、御公儀の威を守る道を選んだ――。

読み終えた吉宗は、文を両手で潰した。

己などよりよほど宗春の方が天下第一の座の峻厳さを知っていた。

瞑目したものの、御庭番の言葉でまた現に引き戻された。

御庭番は、横に置いていた風呂敷包みを開き、中にあった小さなつづらを吉宗に差し出した。

言うには、文を渡した後、このつづらを必ず上様にお届けするように、中は改めてはならぬ、と厳命されたという。

封印のなされていた蓋を開けると、中には一本の人参と文が入っていた。

訝しく思いながら中の文を開くと、かつて吉宗からもらった人参を植え、試行錯誤の末に栽培に成功した旨が記されていた。

これまで人参は日本で育った例がない。もしこれが本当なら、尾張はこれから人参を産業にできるはずだ。文には、これにて病根をお断ち願いたく候、とあった。

だが、その文の末期には、妙な一文が添えられていた。

公方様は仇に候、と。

この言葉の意味を取ることができなかった。

どういうことだ——。何が言いたいのだ——。いくら語りかけても、記憶の中にたたずむ宗春は何も答えてくれない。

だが、文字の掠れから、宗春の激情は痛いほどに伝わってきた。

無言でいる吉宗をよそに、御庭番は短く口にした。

「以後、文のやり取りは御遠慮願いたいとのこと」

その時、近習が部屋に膳を運んでやってきた。その膳を見下ろすと、そこには輪切りの甘藷がかすかに湯気を上げていた。紫のごつごつとした皮とは打って変わって、身は黄金色だった。

聞けば御鷹場の農民一同による献上品だという。

以前から研究はさせていた。しかし、甘藷を口に運ぶのは、これが初めてのことだった。

吉宗は甘藷を口に運んだ。

名前の通り、ほのかに甘い。

御庭番の調べでは、甘藷の作付けが進んだおかげで江戸近隣の飢民が減って、少しばかり一揆の兆しも緩み、ぽつぽつ吉宗の治世を褒め称える声も上がっている。

民など、権を握るための梯子くらいにしか考えていなかった。

だが、民から献上された甘藷を口に含んだ瞬間、吉宗の中で、これまでにない思いがむくむくと形をなした。

天下を取るとは、民を生かす責を負うということであり、無気力に極位にあることは、天下万民に対する裏切りであると。経書にも書かれているような陳腐な言葉が、ようやく血の通った実感となって吉宗の目の前に立ち現れた。

邪《よこしま》な心でもってここに来てはならぬと拒絶した、母の言葉が蘇る。

そういうことだったか――。

短く頷いた吉宗は、心中で「病根を絶て」という宗春の一文を嚙み締めた。

なれば――。

吉宗は甘藷を齧った。土の香りが口の中に広がる。

この香りを忘れぬ限り、ぼろ雑巾のようになっても前に進むことができよう。いつの間にか、吉宗の心中にはこれまでにない力が滾《たぎ》っていた。


松平乗邑は、田安門内の屋敷にいた。

近習に通された謁見の間でしばし待っていると、やがてこの屋敷の主人が姿を現す。黒羽織に袴というくつろいだ姿で現れたのは、吉宗の次男、徳川宗武である。

上段に座った宗武は、のびやかな声を発した。

「苦しゅうない、面を上げよ」

乗邑は震えた。

将軍の資質は声だ。代替わりや正月挨拶といった場面で、将軍は大名と対峙して己の言葉を口にする場面がある。それだけに、声だけで衆を圧倒する力があるかどうかが名君と暗君の分かれ目となる。そう乗邑が考えるようになったきっかけは、吉宗のおかげだ。吉宗の声は群を抜いていた。決して大きくはない。だが、諸大名を平伏させるだけの覇気が横溢していた。

宗武の声音に、吉宗の覇気の片鱗を聞き取った。それがゆえの震えだった。

顔を上げると、宗武は背を伸ばし、乗邑を見下ろしていた。

「勝手掛老中であられる貴殿が、いったい今日は何用か」

名君の片鱗はある。だが、いかにせん若い。

そう算盤を弾き、乗邑は口を開いた。

「今日はいい天気でございます。若様とゆるりと庭を歩きとうございます」

宗武は扇を広げて気色ばむ近習を制止した。

「ほう、よいな」

宗武は乗邑を誘い庭に出た。ついて来ようとする近習に「数間離れてついてくるよう」と釘を刺した。

さらに、宗武は庭の大池に浮かぶ小舟に乗邑を乗せ、池の真ん中で櫂《かい》を漕ぐ手を止めた。

「良い池であろう、侍従。一人になりたいとき、舟を漕いでここに至り、和歌をひねるようにしておる。もっとも、家臣連中は嫌がるがな」

池の畔《ほとり》に目をやれば、家臣連中は嫌がるがな――宗武の家臣たちが色をなし、声を上げている。危のうございます、という声が風に乗ってかすかに聞こえる。

「そなたは庭の散歩が良いと言うたが、あそこには猿が潜んでおるでな。どこの山の者とも知れず、不気味でな」

「ご明哲なご配慮、痛み入ります」

「虚礼はよい。何用であるか」

「はっ、しからば」

ちらりと畔を見遣ると、まだ家臣たちが騒いでいる。あの者たちの目がある以上、いかにも密談をしている風に見せるわけにはいくまい。懐から短冊を取り出し、矢立から筆を引き抜いた。

「そなたも和歌をやるのか」

「自慢にもなりませぬが、下手でございます。されど、よい目くらましにはなりましょう」

「なるほど」

「さっそく、本題に入りましょう」筆の軸でこめかみを掻きながら、乗邑は口を開いた。「次代についての話でございます」

「次代、とな」

宗武も懐から短冊を取り出し、さらりと細筆を動かし始めた。

「左様。若様は、次のご治世について、いかがお考え遊ばされておられましょう」

「何も考えなどない。なるようにしかならぬ」

「そうではございませぬ。若様が少し手を伸ばせば、天下はすぐそこにありますぞ」

「はは、この話、ここでしかできぬな」

眉一つ動かさず目の前で和歌をひねる宗武の器の大きさを思いつつ、なおも宗武は続ける。

「上様は、ご嫡男の家重様を将軍の座につけようとなさっておられる様子。されど、踏み込んだことを申せば、家重様に天下を支える器量なし。僭越ながら、その器量が備わりたるは、若様を置いて他にないと考えております」

「なるほど、見えてきた。わしを将軍に推戴するつもりか」

「左様」

これが、乗邑最大の策だった。

吉宗がいつまでも将軍の位にあり続けられるわけではない。ならば、代替わりをきっかけに政変を起こせばよい。将軍の候補者を自らの傀儡《かいらい》に仕立てて将軍位に押し上げれば、吉宗個人は打ち倒せぬまでも、公儀すべてを手中に収めることができる。それに、宗武を旗頭にすることで、分断された門閥を再結集させる狙いもある。

吉宗はどうしたわけか、後継者について明言してこなかった。そこにこそ付け入る隙がある。

宗武は口を開いた。

「わしは、極位を望まぬ。天下に野心はないでな」

が、と宗武は付け足した。

「一方で、推戴を固辞するつもりもない。わしは日がな和歌の深奥を学び暮らしたいのだ。もしわしを推戴したとしても、父上のようにはいかぬぞ」

「心得ましてございます」

好都合だ。乗邑が深々と頭を下げ、櫂を手に取ろうとしたとき、宗武はこう付け加えた。

「和歌はできたか。一句もひねらぬでは不調法ぞ」

顔色一つ変えぬ若君に一本取られた格好になった乗邑は、小さく首を垂れた。


大岡忠相は、この日も寺社奉行の控えの間で、山のようにやってくる書類に花押を付し、決済済の文箱に収めていった。

六畳一間。他の寺社奉行たちと比べるとはるかに小さい部屋が宛がわれた格好だが、正直なところ、それすらも有難迷惑であった。

寺社奉行は奏者番との兼任が常であり、寺社奉行の詰め部屋は奏者番のそれを用いていた。だが、足高の制で寺社奉行に登った大岡は大名以上の格式が必要となる奏者番の兼務がならず、詰め部屋が支給されぬままであった。そのため、大岡はしばらく自らの屋敷でほとんどの政務を行ない、打合せや評定の時のみ登城することとしていたのだが――。

『越前殿はなかなか捕まらなくてのう』

大岡が城に詰めていないことを理由に、大事な評定から外されることも多々あった。

だが、ここにきて部屋が支給され、嫌がらせも絶えた。

表向き、吉宗が手を回したことにはなっているが、大岡はその見方を疑っている。今の吉宗に左様な力があろうはずもない。

正月の拝謁よりこの方、大岡は吉宗との拝謁を避けている。最初、城中では、

「大岡越前殿が上様の逆鱗に触れ、遠ざけられたらしい」

「いや、上様の仕法を諫め、煙たがられたらしい」

「大岡殿はああした御気性の方、ついに上様の堪忍袋の緒が切れたと聞いたぞ」

などと囁かれていたが、先の吉宗と大岡の会談を間近で聞いていた大番方や近習が漏らしたのか、

「大岡殿が上様への拝謁を遠慮した」

というものに取って代わられた。

その説を補強するかのように、吉宗は十日に一度ほど、近習や御側御用取次を大岡のもとへと遣わしている。上様が大岡越前に御執心――。その噂は、将軍の遣いがやってくるごとに城中に広がった。

「何としても、黒書院にやってくるようにと上様が」

弱り切った顔で懇願してきた加納に対しても、君臣の別を盾に断った。

この抗命で罷免や処罰がなされるのなら、上様は所詮その程度のお方であったのだと割り切るつもりだが、吉宗は今の大岡の立場を取り上げることもなければ、処分に動く様子もなかった。

ならば――、己のやるべきことをこなすばかり。そう定めて日々の役目に邁進している。

最後の書類に花押を付した。

筆を置いて目をもみ、伸びをした大岡は、文机の隅にあった毛抜きを取り上げて顎のひげを一本一本抜き始めた。ぴりりとした痛みが顎に走る。これは大岡が考え事をするときの癖で、一瞬

だけ走る痛みのおかげで深く物事の本質に迫ることのできる気がしている。

しばらく一人、顎のひげを抜いていると――。

茶坊主が客人の来訪を告げた。

威儀を正し入るように促すと、のそりと一人の老人が部屋に入ってきた。鼠色の木綿の袴、黒い小袖姿の勝手掛老中、松平乗邑であった。でっぷりとした体格は木綿の着物であってもみすぼらしさを感じさせない。大給松平家の血脈のなせる業であろう。

「おお、ご老中様ではありませぬか。御用あらばお呼びくだされればお邪魔しましたものを」

大岡に譲られる形となって上座に膝をついた乗邑は、腹を揺らし、快活に笑った。

「上様のご招聘にすら従わぬそなたを、拙者ごときが呼べるものかよ」

皮肉のようでもあるが、明るい口調のおかげでからかっているように聞こえた。だが、上品な笑い声をひっこめた後、ずいとその顔を寄せた。

「されど、あまり、上様の御憂慮の種になってはならぬ。そなたのものの考え、この松平侍従、よう分かっておるが、そのせいで上様にご心痛を与えては、君臣の別も何もなかろう」

公事方御定書の制定に当たって長らく顔を突き合わせたからか、乗邑はある程度大岡の人となりを摑んでいるらしい。

「して、今日は何用ですかな」

「まったく、世間話すらさせぬのか。まあ、そういうところがそなたらしいわな」

乗邑は楽しげに笑い、部屋の外に控えていた茶坊主を呼びつけた。そして、その茶坊主が持ってきた文箱を開いた。

「公事方御定書について、さる家中から内容の照会があってのう。どうすべきか、そなたの意見を聞きたい」

「秘法とすべし、と最初から取り決めがあったはずでございます」

切り捨ててもなお、乗邑は食い下がった。

「とはいえ、大身の大名家も内々に教えてくださらぬかと言ってきておる」

「公事方御定書は秘法とすることで悪事への抑止とするという原則がござる。それをご老中様はお忘れでございますかな」

にべもなくやりこめられたのが癪であったのか、乗邑は長居せず、部屋から去っていった。

向こうがある程度こちらの性質を理解しているように、大岡もまた乗邑という為政者の在り方も大摑みにはしている。あの男は優秀な駒を揃え、適材適所でもって用いる才の持ち主である。己より優れた人間を用い、その者に仕事を一任する度量がある。そうした意味では、少数精鋭、すべての裁定を自らのもとに集約させたい吉宗とは対極にある。

愚鈍にさえ見える。だが、それでも政は回る。尾張のお家騒動を受けて吉宗が引きこもった時、この男の手で政が維持されていたことからもそれは証明済だ。

また、大岡は顎のひげを抜き始めた。

物思いに沈むうちに、気づけば日が傾きかけていた。そろそろ城から下がるかと算段を打ち始めたそんな時分、また客が大岡を訪ねてきた。

毛抜きを文机の上に置き、近習に行燈の灯をともすよう命じて客人を出迎えた。

西の丸若年寄の小出信濃守英貞だった。吉宗と全くの同い年というから初老ではあるが、染めているのか髪は黒々としており、背もしゃんと伸びている。やせた体つきはしているが、老いの影を感じさせることはない。やはり黒染めにした木綿の裃をまとい、威儀を正している。

「おお、若年寄様、よくぞお越しに」

また上座を譲った。旗本や御家人の統制を職掌とする若年寄は、寺社奉行よりも席次が上である。

小出は上座に腰を下ろすなり、周囲を見渡し、肩をすくめた。

「寺社奉行殿、人払いを願いたい」

人払いそのものはよくあることだ。実際、乗邑とは二人きりで会談を持つこともしばしばである。だが、それは職務上のことであって、接点のない者と行なうことはない。一応大岡は旗本であるから若年寄の支配だが、足高の制により、大名の役目とされている寺社奉行に就任している。目付の支配なのか、若年寄の支配なのかも曖昧であった。

目上の人間の願いを断るわけにもいかず、近習に命じて人払いをさせた。

人の気配が完全になくなり、外で吹く風が障子を揺らす音だけが部屋中に響いている。そんな中、深刻な顔を行燈の炎に浮かび上がらせる小出は、皺の刻まれた顔をわずかにしかめ、口を開いた。

「大岡殿は、上様との接見を避けられているともっぱらの噂だが、真のことか」

「嘘をついても仕方ありますまい。まことでございます」

「なぜ」

小出の口ぶりは、旗本の不行跡をたしなめる若年寄そのものだった。だが、大岡はそんな小出の口吻のそこかしこに、僅かな強張りを感じた。町奉行として様々な人間を見、裁いてきた。その中で、大岡は相手の声の調子や顔の変化などから相手の心底を覗くことができるようになった。そんな大岡が見て取ったもの、それは――。

小出は今、緊張している。格下であるはずの相手に。

心中の観察をおくびに出すこともなく、大岡はのんきな態度に努めた。

「上様とお約束を致しておりました。町奉行より上に押し上げてくださるな、と。されど、上様はそのお約束を破られました。それゆえ、某は上様のご招聘に応じぬものです」

「有為の才を用いるは当然のことではないか」

「いえ、某は元来旗本の子。それを大名のお歴々しか登れぬ顕職へ付け申すは、上様の掲げる神君家康公以来の原則にも外れまする」

「ならば、そなたからお役目を返上すればよかろうに」

「某からお役目返上を願い出ては、上様の権威に傷をつけかねませぬ。上様ご自身の手で某から地位を剝奪すべき――。そう考えてのことでございます」

行燈の中の蠟燭の芯の焼ける、じじ、という音を聞きながら、大岡は平伏した。

しばらくそうしていただろうか、ややあって、小出は小さく唸った。顔を上げると、顎に手をやり、満足げに口角を上げている。

「噂通りであったか」

「噂、とは」

「大岡越前は変わり者なれど、理を通す男であるとは聞いておったのだ」

くつくつと笑う小出は、その顔を大岡へと近づけてきた。深い皺の刻まれた顔は、普段御殿で見るよりも遥かに陰影が深かった。

「神君家康公以来という言葉がそなたから出たことで、ようやく安心できた。そなたは我らの仲間になりえよう」

「質問ばかりで申し訳ございませぬが、仲間、とは、何のことでございましょう」

小出は腰から扇を抜き取り、大岡の肩に振り下ろした。

焼き鏝《ごて》を当てられたような心地がして、脇に汗が溜まるのを感じた。

「分からぬか。ならば、言おう。神君家康公以来の原則を口にする大岡よ。当然神君家康公が後継者をどのように定めたか知っておろうな」

徳川家の家臣ならば、子供の時分から聞かされる話だ。大岡はすらすらと応じた。

「嫡子であられた信康《のぶやす》君はお亡くなりになられており、次男である秀康《ひでやす》君は結城《ゆうき》家に御養子入りなさっておられたため、三男であられた秀忠《ひでただ》君が継がれました」

「左様。ここから神君家康公のご意思をどう読み解く」

「それは――」

百五十年前の人間の意図など分かるはずもない。言い淀んでいると、そんなことも分からぬか、と言わんばかりに何度か軽く大岡の肩を扇で叩き、朗らかに笑った。

「本来なら、ご次男であられる秀康君が継ぐのが順当。しかし、秀康君は瘡《かさ》病みで錯乱なさっておられた。神君家康公は政務が取れぬと判断した秀康君を退け、ご三男を繰り上げたと考えるのが自然であろう」

秀康が瘡病みであったかどうか、心を病んでいたかなど、百五十年も前の話で知りようはない。これはつまり、小出の解釈に過ぎない。

そして――。その解釈から小出の拠る立場も透けて見える。

「小出殿は、当代の跡継ぎについても、神君家康公以来の原則を守るべしとお考えなのですな」

座り直した小出は、小さく、だが満足げに頷いた。

小出は政務に支障のある家重ではなく、宗武を擁立したいのであろう、そう見た。

「そして、お仲間、とは、宗武様を擁立せんという方々のことでござるな」

「うむ。切れ者と話すのは楽でよいな」

「で、何を某に望まれるのです」

「決まっておろう。できるだけ早く上様にお目にかかり、その上で宗武様に将軍位を譲るよう説得せい。他の家臣の言うことは聞かぬが、あれほどご執心であられたそなたの言うことなら、あるいは聞くかもしれぬ」

しばし、大岡は口をつぐみ、若年寄の前というのに毛抜を取り、ひげを一本一本抜いた。ただ、黙々と。

だが、ややあって、口を開いた。

「……徳川家への御奉公でございますれば、喜んで」

「おお、やってくれるか」

色よい返事を期待しておるぞ、と言い残し、小出は詰め部屋を後にした。

すっかり暗くなった部屋の中、大岡は行燈と文机を手元に引き寄せ、ひげを抜きながら反故紙《ほご》に雑文をしたためた。だが、やがて大きなバツをつけて丸めた。そしてそれを屑箱に捨てることなく持ったまま廊下に出て中庭に至ると、中庭の茂みに向かって投げ遣った。

風が吹いた。

がさりと中庭の木々が音を立てた。

いつの間にか、投げた反故紙はどこかに消えていた。

「――ふむ」

大岡は背伸びをして、控えの間へと戻った。


吉宗が黒書院の間の茵に腰を下ろした時、中段の間では、大岡が平伏していた。

いつものように黒木綿の裃で参上した大岡の後ろには番方や近習の姿があり、上段に座る吉宗と大岡の間には心配げに二人を見比べる加納が控えている。相変わらず、金箔押しの襖や障壁画に彩られたこの部屋は豪華絢爛なことこの上なかったが、やはり、寒かった。どんなに暑い夏の日でも、凍えてしまうのではないかというくらい、漂う風は冷え切っていた。将軍に登った頃はこの城中の冷たさが嫌いではなかったが、今は老骨に障るようになっていた。

「久しいのう、大岡。よう来た。いつぶりだ」

「一年ぶり、といったところでございましょうかな」

顔を上げずに、大岡は応じた。

「一年か、随分長かったたな。で、大岡、どんな風の吹き回しでここに来た。不本意であった寺社奉行のお役目が楽しくなってきたと自慢にでも参ったか」

吉宗の皮肉の錐が中段の大岡に突き刺さる、かに見えた。

大岡は吉宗の穂先を柳の如くに躱した。

「お忘れですかな？　某の本性は吏でござる。今の政の立場は必要ありませぬ。されど、政の立場に立った以上は、その立場でしかできぬことをやらねばなりますまい」

「ほう。面白い」

囃すように、吉宗は手を叩いた。拍手の音が虚ろな部屋中に響く。

「言うてみい」

「では、言上いたしましょうぞ。上様、もうそろそろ、ご世継ぎをはっきりお決めなされませ」

言葉にならぬ思いが肚の内で澱となり沈んでゆく。そんな吉宗の目の前で、大岡は顔を上げ、膝に手をついて鋭い声を発した。

「この大岡が白髪混じりの頭になりました通り、上様も老いられました。かくなる上は、天下を安んずるためにもご世継ぎをお決めになられるべきでござる。これは徳川家のみの問題にござりませぬぞ。天領、そして天下の先をも占う大事でござる」

中段にいる加納も顔を引きつらせ、哀れにも居合わせた番方や近習などは顔を青くしている。

「……なるほど、正論であるな」己でも驚くほど、穏やかな声が出た。「確かに、世継ぎが決まらぬことには天下が落ち着かぬ。だが――。大岡に訊こう。誰が適格か」

大岡は大仰に頭を下げた後、常にない大音声を発した。

「ご次男、宗武様でございましょう」

「なぜだ」

「壮健でございますこと。文に優れ、武にも通じておられますこと。何よりご明哲であられること。神君家康公以来の政とは、神君家康公に並ぶほどの器量を将軍に求める政でござる。畏れながら、若君の中でもっともその器に近いのは宗武様でありましょう。また、二代将軍秀忠公を選ばれた際の神君家康公のご判断を見るに、長幼の序ではなく、人物本位で家督相続を捉えておられたようにも見えましょう」

「ふむ。なるほどなるほど。神君家康公以来、か」

吉宗の口から笑いがついて出た。最初は小さな声だったが、どんどん我慢が利かなくなった。ついには部屋中に響き渡るような高笑いになってしまった。

「何か、おかしなことを申しましたかな」

「いやなに」笑いを噛み殺しながら吉宗は口を開いた。「久しく見ぬうちに、そなたの智も曇ったな」

「なんですと」

声に不快の色が混じる大岡をよそに、吉宗は冷笑でもって応じた。

「神君家康公以来というが、そなたは一つ忘れておる。神君家康公がご世継ぎを決められたのは、二代将軍秀忠公だけではない」

大岡の顔が驚きに歪んだ。

「三代将軍家光公の時にも、神君家康公は後継のお裁きをなさった。その経緯、そなたも知っておろう」

肩を震わせながら、大岡はぽつぽつと口を開いた。

「……当時、秀忠公はご長男である家光公、ご次男である後の駿河大納言様のお二人で悩まれており、利発な駿河大納言様を将軍にせんと動いておられたものの、神君家康公のお裁きで、長男である家光公が将軍と決した、と」

「左様。秀忠公の例はいまだ西に豊臣があり、世情の安定せぬ世であったがゆえの措置と考えるのが自然であろう。ならば、家光公の故事をもって平時における神君の御英慮とするのが正しかろう。神君家康公以来を申すなら、長子相続であろう」

「すなわち、上様は」

「ああ。まさか、そなたは分かっておったろうと思っておったからあえて言わなんだが、後継は家重で決まりよ」

黒書院の間は、一気に重苦しい沈黙に満ちた。

赤黒く顔を変じさせた大岡が、その沈黙を苦々しげに破る。

「左様でございましたか。されど、家重様では」

「政ができぬと？　左様なことはあるまい。あれには忠臣の大岡忠光もついておるし、そなたのような優れた家臣もおる。それに、余も即座に隠居するつもりはない」

「すなわち、大御所となられ、政務を見られると」

「ああ。それも神君家康公以来の伝統であろう」

「——ご賢明なお裁きでございますな」

顔を伏せ、肩を震わせる大岡をよそに、吉宗はこう付け加えた。

「この件は、次の秀忠公の忌日、増上寺で開かれる法事の際に披露目とするつもりぞ。多くの家臣が参列する故、無駄がなくてよい」

秀忠公の忌日は一月二十四日。今は年頭の挨拶が終わった時分であるから、もう半月もないことになる。

「そんなに急がれますか」

口角を上げ、大岡は声を震わせた。だが、吉宗は加納に目配せしつつ口を開いた。

「ああ。善は急げ、と言うであろう」

かくして、一年ぶりとなる大岡との目通りを終えた。

居合わせた家臣たちの顔は一様に暗かった。中には血相を変え、部屋を離れる者たちの姿もある。ゆっくり歩こうと心掛けているようだが、そうした者たちは浮足立ち、何もないところで躓《つまず》きかかっている。

「これから、城中は大騒ぎでしょうな」

部屋に残る加納がげんなりとした声を発した。

「見ものだな」


その日の夜、江戸城の囲炉裏之間近くの一室の中で、闇に身を隠す者たちがあれこれと小声で評議していた。

若年寄の小出は針の筵《むしろ》の上にいた。

「まったく、余計なことをなさるものだ。そなたの行ないのせいで、眠れる獅子を起こしてしもうた」

自然、皆の視線が小出に向かう。当然好意的なものではありえない。

小出は袴を強く握り、首を垂れた。

「各々方《おのおの》、誠に申し訳ござらぬ。まさか、大岡が説得に失敗するとは、思うてもみなかったのでござる」

「謝って済むとは思わぬことだ。この失敗、高くつくぞ」

仲間だと思っていた者たちからの罵声に、小出は歯噛みした。

お前たちは自ら動こうともせず、ただこうして寄り合いに出ては賢しらに意見を述べるばかりの役立たずではないか。まずは貴殿らが手足を動かせ――。そう怒鳴りそうになるところを、すんでのところで堪える。見れば、袴の腿の辺りに変な握り皺が寄っている。

己の失態が何をもたらしたのか、小出も理解している。

これまで世継ぎについて何も発言してこなかった吉宗が、非公式の場であるとはいえ、宗武ではなく、家重を世継ぎに定めた。ずっと吉宗が世継ぎについて発言しなかったなら、門閥が暗躍してなし崩しに宗武を推戴することもできたはずだった。この点、大岡を用いた小出の動きは勇み足だった。

「それにしても、秀忠公の法事の際に家重様を跡継ぎとすると発表するというは、真のことなのか」

「直に聞いておった番方の言葉でございますぞ。間違いありませぬ。しかも、大御所としてなおも君臨すると言うておるそうな」

「それでは、代替わりとならぬではないか」

闇の中、男の一人が声を上げた。

「さあ、どうしたものかな」

家重を将軍に擁立されては、門閥の力は削がれたままとなってしまう。

「何よりまずいのは時がないことぞ。半月では、もはや巻き返しもなるまい。上様も大岡との目通り以来、ご不例を理由に中奥に引きこもっておられる」

「お歴々、まずくはありませぬか。今の上様が間部や新井にやったこと、まさかお忘れではなかろう。家重様が将軍に登られたらまず粛清されるのは我ら」

部屋に沈黙が満ちた。ちょうどその時、戸が静かに開き、一つの影が部屋の中に滑り込んできた。

皆が平伏する中上座に座った黒い影は、松平乗邑だった。

「お悩みのようですな、皆々様方」

「当然でござろう」

「考えがある」

床を何度か掌で叩いた乗邑は決然と言い放った。

「主君押し込め、ぞ」

座に迅雷の如き衝撃が走る。

「上様を押し込めにするのでございますか。将軍の押し込めなど前代未聞。うまくいくとは思えませせぬ」

異論を乗邑が封じた。

「何を言うておるか。我ら門閥は、尾張徳川家当主の押し込めをも果たした。あの一件も前代未聞であったろう」

場にいる者たちは皆、目を昏く輝かせた。尾張宗春をも失脚させたあの政変が、少壮大名を高揚させている。

「尾張徳川家は御三家筆頭。その御家も我らの威に屈したのだ。将軍とて、その威に従わぬわけにはゆくまい」

この場にいる者たちは、一人、また一人と頷き、ついには皆の目に炎が灯った。

「仔細は後日伝えるゆえ、心して当たれ」

多くの者たちが部屋から去った後、小出はなおも部屋に残る乗邑に声を掛けた。

「ご老中、一つお伺いしても」

「なんなりと」

「もしやご老中は、最初から上様の押し込めを画策しておられたのではありますまいか」

「なぜ、そう思う」

長い付き合いゆえの勘、としか言いようがなかった。

松平乗邑とは少壮大名時代からの付き合いだが、この男はいつもはるか遠くを眺めていた。まだ何の地位も有していなかった昔から、ずっと。

背が冷えた。

小出が何も言えずにいると、乗邑は薄く笑った。

「――そなたが先鞭をつけた大一番、勝つぞ。そなたには一層、動いてもらうこととなる」

この時、小出は悟った。乗邑は、挽回の機を与えてくれたのだと。

小出は目頭が熱くなるのを自覚しつつ、声を震わせた。

「この小出信濃守、命に代えても」

この男の階となるのならそれでいい――。この男の背をずっと追いかけてきたのは間違いでなかったと小出は知った。

「しかし、これからどうする」

「向こうが増上寺参りを利用するつもりならば、こちらもそれに乗ればよい。相手の動きに乗じて動くのが、最も目立たぬ手ぞ」

こんなに恐ろしい男だったか――。

小出の横鬢から、汗がしたたり落ちた。


一月二十四日。正装に身を包む松平乗邑は芝の増上寺にあった。

本堂の中には何人もの高僧が居並び、三つ並ぶ須弥壇《しゅみだん》を前に木魚を鳴らして経文を唱えている。抹香の煙が上がり、堂宇全体に広がってゆくのを見上げたのち、乗邑は前に座る吉宗の背中を眺めた。衣冠束帯に身を包む吉宗がいかなる顔でそこにあるのか、乗邑からは窺うことができない。だが、僅かに左肩が落ちている。長い時間威儀を正すことができぬほど吉宗が老いているのだと気づき、なぜかやるせない思いに襲われた。

数人を挟んで横に座る小出と目が合った。小出は顎を引いた。その顔には、あからさまなこわばりが見て取れた。

読経の声を聴きながら、乗邑はこれからのことに思いを致していた。

この法事が終わった後、吉宗は庫裏にある大書院の間に通され、御城への行列が整うまで休憩する手はずとなっている。ここを門閥の番方たちで囲み押し込め、その上で宗武への家督相続を迫り、吉宗をそのまま増上寺に出家させる。大まかにはそうした計画だ。

御側御用取次らには無理やり役儀を与えて今回は不参拝、吉宗は僅かな供回りを引き連れてここにある。家重は不例で御城西の丸に、宗武は乗邑の根回しで今日は田安屋敷に身を置いている。今、この堂宇は門閥で占められている。

風が吹いている。これ以上なく。

悲願まで、あと一歩。

乗邑は親藩大名とはいえ高い家格は有しておらず、どんなに卓越した頭脳を有していたとて将軍の座に登ることはできない。若くして才覚が認められ出世を重ねた乗邑は、臣としての極位にあって権力を手中にする道を模索し続け、今に至った。

数十年にもわたる悲願が今、手の届くところにある。

扇を握る手が震える。

読経が止んだ。

導師が曲彔から立ち上がり本堂を後にすると、吉宗は寺の者に誘われ、席を立ち、本堂を離れた。

乗邑も立ち上がり、小出たちを引き連れ、大書院へと向かう。南の庭に面した縁側を歩き、大書院前に至ったその時、最前を歩く乗邑は、声を発した。

「松平侍従、参りましてございます」

「入れ」

薄暗い大書院の中から、吉宗の声がした。

大書院の中は上段と下段の二間に分かれており、上段には衣冠束帯姿の吉宗が脇息に寄りかかり、余った手を火鉢で焙っていた。乗邑がずらずらと門閥を引き連れて下段を占めているというのに、吉宗は眉一つ動かすことはなかった。

「上様に、ご請願の儀がございます」

「ああ、よいところに来た。そなたらに伝えねばならぬことがあった」

「ご世継ぎのことでございましょう。――我ら譜代衆は、ご次男宗武様が適任と存じます」

「ほう？」

吉宗は少し顔をしかめた。乗邑は続ける。

「今の御公儀は、上様に相応の器量を求める形となってございます。神君家康公以来の政を行なうからには、恐れながら上様にも、神君家康公並みの名君を求めるのが道理でございましょう。さすれば、宗武様が次期将軍に登るのは当然のことではございますまいか」

「一息に言ったな。で、もし余が首を横に振ったらどうする」

「上様のご明哲なご判断にすべてお委ねする次第でございます」

後ろを一瞥すると、門閥の者たちが肩をいからせた。

「なるほど、逃がさぬ、ということか」

上段の吉宗はなぜか楽しげだった。

「上様、今ここで、宗武様への家督相続をご明言くださいますよう」

「さもなくば、寺に押し込める、そう言いたげだな」

頬杖を突いたまま、吉宗は冷笑を浮かべている。

吉宗がこの期に及び、事の重大さに気づいていないわけはない。だというのに、この余裕は何なのだろう。乗邑の心のどこかで、違和感が蠢《うごめ》いている。

吉宗は一座を見渡し、口を開いた。

「余は、将軍の座を退く」

部屋の中に悲鳴めいた声が上がった。辞意の言葉に際してみると、乗邑の胸にも迫るものがある。

だが、続けて吉宗はこう付け加えた。

「松平侍従。長らくの勤め、ご苦労であったな」

「な」

「聞こえなかったか。そなたは余と共に隠居せい」

「な、なにを言うかと思えば。上様、この松平侍従を罷免すると？」

吉宗の冷笑が、僅かばかり揺れた。

「お前が尾張徳川家の御家騒動に油を注いだこと、ここのところ、御側取次御用の加納や、寺社奉行の大岡を祭り上げ、余の周りの者たちを身動きとれぬようにしていることも、気づいておるぞ」

「証はございましょうか。そこもとがそれをなしたという証は」

何も証はない。いくら糸をたどっても、乗邑にまで至ることはないよう、手を打ってある。

「まさか、上様ともあろうお方が、無辜《むこ》の家臣を罰しはしませぬな」

「左様。そなたの罷免は、罰ではない。表向きは余の代替わりによる交代であるからな」

「なるほど」

将軍代替わりによる老中罷免。確かに、建前としてなくはない。

だが、それを為すためには問題が一つある。

「上様は、今の有様をご理解いただいておられましょうか。上様は今、囲まれております。申し上げたくはありませぬが、今、上様は我らの掌中にあります。いかに上様の御命令とはいえ、果たして履行されましょうか」

「ふむ、そなたの言うことにも一理ある。だが――、そなたらこそ、籠の鳥なのではないか」

「何を――」

その時、背後から声がした。

振り返ると、庭先に馬を携えた裃姿の武士が立っていた。申し上げたき儀がございます、と声を張り上げている。

「よい、そこで話せ」

吉宗に命じられると、その場で膝を落とし、その武士は大音声を発した。

「加納様よりご報告。西の丸の家重公の周りの警護が終わりましてございます。また、同時に田安屋敷の包囲も終わったとの知らせにて」

なんだと――。

驚愕する乗邑の前で、吉宗はこれ見よがしに息をついた。

「と、いうわけだ。しくじったな。なぜ、余のみを押さえればそれで済むと思うた？　仮にここで余が死んだとしても、次期将軍候補が掌中にあらば、もはやそなたらに身動きは取れぬ」

これでは、まるで門閥が陥れられた格好ではないか——。その時、乗邑は悟った。逆に、こちらが嵌《は》められたのだと。だとすれば——。あのひょっとこ顔の男の顔が頭をかすめる。

「大岡が裏切りおったのか」

「奴の名誉のために申しておくが、裏切りではない。そなたらが取り込もうとして、失敗しただけぞ。そなたらの失敗は、あの男を官位や地位で釣ることができると考えたことだろう。あの男が左様な男であれば、もっと早いうちから門閥に加わっておったはずであろうが」

乗邑は青い顔をしている小出の肩に手を置き、首を振った。小出のせいではない。大岡の人物を見誤った、己の罪だ。大岡を御せると踏んだのは乗邑だった。

既に大勢が決している。

次期将軍候補はすでに手からこぼれ落ち、仲間の多くはここ増上寺にいる。今から御城に戻ったとて、仮に今すぐ吉宗をここで押し込みしたとて、状況は変わらない。

まさか、己自身を餌として門閥を釣り、その合間にすべてを掠め取るなどという、鼠賊にも似た真似をするとは——。

「某の負けでございます」

思いのほか澄んだ声が出たことに、乗邑自身驚いた。

「なぜだ。なぜ、こんなことを」

将軍吉宗の顔が歪んでいる。常日頃対座した者にしか感知できぬほど、わずかに。それほどまでに、目の前の将軍とは対座してきたのだ——。ちくりと胸が痛む。だが、首を振って、乗邑は答えた。

「天下の景色を一度見てみたかった。ただ、それだけのことでござる」

「そうか」

いつの間にか、吉宗は元の能面のような顔に変じていた。

「だとすれば、そなたは一つ、大きな間違いを犯したな」

「は？」

「宗武よ。あれは、そなたの傀儡《かいらい》となるような器ではない」

「ほう、それほどまでに買っておられるというに、将軍にはなさらないのですな」

皮肉を述べると、吉宗は上段を立ち、群臣の控える中段へと歩みを進めた。群臣たちは吉宗に立ちはだかるどころか、縁側への道を開いている。この場にいる誰もが、もはや意気を失っている。

くるりと振り返った吉宗が、乗邑を一瞥した。

「そなたは、猫と虎を取り違えたのだ」

吉宗は縁側に出て、履物と馬を家臣に命じた。

やがて、螺鈿《らでん》細工の光る鞍を備えた白馬が馬丁に引かれ庭先にやってきた。沓脱石《くつぬぎいし》から庭に降り立った吉宗は馬首を返し、手綱を引きつつ音声を発した。

「城に戻るぞ」

吉宗を乗せた馬は庭を駆け、門をくぐった。

馬蹄の音が遠くなり、ついに聞こえなくなった頃、群臣たちから嗚咽や床を突く鈍い音が上がり始めた。乗邑はそれを諫めた。

「やめよ。恥の上塗りをするでない。――我らは今、負けたのだ。だが、いつまでも負け続けはせぬ。当代、我らは負けた。だが、次代より後に我らの春を取り戻せばよいのだ」

門閥はそうして生きてきた。父の無念を背負い、己の為せなかった事業を子に託し、思いを繫ぐ。

いつか、悲願を果たす。

それが門閥の領袖としての、最後の抵抗だった。

「心して、負けを受け入れるのだ」

乗邑はそう言い切った後、その場に膝を落とした。


白馬にまたがり御城に帰還した吉宗は宗武を謁見の間に呼んだ。

現れるなり、宗武は肩をびくりと揺らした。

上段、下段だけの小さな謁見の間とはいえ、この二間には大番方や近習の姿ひとつない。奥の間も開け放ってある。城の中で生まれ育った宗武からすれば、周りに人がいないことなどほぼなかったはずだ。

脇息に寄り掛かり、青ざめた顔の宗武を冷徹に見遣る吉宗は、この光景に覚えがあることに気づいた。紀州時代、大名の子として育てられていなかった昔だ。

あの頃、周りには伊織しかいなかった。だが、それで十分だった。

手に嫌な汗が浮かぶのをこらえつつ、吉宗はがらんどうの部屋を見渡し、縁側に立ち尽くしたままの宗武を部屋に招じ入れた。

おずおずと下段に腰を下ろした宗武の姿には落ち着きがなかった。もしかすると、和歌山城に上がった己も、かつてはこうしておどおどと振舞っていたのかもしれない。

「よう来た」

「参りましたが……。一体これはどういう趣向でございますか。誰もおらぬとは」

「何、お前とゆるりと話したかっただけのことよ」

「さ、左様で。ということは、何か内密な話が」

その時、不安げだった宗武の目が怜悧に光ったのを、吉宗は見逃さなかった。だが、その気づきをおくびにも出さず、努めて静かな声を発した。

「そういえば、以前くれてやった虎徹はどうだ」

「は、はあ」困惑気味に宗武は答えた。「毎朝改め、時には藁切りにも用いております。刀は武用。神君家康公以来の心得と存じております」

「見事なり。ときに宗武――」

「はい」

宗武は身を乗り出した。

今、目の前の息子が何を考えているのか、容易に想像がつく。老いた父が人払いをして息子に言い渡すこと――。跡目相続に関する重大な申し渡しであろう、とでも思っておろう。

だが、吉宗は決然と言い放った。

「餞別は虎徹でよいか」

最初、何を言われたのか分からぬとばかりに顔を凍らせていたが、しばらくすると少しずつ呆けた表情が解け、新たな顔が姿を現した。父親であるはずの吉宗ですら見たことのない、獰猛《どうもう》な表情だった。

「突然、何をおっしゃるのですか、父上」

「聞こえなかったか。虎徹以上のものはやらぬと言うたのだ。ついでに申し伝えよう。そなたは勘当よ」

「な、なんですと。納得が行きませぬ。なぜ、某が勘当などということに」

吉宗は瞑目した。目を開いた時、それまで信じていた宗武が姿を現してくれぬものかと。だが、目を開いてみても、そこにいるのは虎のように牙を剝き、今にも飛び掛からんばかりに身を丸くする宗武の姿であった。

「もう、しらばくれるのは止めよ。すべてわかっているのだ。そなたが勝手掛老中の松平侍従乗邑《のりさと》と諮り、次代の将軍を狙っておったことは」

「極位に思いを致すのが悪いこととは思えませぬが。某は次男でございます。もしもの時には、某とて将軍の座に登る用意はございます」

「それだけならば捨て置けた。だがな、そなたらは焦りすぎたのだ」

家重暗殺の謀に参加したのは、乗邑の他に数人があった。やはり、門閥勢力の者たちであった。秘密裡にそれらの者たちの背後関係を御庭番に洗わせるうち、宗武の直臣の一人がこの謀に力を貸していたことが判明した。

さらに――。

「こんなものまで作っておったそうだな」

吉宗は文机から一枚の紙を拾い上げた。

若年寄である小出の屋敷から発見したものだった。清書段階ではないが、それだけに生々しい。朱の入れられたその書状には、家重の能楽狂いや言語不明瞭、暗愚といった欠点が列挙されていた。どうやら、吉宗に提出されるはずの諫状であったらしい。

「まさか、兄を誹謗中傷する奏上をするつもりだったとはな。お前の名が付された書状が乗邑の屋敷から出てきたということは、この諫奏そのものが、侍従《乗邑》との謀議であったは確実」

袴の上に乗せていた手を強く握り、歯を食いしばるようにして下を向く宗武の姿は、誰よりも何よりも雄弁だった。

吉宗が集めることのできたのはここまでで、これ以上、宗武が此度の謀に加わっていた証はなかった。乗邑の屋敷に直臣が出入りして謀に参加していたのも、この諫奏も己はあずかり知らぬところ、家臣が勝手に行なったものと糊塗もできる。だが――。

「何とか言わぬか。安心せい。何を言うてもお前の勘当は揺るがぬ。家臣が勝手にやったこと、などという言い訳は聞かぬぞ。家臣の行ないは主君の責。家臣が謀議の片棒を担いでおったなら、主君であるそなたも連座よ」

宗武の袴に、深く皺が寄った。手には大きな筋がいくつも浮かんでいる。そして、それまで下を向いていた宗武は、吉宗にその顔を向けた。牙を剝く虎のような顔だった。

「当たり前のことではありませぬか」

宗武は吉宗を睨みつけたまま、声を震わせた。

「兄上は言葉も満足に喋れず、猿楽に現を抜かしておられる。そんな兄が、ただ兄であるというだけで、なぜ将軍に登ることができるのです。文武の研鑽を惜しまず、群臣から政を学んだ弟より、愚鈍なる兄を立てるのが神君家康公以来だというのなら、そんな世の中は某が壊しましょう」

しらを切り通すことも出来たのに、想いの一端を吐いた。若さゆえか——。吉宗は冷徹に息子の姿を見下ろしつつ、扇をばちばちと開いて閉じを繰り返す。陰と陽、正と邪、表と裏。扇の骨が軋む音を聞くたびに、相反する相がくるくると入れ替わる。

「認めるのか。お前もまた謀議に加わっておったと」

「ええ、認めましょう」

あっさりと、吐いた。

「いつからだ」

「いつと申されましても」宗武は遠い目をした。「あるいは、弟として生まれたその時から、でした」

「なぜ、こんなことを」

「何をおっしゃいますか。父上とて、某と似たようなお立場ではございませんでしたか。父上は運よく紀州藩主となられ、さらに運よく将軍の位に就かれました。いや、今となっては必ずしも運ばかりが作用したわけではありますまいが——。運のなき某には、力で以て成り上がる道しかございませなんだ。将軍の次子として生を受けたその時から、某は己の宿業を変えんと生きてきたのです。文武で心身を鍛え、血反吐を吐いて将軍の子としての作法を身に着けたのです。そんな某にとって、神君家康公以来も、先例も、邪魔なものでございました」

「それで、神君家康公以来の旗頭を狂信する、門閥と組んだのか」

「左様でございます」

なおも宗武は吼えた。

「あの者たちは、己の家格を守るため、神君家康公以来の原則に従っていた者たち。言うなれば、父上の生んだ望まれぬ子供でございましょう。そうした点において、門閥の者たちと某とは、手を結ぶ余地がありました。もっとも、ことが成った後には粛正するつもりでおりましたがね」

「興味がある。どうやって滅ぼすつもりだった」

「父上が死した後、その死を理由に罷免し、やがては追いつめるつもりでした」

「お前が無傷で済むとは思えぬが」

「そのために、手持ちの家臣を数名、犠牲にするつもりでございました」

主君のために身を捨て、栄達のために汚名を一身に浴びる、吉宗にとって伊織のような存在が宗武の傍に控えているのだろう。見れば見るほど、宗武は己を鏡写しにしたかのようだった。

宗武の目は据わり、吉宗をその双眸に納めている。いや、もしかすると、目の前の息子はもはや何も見ていないのかもしれなかった。ただ、己が将軍に登る日の幻影をただただ追い、将軍の権威に魅入られ続けている。

「お前の言わんとするところはよくわかった。だが、理解は出来ぬな」

「なぜでございますか」

心の深淵を覗き込んでくるかのように、宗武は首をもたげた。

吉宗は偏狭な人生を儚み、それを変えるべく動き回った。そして、時には己の目の前にいる者たちを押しのけてでも前に出た。そして今、天下を睥睨する地位にある。

だが――。天下の座には、何もなかった。

守りたいものがあった。

だが、守ることはできなかった。

天下の座についてくれと友に希われた。

だが、一番喜んでくれるはずだったその友は、とうの昔にこの世にない。

何もない。天下の座には、何もない。ただ、寂寞たる砂塵の海が広がっているだけだった。

吉宗は首を振った。

「この座は虚ろぞ。家臣を犠牲にし、苦しんでもなお、何も手に入らぬ」

「それは、今、その座におられるがゆえに言えることとです。某は見たいのです。この天下の座から、世の中がどう見えるのか」

「何も見えぬ。むしろ、かつて見えていたものすら、見失ってしもうたよ」

吉宗は立ち上がり、のろのろと下段に降りた。宗武の横をすり抜け縁側に出ると、庇から差し込む陽だまりにその日を晒した。少しずつ体が温まってゆく。この日差しすらも、吉宗にとっては贅沢なものに思えてならなかった。

吉宗は振り返る。暗がりの中に沈む謁見の間の様子は判然としない。

闇に向かって、吉宗は言葉を投げやった。

「そなたは、温かな場で生きるがよい」

「そうはいきませぬ」

ゆらりと立ち上がった宗武は矢のように迫り来た。いつの間にか小さ刀を抜いていた。

「お覚悟」

低い声が部屋に満ちた。

しかし、天井から降りた二つの影が、宗武の手から刀を奪い、その身を畳にねじ伏せた。紺の野良着に身を包む御庭番だ。

「誰もおらぬと言い条、乱波を潜ませておられましたか」

羽交い締めにされながらも身をよじらせ、宗武は怒声を発する。

吉宗は庭に目を向けた。池の水が時折輝く。鯉の鱗だろうか。そんなことを気に留めたのは、息子の謀反に揺るがされているからだろうか。当てのない問いが心中に広がる。

「そなたは、何も見えておらぬ。天下第一の座を望むからには、見えねばならぬものがある」

「では、父上は、見えているとおっしゃるのですか」

「ああ。近頃、ようやくな」

あまりにも遅すぎた。だが、知らずに死ぬよりは、はるかによかった。

天下に奉仕するがための極位。そこに、私の思いなど不要だった。私の思いを形にするためにここまで登り詰めたことがそもそもの心得違いだった。

息子に同じ轍を踏ませるわけにはいかぬ。そう、決めた。

宗武はついに身じろぎをやめ、畳に額をこすりつけたまま、慟哭の声を上げた。
話すことは何もなかった。うなだれる宗武を残し、吉宗はこの場を去った。

それから、吉宗は数年をかけて門閥の力を削いだ。

後進の育成を理由に勝手掛老中から次席老中に降格して乗邑を勘定方から切り離すと、公儀中枢の人事に手を入れ、それまで長らく務めていた者たちを次々に代替わりさせた。形の上では長年の忠勤を褒め、裏で隠居料まで与える厚遇振りであったが、実際には、乗邑と共に宗武を担ぎ上げようとした者たちを退場させる花道を作った。

もっとも、若年寄の小出には特別な罰を与えた。職を辞し隠居したいという願い出をすべて却下し、針の筵の上に置いた。日々憔悴を重ねる小出は、それから一年後、病を得て死んだ。

そうして万事整えた後、将軍代替わりを理由に乗邑を罷免した。形の上では将軍家重の発令だが、実際には大御所として実権を握った吉宗の手によるものである。

全盛時の権威をもってすれば、あるいは乗邑を粛清できたかもしれない。だが、もはや乗邑一人の首を飛ばすのですら将軍位を引き換えにしなければならなかった上、今回の罷免さえ反対の声が多く上がった。将軍の権威の失墜は否めないところだった。ゆえに吉宗には楽隠居が許されず、江戸城西の丸で政務を取った。

宗武には家重への諫奏を起草したことを理由に謹慎を申し付けた。これで、家重の天下はとりあえず安泰となった。

将軍を退いても、何も変わらない。

米相場を見比べ、家臣たちに細々とした指示を与える日々。町に潜ませている目代たちは「米将軍」などと吉宗を揶揄する庶民の声を拾い上げている。

山のようにやってくる書状に埋もれながら、吉宗は己の胸にあったはずの願いが潰れていく様を、他人事のように眺めていた。

そして――。吉宗は、一つの決断を下した。

江戸城本丸。その濡れ縁に立ち手を叩くと、箒を携えた男が庭先に現れ、犬走りに跪いた。もう何十年も間近で使っているというに、顔はおろか背格好も覚えることができない。御庭番の頭だ。

「何か、御用でございましょうか」

全身に絡みつく怒りをこらえつつ、努めて吉宗は静かに口を開いた。

「尾張を消したは、お前たちか」

尾張徳川家当主は数代に亘り若くして死んだ。命じた記憶はない。だが、一つの可能性に思い当たった。吉通は将軍後継を吉宗と争うや否やの時分に突如死に、継友は宗春の席を空けるかのように息を引き取った。その死は、まるで吉宗の事情に忖度するかのようだった。

もしや――。己の与り知らぬところで何者かが手を回していた？

だとすれば、考えられるのは御庭番しかなかった。

「答えよ」

促すと、石仏のように身じろぎ一つ取らず、御庭番は答えた。

「然り」

「なぜ」

「上様のために汚れ仕事をするが、我らの務めでございます」

「――余の望まぬことでもか」

「恐れながら、上様にも間違いはございます。上様の心得違いを正すのもまた、御庭番の役目でござる」

「忍び風情が、偉くなったものだ」

御庭番はわずかに顔を上げた。その目の奥に、懐かしい、心腹の友の瞳を見た。

「今は亡き頭領――伊織様の御遺志でござる」

「何」

「頭領はおっしゃっておられました。上様が躊躇なさってもなお、地獄に向けて足を踏み出すが我らの務めと。尾張吉通公を毒殺したは頭領の、そして、継友公を毒殺したは、某の仕事でござる」

「そうだったか」

伊織――。吉宗は瞑目した。

だが、覚悟していたことだっただけに痛みは小さかった。

吉宗は目を見開いた。

「忠勤、ご苦労であったな。――隠居し、子供に後を襲わせよ」

言い渡すと、御庭番はわずかに眉を動かした。

「……てっきり、殺を下されるものと覚悟しておりましたが」

昔の己だったら、そうしていたかもしれない。だが、今は違う。

「よい。二度と城に登ることなく、安穏な余生を過ごすとよい」

「最も響く、罰でございます」

初めて、御庭番は笑った。苦々しい笑みだった。

そして、その姿は霞のように消えた。

濡れ縁に独り立つ吉宗は肩を落とし、闇のこびりつく殿中へと戻っていった。

終

心配げにこちらを見やる周囲の者たちに「よい」と声をかけ、吉宗は縁側を歩き始めた。

己のものとは思えぬほど、足が重い。歩くたびに痺れるような痛みが全身を走る。杖を突き、全身に冷や汗をかきながらも、じりじりと歩を進める。ふと、縁側から外を望んだ。うららかな日差しが中庭に舞い降り、辺りを包み込んでいる。

家重に将軍職を譲り西の丸に移ってしばらく経った頃、吉宗は城中で意識を失い、卒倒した。周囲に人があったゆえ大事にはならなかったが、目を覚ました時、典医からはこう宣告された。

『卒中でございます』

そうか、と声を発しようとしたものの、舌が痺れて声が出ない。

『卒中を病むと、体のどこかに痺れが出ることが多いもの、上様はいかがでございますか』

己の意思を伝えんと口を開いた。だが、思うように形にならない。さらに、両足の感覚がほとんどない。

卒中は言葉を奪い、体中に痺れをもたらした。

床上げしてからというもの、吉宗は毎日のように歩く練習をしている。千代田の城は驚くほどに広い。足が萎えてしまっては政務にも差し障りが出る。

しばし光の落ちる中庭を眺めていた吉宗は、足を引きずるようにして歩き始めた。

卒中は吉宗の智を奪うことはなかった。鋼のごとき意思もなお胸の中で根を張り、吉宗を支えている。足を引きずって歩くのを日課にしているのも、吉宗の意思のなせる業だった。

だが――。誰と話すこともなく一人で歩いていると、弱気が頭を掠めた。

将軍に登った家重は、大岡忠光をはじめとした側近の支えを得て政務をこなしている。だが、群臣の経験が足りない。特に、吉宗が取り組んできた米価統制の勘所を理解できる者がおらず、吉宗の手から離すことができなかった。家臣から受け取った米会所の取引価格に目を通し、過去の価格変動から御蔵の米を放出するか、それとも買い増すかの判断を下す。以前、米価の統制に乗り出すと決めたとき、大岡忠相に「これから、上様は米と戦うことになる」と言われたのをふと思い出した。大岡の言葉は正しかった。結局、大御所となってもなお、吉宗は権威の衣を脱ぎ捨てることができないでいる。

政争のために将軍位につけざるを得なかった家重とは、距離ができてしまった。

表向き、家重は吉宗の命令に従っている。だが、自ら吉宗を訪ねてくることはしない。遣いをやって呼んでも、ご不例につき、の一言で躱されてしまう。己の権を守るために子の信頼を失った。そう悟った今はもう、家重を身近に呼ぶことをしなくなった。

天下第一の座はひどく寒い。そう口にしていたのは、今は亡き綱吉公であっただろうか。

今なら、その思いが判る。

だからこそ、吉宗はある陳情を受け入れた。

将軍家継の母君である月光院が宗武の勘当を解くようにと要請してきた。乗邑ら門閥の残党の差し金によるものだろう。かつては門閥と対立していた間部を重用していた月光院は、吉宗の治世を経て、門閥の代言人となっていた。

吉宗は願いを容れ、表向きは勘当を解いた。

無視も出来た。だが、あえて宗武を赦したのは、宗武の行ないが、かつての己のそれと重なったからだった。同じことをやったというのに、吉宗は天下第一の座にあり、宗武は不遇の中を過ごしている。その不公平さに、思うところがあった。

ただ、温かさが欲しかった。人との心の繫がりが欲しかった。

そして、大事なものを守りたいだけだった。

吉宗が欲しいのは、昔も今も、ただそれだけだった。

家重や宗武と心から笑い合える日は来るのだろうか。

その日が来るのを希うのは、大それた我儘なのだろうか。官人位を極めた人間にすら叶わぬ願いなのだろうか。

だが――。僅かばかり、得たものもある。

代替わりさせた御庭番たちが、農村の声を拾い上げてくる。

村方の者たちが甘藷の作付けを喜び、吉宗の仕法を褒め称えている、という。

青木昆陽《こんよう》が次々に江戸近郊の村方に甘藷を根付かせている。先の飢饉には間に合わなかったが、必ずややってくる次の飢饉の際には多くの人命を救うだろう、と評判らしい。

また、町方の者たちは、大川や飛鳥山《あすかやま》の桜を見上げ、花の季節の訪れと共に、吉宗の名をお題目のように唱えているという。

大川の桜は堤防の保護、飛鳥山の桜は人気取りの施策でしかなかった。だが、気づけばどちらも江戸の春を告げる名勝として知られるようになった。

吉宗が政に邁進したのは、生まれながらの将軍ではないからだった。善政を敷くことは、己の権威を確立するための手段に過ぎなかった。

何のために将軍位に登ったのかも、もはやおぼろだった。

だが、これまで己が一顧だにしなかった者たちに担がれここにいる。民。

権威の衣を纏うことでしか対峙できぬ者たちに、今、己は生かされている。

吉宗は、掠れた声を発した。

「天下第一の座には、何もなかった。されど――、お前と分かち合いたい景色はあったぞ、伊織」

吉宗の独語は、光溢れる縁側に溶けて、消えた。

終

主な参考文献

辻達也　『徳川吉宗』吉川弘文館　1985.6

藤本清二郎　『紀州藩主 徳川吉宗：明君伝説・宝永地震・隠密御用』吉川弘文館　2016.11

大石学　『徳川吉宗―日本社会の文明化を進めた将軍』山川出版社　2012.12

北川宥智　『徳川宗春：〈江戸〉を超えた先見力』風媒社　2013.12

大石学　『規制緩和に挑んだ「名君」―徳川宗春の生涯』小学館　1996.10

深井雅海　『江戸城御庭番：徳川将軍の耳と目』吉川弘文館　2018.11

竹内誠　『徳川幕府事典』東京堂出版　2003.7

西ヶ谷恭弘　『江戸城―その全容と歴史』東京堂出版　2009.9

根崎光男　『将軍の鷹狩り』同成社　1999.8

根崎光男　『犬と鷹の江戸時代：〈犬公方〉綱吉と〈鷹将軍〉吉宗』吉川弘文館　2016.3

その他、様々な書籍を参考にさせて頂きました。この場をお借りして厚く御礼申し上げます。

また、本書は歴史に材を取ったフィクションです。（著者）

本書は書き下ろしです。

［著者略歴］
谷津矢車（やつ・やぐるま）
1986年東京都生まれ。駒澤大学文学部歴史学科卒。2012年『蒲生の記』で第18回歴史群像大賞優秀賞受賞。13年『洛中洛外画狂伝—狩野永徳』でデビュー。二作目『蔦屋』が評判を呼び、若手歴史時代小説家として注目を集める。18年『おもちゃ絵芳藤』で第7回歴史時代作家クラブ賞作品賞受賞。20年『廉太郎ノオト』が第66回青少年読書感想文全国コンクール課題作品(高等学校の部)に選出。近刊に『絵ことば又兵衛』『小説　西海屋騒動』など。

吉宗《よしむね》の星《ほし》

2021年5月25日　初版第1刷発行

著　者／谷津矢車
発行者／岩野裕一
発行所／株式会社実業之日本社
〒107-0062
東京都港区南青山5-4-30　CoSTUME NATIONAL Aoyama Complex 2F
電話（編集）03-6809-0473　（販売）03-6809-0495
https://www.j-n.co.jp/
小社のプライバシー・ポリシーは上記ホームページをご覧ください。

ＤＴＰ／ラッシュ
印刷所／大日本印刷株式会社
製本所／大日本印刷株式会社

ISBN978-4-408-53782-5（第二文芸）